じゃき jaki
Illust.fame
1
JN109416
最凶の支援職【話術士】である俺は世界最強クランを従える
The most notorious "TALKER", run the world's greatest clan.

CONTENTS

KEYWORD

探索者（シーカー）

文字通り探索することを生業とする者たち。獲物は遺跡に眠る宝物や犯罪者など多岐に亘るが、その中でも一番の稼ぎ口にして華は、世界を脅かす悪魔（ビースト）の討伐。探索者協会（シーカーギルド）の管理下にあり、15歳になれば誰でも登録することができる。

クラン

国から正式に認められた探索者（シーカー）の組織。悪魔（ビースト）の討伐依頼は国が全て管理しており、クランしか受けることができない。クランに所属していない探索者（シーカー）たちは、他のクランが何らかの事情で遂行できない依頼を外注依頼として引き受ける。

話術士

支援職（バッファー）の一つで、後衛系戦闘職能（ジョブ）。発する言葉に支援（バフ）を乗せることができ、スキルの使用に魔力を必要としない特性を持つ。ただし、自分には効果が無い。扱いが難しく、自衛手段にも乏しいことから最弱だと評価されている。

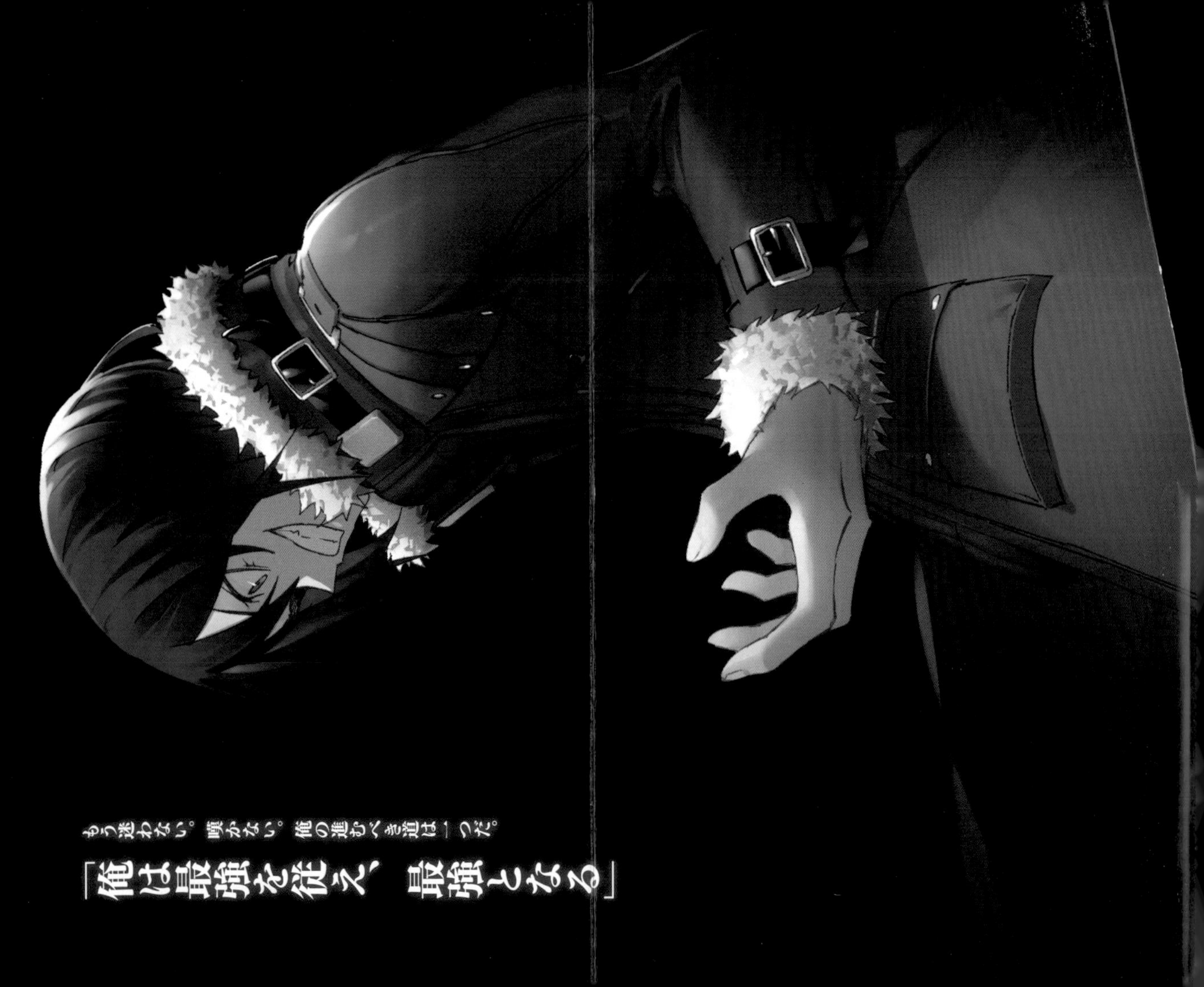
もう迷わない。嘆かない。俺の進むべき道は一つだ。
「俺は最強を従え、最強となる」

フィノッキオ・バルジーニ【断罪者】
ヤクザ・バルジーニ組の組長。帝都の奴隷市場を仕切っており、表向きはノエルと良きビジネスパートナーの関係を築いている。
アルバート・ガンビーノ【彫金師】
ヤクザ・ガンビーノ組の組長。残忍でルール無用の極悪人。間接的にビジネスの邪魔をするノエルを不快に思っている。
コウガ・ツキシマ【刀剣士】
極東の島国出身の剣奴。剣術の腕を買われ、数々の組織を亘り歩き、度々ノエルと対峙する。
リーシャ・メルセデス【弓使い】
蒼の天外のライバルパーティ・紫電狼団のメンバー。長命種のエルフで何かとノエルを気にかける。
アルマ・イウディカーレ【斥候】
伝説の暗殺者の後継者。話術士でも最強を目指すノエルに興味が湧き、接触の機会を窺う。
ノエル・シュトーレン【話術士】
新進気鋭のパーティ・蒼の天外のメンバー。英雄と呼ばれた祖父の遺志を継ぎ、最強の探索者を志す。

THE MOST NOTORIOUS "TALKER"
RUN THE WORLD'S GREATEST CLAN.

「舐められちゃいかん」

それは、探索者だった祖父ちゃんの口癖だ。

探索者——文字通り探索することを生業とする者たち。

獲物は遺跡に眠る宝物だったり、あるいは遺跡そのものだったり、未知の生物や、はたまた犯罪者だったりする。

だが、探索者の一番の稼ぎ口にして華は、やはり深淵を探索することだろう。

この世界と魔界が繋がることで発生する、深淵化した土地や建物を探索し、そして現界した悪魔を狩る。それが、最も人々に認知されている探索者の在り方だ。

深淵は放っておけば無限に世界を侵食していくため、国は探索者の活動を奨励し支えている。土地を浄化するには、深淵の核である悪魔を狩る必要があり、その専門家が探索者だからだ。また、悪魔から得られる素材が、現在の文明——魔工文明を支える数々の発明品に欠かせないことも理由である。

空を飛ぶ船——飛空艇まで実現された現在、魔工文明は繁栄の絶頂期を迎えていた。そして、この時代の立役者、腕っぷし一つで金も名誉も手に入れられる探索者は、全ての人々にとって憧れの的となっている。

「ノエル、男はな、舐められちゃいかんのじゃ」

祖父ちゃんは昔、ウェルナント帝国の帝都エトライで、名うての探索者（シーカー）だった。しかも、猛者の中の猛者――英雄と呼ばれたことさえある。

「ノエル、誰にも舐められない強い男になるんじゃぞ」

現役時代の名残を感じさせる岩のような手が、俺の頭を優しく撫（な）でる。

祖父ちゃんの職能（ジョブ）は、その巨体に相応（ふさわ）しい【戦士】だ。職能（ジョブ）とは、【鑑定士】に鑑定してもらうことで発現する個人の潜在能力のことであり、身体能力の限界値と使えるスキルを決定する。最初は誰もがCランクの職能（ジョブ）を得ることになるが、努力と才能次第ではランクが上がり、上位職に至ることも可能だ。

例えば、最も一般的な戦闘系職能（ジョブ）である【剣士】だと――Cランク【剣士】、Bランク【剣闘士（グラディエーター）】、Aランク【剣王（ソードマスター）】、というランクアップ系統が存在する。

だが、極稀（ごくまれ）に、規格外のEXランクに至る者がいる。祖父ちゃんがそうだ。祖父ちゃんの場合――Cランク【戦士】、Bランク【重装兵（ヴァンガード）】、Aランク【狂戦士（バーサーカー）】、そしてEXランク【破壊神（デストロイヤー）】、というランクアップだった。

上位職となっても職能（ジョブ）そのものが変わるわけではないが、能力補正が大幅に向上し、新たに使えるスキルも増える。その強さをランク毎（ごと）に表すなら、Cランクが凡人、Bランクが超人、Aランクが人外、EXランクに至ると、もはや神に近しい領域だ。

若い頃の祖父ちゃんは、本当に強かった。強くて荒くれ者で、傲慢だった。でも、そんな祖父ちゃんが惚れて必死に口説き落とした祖母ちゃんは、とても綺麗で優しい人だった。そして、身体が弱かった。

祖母ちゃんのことが大好きだった祖父ちゃんは、祖母ちゃんのために探索者を引退し、空気の悪い帝都から田舎に引っ越すことにした。これまでの財産で土地を買って、人を雇い、ワインを造って暮らそうと考えた。人によっては理想的な引退生活だろう。スローライフってやつだ。

実際、探索者の間で不滅の悪鬼と畏怖されていた祖父ちゃんは、田舎に引きこもって以降、ただの愛妻家のオッサンになった。祖父ちゃんは心から祖母ちゃんを愛し、祖母ちゃんも祖父ちゃんのことを愛していた。二人は比翼の鳥のように、仲睦まじく支え合って生きていた。

でも、祖母ちゃんは、母ちゃんを産んだ時に死んでしまった。ただでさえ母親が子どもを産むのは命懸けの仕事なのに、祖母ちゃんの弱い身体では出産に耐えることができなかったのだ。

祖父ちゃんは最愛の人を亡くした悲しみに暮れた。だが決して自棄になることはなく、祖母ちゃんの忘れ形見である母ちゃんを、男手一つで育てることを決意した。

その努力の甲斐もあり、母ちゃんは立派な女性に成長した。美人と評判だった祖母ちゃんに瓜二つで、髪と瞳の色だけが違った。祖母ちゃんは金色の髪と緑の瞳だったけど、母ちゃんは祖父ちゃん譲りの黒い髪とハシバミ色の瞳だ。

生産系の職能（ジョブ）が発現した母ちゃんは、大人になると祖父ちゃんのワイン酒造で働き、幼馴染（おさななじみ）の父ちゃんと結婚した。それから俺が生まれ、家族四人で仲良く暮らしていた。

でも、俺に母ちゃんと父ちゃんの記憶はない。俺の一番古い記憶は、年老いてなお筋骨隆々である祖父ちゃんが、大声で泣いている姿だ。そして、泣きじゃくる祖父ちゃんに抱き締められた温かさだった。

「ノエル、なんて哀れな子なんじゃ……。じゃが、おまえには儂（わし）がついておる。おまえを一人ぼっちにはさせん。儂は……儂だけは、何があっても死なん！　不滅の悪鬼（オーバーデス）の名にかけて！」

母ちゃんと父ちゃんは、俺の物心がつく前に馬車の事故で死んだ。口さがない奴（やつ）らは、悪魔（ビースト）の呪いだと言う。祖父ちゃんがあまりに多くの悪魔（ビースト）を殺してきたから、その呪いのせいで家族は早逝していくのだと。

もちろん、祖父ちゃんは、そんな奴らを許さなかった。相手が誰であろうと、その鉄拳で殺さない程度に打ちのめした。そして、決まって、あの口癖を言うのだ。

「男は舐められちゃいかん。家族の名誉は絶対に守らなきゃならんのじゃ」

それは、俺が近所の悪ガキに呪われた子だと虐（いじ）められた夜、祖父ちゃんがそいつたちの家に乗り込み散々暴れてきた後の話だったことを覚えている。

祖父ちゃんはよく、探索者（シーカー）時代の話をしてくれた。話の中で活躍する祖父ちゃんや、その仲間たちは、俺にとっての英雄だった。そんな話を聞かされて育った俺が、探索者（シーカー）に憧れるようになったのは、当然の成り行きだろう。

「ノエル、おまえの姿は死んだ母さんにそっくりじゃ。じゃが、儂にはわかる。おまえには、母さんに無かった、儂と同じ探索者（シーカー）の才能が眠っておる」

祖父ちゃんの言葉通り、十歳を迎え職能（ジョブ）を鑑定してもらった俺は、戦闘系の職能（ジョブ）が発現することになった。

だがしかし、その職能（ジョブ）は、俺の望んだものとは大分違った。

【話術士】——パーティの支援に特化した職能（ジョブ）。

発する言葉に支援効果（バフ）を付与させることでパーティの戦力を底上げすることが、【話術士】という職能（ジョブ）の役割だ。いわゆる支援職（バッファー）である。

本当なら、【戦士（ジョブ）】が良かった。祖父ちゃんと同じ職能（ジョブ）というだけでなく、攻守共に優れ安定して強い職能（ジョブ）だからだ。

対して【話術士（ジョブ）】を含む支援職（バッファー）は、支援能力には優れているものの、自身の戦闘能力は、全ての戦闘系職能（ジョブ）の中でもワーストクラス。パーティに頼ることでしか戦えないどころか、自分の身すら満足に守れない、ピーキーで欠陥のある職能（ジョブ）というわけだ。

牽制（ヘイト維持）を担う壁役（タンク）がいたとしても、自衛能力の欠如は探索者（シーカー）として致命的。探索者界隈（シーカーかいわい）では、支援職（バッファー）を最弱の職能（ジョブ）だと嘲る風潮もあるらしい。とはいえ、【治療師（ヒーラー）】にでさえ攻撃手段があるため、そういった扱いを受けるのも無理からぬことだろう。まったく、泣けてくる話だ。

落ち込む俺の頭を、祖父ちゃんは豪快に笑って撫でた。

「ガハハハっ！　泣くなノエル！　【話術士】だろうとなんだろうと、儂がおまえを最高の探索者（シーカー）に育ててやる！　儂を信じろ！」

　英雄である祖父ちゃんを疑うなんてありえない。俺は敬愛する祖父ちゃんの言葉を信じ、探索者（シーカー）の修行を受けることになった。そうして始まった修行は、容赦のない過酷なものだった。いつも優しかった祖父ちゃんは、そこにはいない。探索者（シーカー）見習いである俺の前にいたのは、かつて同業者たちから不滅の悪鬼（オーバーデス）と恐れられていた探索者（シーカー）の先達にして鬼教官だ。

「立て、ノエル！　悪魔（ビースト）は待ってくれんぞ！　どれだけ傷を負っても、気合いですぐに立たんか！　ええい、いつまで寝ておる！　この馬鹿弟子が！」

　傷だらけになり倒れ伏しているところを蹴っ飛ばされたのは、二度や三度の話じゃない。朝から晩まで厳しい修行を課され、最初の内は毎日ゲロまみれだったし、血の小便を流したことだって何度もある。

　だが、どれだけ苦しくても、俺は祖父ちゃんのことを信頼していたし、厳しい修行の中にも深い愛情を感じていた。祖父ちゃんが言った通りだ。悪魔（ビースト）は俺の甘えを見逃してくれはしない。修行を怠り弱いままでは、探索者（シーカー）になってもすぐに死ぬだけだ。だから、俺を死なせたくない祖父ちゃんは、必死に【話術士】でも戦える術（すべ）を教えてくれたし、俺も習得しようと必死だった。

　そして、修行が始まり四年。祖父ちゃんの教えの甲斐もあり、俺は探索者（シーカー）としての心技体を磨き上げられ、修行前よりも遥（はる）かに強くなっていた。このままいけば、たとえ戦闘系職能（ジョブ）としては問題のある【話術士】であっても、きっと祖父ちゃんにも負けない偉大な探索者（シーカー）になれるはずだ。

だが、国から正式に探索者（シーカー）の承認を得るためには、まず十五歳になり成人として認められる必要がある。だから、俺は祖父ちゃんの下で引き続き鍛えられながら、その日がくるのを心待ちにしていた。

あの事件が起こったのは、そんな時のことだ——。

「いいかノエル！　絶対にここから出るんじゃないぞ！」

いつも大男の余裕を漂わせていた祖父ちゃんが、見たことのない鬼気迫る表情で、俺を使用人たちと一緒に地下シェルターへ押し込もうとする。

その晩、突如として俺たちの住む街が、深淵（アビス）化したのだ。

深淵（アビス）化は、大気中の魔素（マナ）濃度が一定に至ることで発生する。そのため、人里では定期的に魔素（マナ）を散らす儀式を行うのだが、何らかの理由でそれが上手（うま）くいかず、一気に逆流してきたらしい。しかも、祖父ちゃんが測定器で調べたところ、発生した深淵（アビス）の深度——危険度は十三ある内の十二だった。

深淵（アビス）は魔界（ヴォイド）との繋がりが深いほど危険であり、より強大な悪魔（ビースト）が現界する。つまり、俺たちの街は最大級の危険地域と化したのだ。その核となっている悪魔（ビースト）が、探索者（シーカー）間で魔王（ロード）と呼ばれている存在であることは、探索者（シーカー）見習いの俺にも疑いようがなかった。

見慣れた街の姿はとうに無く、ただ燃え盛る地獄が広がっている。空には毒々しく輝く赤い満月。魔界(ヴォイド)と繋がったことによって発生した禍々(まがまが)しい空間内で、悪魔(ビースト)たちが狂喜する声と、その獲物となっている者たちの阿鼻叫喚(あびきょうかん)が木霊している。

「安心しろ、おまえのことは祖父ちゃんが命にかけて守ってやる」

既に武装済みの祖父ちゃんは力強い笑みを浮かべ、俺の制止する声を無視し、たった独りで外から地下シェルターの扉を閉めた。

周囲一帯の深淵(アビス)は広く、こんな中を俺や使用人たちを連れて脱出することは、祖父ちゃんにも難しい。また、一緒に隠れていたところで、救助がすぐにくるとは思えない。それなら体力のあるうちに、核となる悪魔(ビースト)を倒す方が、助かる確率が高いと判断したのだ。

やがて、今度は悪魔(ビースト)たちの断末魔の声が聞こえてくる。その声は百や二百ではきかないだろう。祖父ちゃんの戦斧(せんぷ)が、悪魔(ビースト)たちを薙(な)ぎ倒している証拠だ。だが、俺の不安は大きくなる一方だった。

一体、どれほどの悪魔(ビースト)が、現界したというのか……。それを束ねる魔王(ロード)の力に、心の底から畏怖した。

次第に悪魔(ビースト)たちの断末魔の声も聞こえなくなり、その代わりに——この世のものとは思えない激しい戦闘音が響き渡る。祖父ちゃんと魔王(ロード)との戦いが始まったのだ。

何時間にも亘(わた)り続いた戦いの音は、ある瞬間からぴたりと聞こえなくなった。深淵(アビス)特有のおぞましい空気も澄んでいく。

俺は祖父ちゃんが勝利したことを確信し、地下シェルターを飛び出した。

外は既に日が昇っていた。あたり一面が焼け野原となり、人間や悪魔の死体がそこら中に転がっている。

俺は祖父ちゃんを捜し、廃墟と化した街を駆け回った。

そして、見つけた。

下半身と右腕を失い、血だらけの姿となって倒れている祖父ちゃんを——。

駆け寄り抱きかかえた俺に、祖父ちゃんは弱々しくも太い笑みを見せる。

「……年には勝てんのう。不滅の悪鬼が聞いて呆れるわい……」

俺はただひたすら泣きじゃくった。身体中の水が無くなるかと思うほど泣いた。そんな俺の頭を、祖父ちゃんがいつもしてくれたように優しく撫でてくれる。

「ノエルは泣き虫だのう。祖父ちゃんと同じじゃ」

祖父ちゃんは俺から視線を逸らし、何かを悩む顔を見せた。

「……これが、探索者の成れの果てじゃ。戦いを生業とする以上、常に死神を隣に置くことになる。ノエル、それでもおまえは、探索者を目指すのか？　この老いぼれと同じ道を歩むのか？」

俺は洟をすすり、涙を拭う。そして、祖父ちゃんのように笑って強く頷いた。

本当は死ぬほど怖かった。笑う余裕なんてない。ずっと祖父ちゃんに縋りつき、死なないでくれ独りにしないでくれ、と大声で泣き叫んでいたい。

でも、今の祖父ちゃんに俺の弱いところは見せたくなかった。

あなたが強いように、あなたの孫も強い。そう安心させたかった。

何も……何一つ恩返しをすることができなかった俺だから……。

「……そうか。ならば、絶対に負けない探索者(シーカー)になれ。シュトーレン家の名に恥じない男になれ。それが儂の願いじゃ」

祖父ちゃんは俺の顔を見て、もう一度頭を撫(な)でる。

「ノエル、祖父ちゃんと約束できるか？」

「……約束する、祖父ちゃん。俺は、最強の探索者(シーカー)になる」

「ははは、それで……こそ、儂の孫じゃ……。ノエル……約束を……守れず、すまなかった。……ずっと……愛して……おる、ぞ……」

そうして、俺の最高の英雄は、俺の腕の中で安らかに眼(め)を閉じた。

あれから二年、偉大なる祖父の遺志を受け継いだ俺は――【話術士】ノエル・シュトーレンは今、探索者(シーカー)として帝都に住んでいる。

俺は祖父のような、いや祖父をも超える、最強の探索者になりたい。その道こそが、亡き祖父への恩返しだと信じている。

そこで問題なのが、何を以って最強と定義するかだ。誰と戦っても負けないこと、これは間違いなく最強だろう。だが、そんなことは不可能だ。戦いには必ず相性というものがある。あらゆる敵に対応できる力など存在しない。

攻守共に安定した【戦士】、その頂点に位置するEXランクであった祖父にも限界はあった。ましてや【話術士】は、全戦闘系職能の中でも、個人の戦闘能力がワーストクラスだ。個人で最強を目指すことなど絶対に不可能である。

なら、どうすればいいか？　答えは決まっている。

「最強のクランを創って、そのマスターになればいい」

クランというのは、探索者が複数集まって結成する組織のことだ。ただ集まって活動するだけのパーティとは違い、正式に国から認められた組織である。簡単に言えば、パーティの上位版だ。認可されるためには特定の条件をクリアする必要があるが、クランとなれば国からの依頼を直接受けられる。つまり、真のプロ集団ということだ。

そもそも、個人で最強を目指すということ自体が間違っている。人の最大の力とは集団の結束にこそあるもの。つまり、最強を目指すなら、あらゆるジャンルの優秀な人材を集め、最強のクランを創ればいいわけだ。

　その野望の第一歩として、探索者（シーカー）になった俺は、帝都に着いてすぐ仲間を探した。そして、幸運なことに、三人の優秀な仲間とパーティを組むことができた。

　赤髪の優男、【剣士】のロイド。黒髪の偉丈夫、【戦士】のヴァルター。長い金髪の美女、【治療師（ヒーラー）】のタニアだ。

　三人は俺と同じく駆け出しだが、それぞれ探索者（シーカー）の養成学校を出ていた。そのため、年齢は三人とも俺より上だ。探索者（シーカー）は実力が全てだが、駆け出し同士では僅かな差とはいえ年齢を重視されることも多く、業腹極まりないが俺は三人の弟分的なポジションだった。パーティのリーダーも、俺ではなくロイドが務めている。

　まあ、最初は仕方がない。焦らず探索者（シーカー）としての経験値を積む時期だ。

　パーティは不変のものではないし、いずれ俺の望む形に変えていくつもりだ。仲間たちが受け入れるなら良し。受け入れなければ、パーティを抜けて新たに仲間を集めればいい。

　仲間たちのことは嫌いじゃないし信頼しているが、長く探索者（シーカー）をやっていれば、むしろ同じメンバーで続けている方が珍しい。割り切りの早さ、ある種のドライさも、探索者（シーカー）をやっていくには必要なスタンスだ。

　いずれにしても、今はこの蒼の天外（ブルービヨンド）の一メンバーだ。その役割を果たすため、今日も探索者（シーカー）の活動に勤（いそ）しんでいる。

深淵（アビス）化は、魔素（マナ）濃度が一定の数値に達すると、場所を問わずどこにでも発生する。人里であっても関係無い。だが、魔素（マナ）濃度が高まりやすいのは、深い森や洞窟などの閉ざされた空間だ。特に人里離れた場所は、どうしても管理が甘くなってしまう。

今回、俺たち四人のパーティが深淵（アビス）の浄化依頼を受けた場所は、かつてドワーフが白星銀（ミスリル）を採掘していた廃坑だ。廃坑内は広く深いものの、幸いなことに深淵（アビス）化の進行が遅く、影響下にあるのは全体の一部だけだった。深淵（アビス）の深度は四。比較的浅い危険度である。現界した悪魔（ビースト）も、攻略法が確立されている既知のものだ。

下級吸血鬼（レッサー・ヴァンパイア）――吸血鬼型の悪魔（ビースト）。吸血鬼型は基本的に人の姿をしており、高い身体能力と再生能力に加え、強力な魔法スキルも扱える厄介な悪魔（ビースト）だが、下級吸血鬼（レッサー・ヴァンパイア）は下位の存在であるため魔法スキルは扱えない。形状も人型ではあるものの、四本の腕を持ち全身が真っ白で単眼という、かなり異形染みた姿をしている。知性も原始的なものしかない。

だが、その代わりに高い繁殖能力を持ち、しかも単為生殖で増えることができる。初めは一体だったのが、たった一ヶ月で数十体に増えるのだから恐ろしい奴（やつ）だ。

もし、発見が遅れていれば、今頃この洞窟は下級吸血鬼（レッサー・ヴァンパイア）で溢（あふ）れ返っていただろう。そうなると、こちらも数十人は揃（そろ）えなければ対処しきれない案件となる。

魔法スキルが扱えなくとも吸血鬼型。素手で牛を引き裂く腕力と、首を刎（は）ねない限りどんな損傷も完全回復する再生力を備えている。数に囲まれれば、熟練の探索者（シーカー）ですら、一瞬で食い殺されてしまうことだろう。

　俺たちのパーティには、周囲の状況を探れるスキルを持ったメンバーがいない。気配察知能力に長けた【斥候】や【弓使い】がいると便利なのだが、広大な帝都でも互いの条件が合致する人材を得るのは簡単な話ではない。【斥候】や【弓使い】であれば誰でもいいわけではないし、能力が低ければ邪魔になるだけだ。いずれは優秀な【斥候】や【弓使い】を仲間にしたいが、見つかるまで活動をしないというわけにもいかない。

　だから、俺たちはタニアの使用した光源スキルを頼りに、慎重に探索を行っている。四人それぞれが周囲に気を配りながら、見つけた下級吸血鬼を片っ端から殺していった。深淵の核となるボスを発見してからも、そちらに気がつかれないよう注意し、ひたすら配下を殺し続ける。可能な限りボス戦で邪魔が入らないようにするためだ。

　戦力で上回っているパーティなら、速攻でボスに突っ込んでも勝てるだろう。深淵の核であるボスを仕留めれば、この世界との繋がりを断たれた配下も即座に活動を停止するため、その方が断然効率的だ。

　だが、あいにく今の俺たちに、そこまでの力はない。そもそも、本来ならこの依頼は、全員の職能がＢランク以上でないと厳しい内容だ。なのに、俺たちは全員がＣランクだった。

　不可能を可能としているカラクリは、俺の職能にある。

【話術士】である俺の支援があれば、メンバーの戦闘能力を底上げできるだけでなく、体力と魔力の回復速度を上げることもできるからだ。強力な攻撃スキルや回復スキルを連発しても、そうそう簡単に疲労困憊（ひろうこんぱい）することはない。つまり、数に囲まれさえしなければ、ずっと勝ち続けることができる。しかも消耗も抑えられるのだから、スタミナ切れを恐れるあまり功を焦って危険な戦いに挑む必要もない。

　個の戦闘能力の低さから最弱と馬鹿にされがちの支援職（バッファー）ではあるが、英雄と呼ばれた祖父から訓練を受けた俺なら、パーティのお荷物になることなく、強力な支援能力を役立たせることができる。パーティを結成してこの一年、俺たちはずっと、こういう戦い方で実績を積み上げてきた。常に格上を狙うことから、『大物食いのルーキー』と揶揄（やゆ）されることもある。

　そのため、俺たちはみんな新人でありながらも、同ランク帯では同期を抜き去るどころか、既にトップクラスの探索者（シーカー）として認知されていた。

　もっとも、所詮はCランク帯の話。偉大なる祖父の遺志を受け継ぐ俺は、更に上を目指さなくてはならない――。

　幸いなことに、ボスに気がつかれることなく、全ての配下を排除することができた。数は十五。事前調査通り、成熟しきっていない個体しかいなかったことが上手（うま）く働いた。

　これがあと半月も経（た）っていれば、更に数が増えていただけでなく、集団で戦う知恵を得ていただろう。知能レベル的に高度な戦術は扱えないが、集団には集団で戦うという知恵ぐらいは習得できる。

そうなった後だと、俺たちでは対処のしようがなかった。下級吸血鬼（レッサー・ヴァンパイア）を討伐して得られる報酬はかなり美味（おい）しい。ここでしっかり稼がせてもらうとしよう――。

「ボス中心の範囲攻撃がくるぞ！　前衛二人は後ろに回避しろ！」

俺が出した指示（オーダー）に従って、下級吸血鬼（レッサー・ヴァンパイア）のボスと激しい打ち合いをしていた【剣士】のロイドと【戦士】のヴァルターが、大きく飛び退（すさ）る。

瞬間、ボスの背中から幾本もの触手が飛び出し、その鋭い先端で周囲一帯を滅多刺しにする。攻撃がかすった二人から、パリンとガラスが割れるような音がした。事前に【治療師（ヒーラー）】のタニアが掛けていた防壁（バリア）が破壊された音だ。

ボスの攻撃力は、かすっただけで防壁（バリア）を破壊する威力を持っている。あと少し回避が遅れていたら、また防壁（バリア）が無ければ、前衛の二人は致命傷を受け、挽肉（ひきにく）と化していただろう。

だが、俺たちに焦りはない。この程度は想定の範囲内だ。

「タニア、二人に防壁（バリア）を更新しろ！　ロイドとヴァルターは攻撃を再開！」

「わかったわ！」「了解した！」「任せろ！」

戦闘は開始から今に至るまで俺の指示（オーダー）によって動いている。パーティのリーダーはロイドだが、司令塔として指示（オーダー）を出すのは俺だ。その理由は、俺の発する指示（オーダー）の全てに、支援効果があるからだ。

話術スキル《戦術展開（タクティシャン）》。メンバーに指示（オーダー）を出すことにより、その全ての行動の結果と効果を25パーセント上昇させるスキル。つまり、今の三人は、全能力が25パーセント上昇している状況にある。

この上昇値は【鑑定士】が管理している統計データに基づくもので、ほぼ正確だ。

また、付与した支援は、それだけではない。

話術スキル《士気高揚（バトルボイス）》。メンバーの体力と魔力を25パーセント上昇させ、更に回復速度も上昇させるスキル。戦闘開始と同時に付与したこのスキルによって、三人は長時間でも全力で戦い続けることができる。

戦況はこちらに有利だ。ロイドのロングソードとヴァルターの戦斧（せんぷ）が、徐々にボスを追い詰め始めている。奥の手である初見殺しの触手攻撃を回避された以上、ボスは首を落とされる時間を延ばすことしかできない。大した知性を持たない獣でも、その焦りは感じ取れた。

だが、何事にも予想外のアクシデントは付き物だ……。

「嘘（うそ）っ、伏兵!?」

初めにその存在に気がついたのはタニアだった。彼女の悲鳴を聞き、視線を追って上を見ると、そこには天井に張り付き乱杭歯（らんぐいば）を覗（のぞ）かせる三体の下級吸血鬼（レッサー・ヴァンパイア）がいた。どうやら、俺たちが確認できなかった空間に潜んでいたらしい。

現在の戦況は俺たちに有利だが、この伏兵がボスに味方すれば、一気に流れはあちらに傾くだろう。タニアの悲鳴は前衛二人にも届いており、その顔は緊張で固まっていた。俺は戦闘を続行するべきか否かを瞬時に決断する。

「狼狽(うろた)えるな！　戦闘を続行する！」

話術スキル《精神解法(ピアサポート)》。対象の精神を正常化させ、気力を漲(みなぎ)らせるスキルを指示(オーダー)に付与した。これにより三人から恐怖は消え闘志を新たにする。

もちろん、玉砕覚悟で突撃を命じたわけではない。確かな勝算があってのことだ。戦闘系職能(ジョブ)は、基本的に後衛の方が知力補正値が高い。中でも【話術士】は、全後衛の中でトップクラスに知力補正が優れている。その処理能力と、これまでに蓄えた戦闘知識を活(い)かせば、この程度の窮地、いくらでも覆せる。

「――十八秒ってところか」

俺は脳内で組み立てた作戦を検証し呟(つぶや)いた。敗北はない。勝利は確定している。そこに至るまでに必要な秒数が十八秒だ。腕時計のストップウォッチボタンを押し、メンバーたちに新たな指示(オーダー)を出す。

「雑魚は俺が引き受ける！　三人はボスに集中！　タニアは防壁(バリア)を更新し続けろ！　ロイドとヴァルターは牽制(ヘイト維持)と回避に専念しつつ、最大攻撃スキルの発動準備に入れ！」

話術スキル《戦術展開(タクティシャン)》の使用。そして、もう一つ――。

話術スキル《標的指定(マーキング)》。メンバーにターゲットの指定をし、その対象限定で命中力と回避力を50パーセント上昇させるスキル。代わりに、他の敵への命中力と回避力は半減するが、伏兵は俺が牽制(けんせい)するため、絶対に三人へは向かわせない。

俺は天井から飛び掛かってくる伏兵たちに向き直った。

「止まれッ!!」

大声で叫ぶと伏兵たちは着地を失敗し地面に転がる。

話術スキル《狼の咆哮(スタンハウル)》。敵を停止(スタン)させるスキルだ。格上であるボスには抵抗(レジスト)され効果を与えられないが、伏兵たちの動きを止めることに成功した。すかさず黒のロングコートを翻し、ベルトのホルスターから魔銃(シルバーフレイム)を抜き放つと、伏兵たちに狙いを定める。

魔銃(シルバーフレイム)は、魔法スキルが込められた弾丸――魔弾を放つ銃だ。材質は高い魔力伝導性を持つ白星銀(ミスリル)。グリップは深度九に属する悪魔、幽狼犬(ビーストガルム)の牙。また、銃身内のライフリングにも、魔弾の威力を増幅させる呪文が、幽狼犬(ビーストガルム)の血で刻まれている。口径は三十八。八連装の回転式(リボルバー)だ。攻撃手段に乏しい俺が、悪魔戦で頼れる唯一の武器である。

もっとも、弾丸が非常に高価であるため、好き放題撃つ(トリガーハッピー)というわけにはいかない。残っている弾丸は氷結弾(アイスバレット)が二発。その一発を伏兵たちに向けて撃った。

地面に直撃した氷結弾(アイスバレット)が周囲を凍らせる。即死させるほどの冷却力はないが、二体の手足を凍らせ動きを封じることに成功した。だが、いち早く停止(スタン)状態から立ち直った残り一体が、氷結を跳躍して回避し、俺に襲い掛かってくる。

魔銃(シルバーフレイム)を警戒した奴は、ジグザグにステップを踏むことで常に射線から外れている。狙撃補正スキルを持たない俺では、素早い奴の動きに合わせ正確に当てることは難しい。また、《狼の咆哮(スタンハウル)》は連続使用すると効果が弱まるため、今の状態だと確実に無効化されてしまう。

改めて停止(スタン)させるには、最低でも十分は間を置かないといけない。

ここまでで十五秒。伏兵の爪が俺に届くまで四秒。全て計算通り。

俺は迷わず魔銃(シルバーフレイム)の銃口を後ろのボスへと向け、腹の底から声を出す。

「今だッ！　ロイドとヴァルターは、攻撃スキルをボスに発動ッ!!」

指示(オーダー)と同時に引き金を絞る。もちろん、後ろ向きに撃って当たるわけがない。だが、伏兵を相手にしていた俺が、それに構わず攻撃を仕掛けたことに、ボスは一瞬の怯(ひる)みを見せた。


その一瞬が命取りになると知らずに――。

氷結弾(アイスバレット)はボスをわずかに逸(そ)れ、壁で着弾し周囲を氷結させる。ボスがそれを目で追った瞬間、前衛の二人が飛び掛かった。

「闘気破断(オーラブレード)！」「回転斬殺(デッドリードライブ)！」

それぞれスキルは異なるが、攻撃威力を瞬間的に5倍増加させる効果を持っている。ボスは爪で二人の攻撃を受けようとしたが、無意味な抵抗だ。

話術スキル《連環の計(アサルトコマンド)》。10秒の効果中、メンバーの全攻撃系スキルの威力を10倍にするスキル。それを命令時に付与しておいた。

《連環の計(アサルトコマンド)》は、俺の全話術スキルの中で最も強力なスキルだ。だが、反動も大きく、攻撃スキルの発動に伴う消耗も大幅に上昇させるため、被付与者は攻撃終了後、一時的に行動不能状態となる。だからこそ、使いどころは見極める必要があった。そして、俺が作った一瞬の隙が、その絶好のタイミングだった。

二人の凄絶なる刃に切断されたボスの首が宙を舞う。俺の眼前にまで迫っていた伏兵の爪は、だがそこでピタリと止まり、そのまま倒れ伏した。

ストップウォッチを止め、針が示す秒数を確認する。

「――ジャスト十八秒。敵対象の沈黙を確認」

パーティの司令塔にとって、秒単位で正確な作戦を組み上げられることは欠かせない要素だ。一瞬でも判断が遅れれば、それがパーティ全滅のきっかけとなる。だから、計算に狂いが無いかを確認するため、ここぞという時には時間を計るようにしている。

今回も完璧な戦いを指揮できたことに、少しだけ頬が緩んだ。

「戦闘行動、終了。――みんな、お疲れ」

†

「勝利にかんぱーい！」

各々が持つエールジョッキが、テーブルの上で打ち合わせられる。

無事、なんの損害もなく深淵（アビス）を浄化することに成功した俺たちは、ちょうど現地から駅馬車で帰ってきたところだった。解散する前に、行きつけの酒場――猪鬼（オーク）の棍棒（こんぼう）亭で慰労会を開くのはいつもの流れだ。

テーブルにはよく冷えたエールの他に、たくさんの料理が並んでいた。その大半が肉料理だ。分厚い牛肉のステーキや豚のスペアリブやソーセージ、鳩（はと）のローストに臓物の煮込み等々。脂ぎったメニューばかりだが、身体（からだ）が資本の俺たちは何の抵抗も無く次々に皿を空にしていく。

探索者（シーカー）というのは健啖家（けんたんか）ばかりだ。背が高くガタイの良いヴァルターはもちろん、ほっそりとした紅一点のタニアでさえ、その食事量は常人よりも遥（はる）かに多い。

食が進めば飲む酒の量も比例して増えていく。初めは戦いの振り返りなど真面目な話題も多かったのに、気がつけば酔いが回り大声で談笑をするようになるのも、いつもの流れだ。特に、今回は儲（もう）けが多い仕事だった分、酒の進みも速かった。

「それにしても、良い仕事をしたぜ！　なんたって五百万フィルの稼ぎだからな！　五百万フィルだぞ！　これまでで一番の稼ぎだ！」

ヴァルターはテーブルについてから五回は言った台詞（せりふ）を繰り返す。酔って頭が回っていないせいだ。酔っぱらいは大声で同じことを繰り返すのが定番である。

とはいえ、気もちはわかる。俺は酒に強い祖父の血を引いているため、よほど度数の高い酒を大量に飲みでもしない限り酔わないが、もし酔っ払っていたらヴァルターのようになっていたかもしれない。

五百万フィル――下級吸血鬼（レッサー・ヴァンパイア）の討伐報酬である金貨五十枚が、革袋から顔を覗かせ、堂々とテーブルの真ん中に置かれている。その曇りのない輝きに、楚々（そそ）としたタニアもうっとりしているし、いつもは凛々しいリーダーのロイドもだらしない顔をしている。

俺も嬉しい。嬉しいが、不満もあった。

本当なら、もっと稼げていたはずなのだ。なのに、五百万フィルしか稼げなかった。その事実が、胸をもやつかせる。

「私たち、ここまできたのね……」

タニアが感慨深そうに呟くと、ロイドは燃えるような赤髪を掻き上げ頷く。

「まだ一年しか経っていないのに順調な滑り出しだ。この分なら、俺たちはもっと上を目指せるだろう。全員がBランクに至るのも近いはずだ」

自信に溢れた声には一切の疑いがない。確信があるのは俺も同じだ。まず間違いなく、このメンバーは全員がランクアップするだろう。

職能のランクアップには、それぞれ必要条件がある。だが、Bランクに関しては、ほぼ全てが明らかにされている。その情報によると、俺たちはあと少しで条件達成できるところにまできていた。俺の判明しているランクアップ先は三つ。もちろん、今の役割を強化できる職能にランクアップするつもりだ。他の三人も同じ方針でいる。

探索者を始めて一年。ロイドが言ったように順調な滑り出しだ。だが、俺たちのような新人がこうも順調だと、やはりやっかみも多い。

帝都には探索者専用の酒場がいくつもある。飲食目的だけではなく、情報共有や新規メンバー集めなど、様々な目的に使える場だ。そのせいか、誰が取り決めたわけでもないのに、酒場毎（ごと）にランクや実績制限が存在した。

職能（ジョブ）がCランクの奴（やつ）は、Bランクたちがたむろする酒場に入れないし、同じCランク用の酒場でも、実績によっては追い出されることになる。この際に行われる暴力は半ば公認されていて、何も知らない新人がキツい洗礼を受けるのはよくある話だ。

つまり、俺たちが飲み食いしている猪鬼（オーク）の棍棒亭は、俺たちのランクと実績に見合った酒場ということになる。だが、重要なのは、俺たちがまだ探索者（シーカー）を始めて一年しか経っておらず、年齢も十六から十八と若いことだ。同じランクと実績でも、経歴や年齢によって実際の価値が違うのは当然である。

酒場を見渡してみても、俺たちと似た立場のパーティは楽しく飲み食いしているが、年齢層の高いテーブルだと、どこか暗く湿っぽい雰囲気が漂っている。ランクアップをすることができず、ここが打ち止めになった探索者（シーカー）たちだ。

奴らは長く続けてきた分、この酒場に居座れるだけの実績はあるが、そのせいで能力に見合わないプライドが肥大化し、有望な新人に嫉妬を募らせることしかできずにいた。今だって、こちらを憎たらしそうな目で見ている奴がいる。目障りに感じ睨（にら）み返してやると、そいつは気まずそうに視線を逸らして酒を舐（な）めた。

わざわざ構ってやるのも面倒だが、放っておけば舐められ、闇討ちを仕掛けてくる可能性もある。だからこうやって、たまに釘（くぎ）を刺してやる必要があった。

「おい、どうしたんだ？　怖ぇ顔してよ」

「別に」

赤ら顔になっているヴァルターが、酒を飲みながら覗（のぞ）き込んでくる。共有する価値もない話だ。話を流しソーセージを齧（かじ）ったが、ヴァルターはしつこく絡んできた。

「なんだよなんだよ～。悩みがあるなら俺に話してみろよ～」

「しつこい。絡むな面倒くさい」

「ひょっとして、まだ報酬のことを根に持っているのか？」

「違う。いいから黙って飲んでろ」

「金に拘（こだわ）るのはよくねぇぞ。探索者（シーカー）は器がデカくないとな。おまえの大好きな祖父（じい）さんだって、同じことを言ったはずだぜ」

「あぁっ？」

　適当に流しておこうと思ったが、尊敬する祖父を都合の良いように使われてはカチンとくる。おまえが俺と祖父ちゃんの何を知っているんだよ。不滅の悪鬼（オーバーデス）の孫だということは伝えたが、祖父ちゃんが何をどう教えてくれたかまで話した記憶はない。勝手に語るな。

　祖父が教えてくれたことは、むしろ真逆だ。探索者（シーカー）たるもの金に拘れ、と口酸っぱく言われてきた。金、金、金、探索者（シーカー）の活動には常に金が必要だ。探索に必要なアイテムを揃（そろ）えるのだって、装備を新調したり修理するのにだって、金が無ければなにもできない。

　だが、祖父の教えや実情とは裏腹に、探索者（シーカー）の間には金に拘らないことが『粋』だという風潮もあるため、やきもきさせられることが多かった。

　今回の依頼も、依頼を受ける段階で交渉していれば、更に五十万フィルは上乗せしてもらえたはずだった。下級吸血鬼（レッサー・ヴァンパイア）から得られる素材が最近高騰しているためだ。なのに、俺がそう提案しても、三人は『五百万も貰（もら）えるのに欲を出して五十万ぽっちに拘るなんてみっともない』、という論調だった。だから、パーティのリーダーではない俺は、交渉を諦めるしかなかった。

　だが、五十万は決して少ない額ではない。むしろ大金だ。その金があれば、やれることはいくらだってある。なのに交渉する価値のない金額だと切り捨ててしまったのは、こいつら三人が、五百万を前にして金銭感覚が狂ってしまっていたからだ。要するに大雑把なのである。だから、悪魔（ビースト）の素材の相場にも無頓着だし、交渉して報酬を吊（つ）り上げることなんて端（はな）から頭にない。

　まったく、イライラさせられる話だ。だが、そう考える一方で、無闇に苛立（いらだ）っても仕方ないと理解もしている。

「……根になんか持っていない。もう済んだ話だろ」

　怒りを酒と共に呑（の）み込み、溜（た）め息（いき）を吐（つ）く。舐められるのは癪（しゃく）だが、相手は酔っ払いだ。反論したところで、労力の無駄でしかない。

「そうよ、蒸し返しているのはヴァルターの方でしょ。たしかに、ノエルは報酬の件で拘っていたけど、最終的には私たちに合わせてくれたじゃない。ねぇ？」

　場を取り成そうとしたタニアが同意を求めてくるが、俺としては頷きにくい言葉だった。

納得して合わせたわけじゃない。俺一人が主張しても、意味がないから折れただけだ。そのところを勘違いされたままだと困る。

だから、俺は曖昧に笑うしかなかったのだが、それが何故かヴァルターの癇に障ったらしい。テーブルにジョッキを叩きつけ怒鳴り始める。

「へらへら笑ってんじゃねぇ！　俺は怒っているんだ！」

「はぁ？」

「おまえが金に汚いと、俺たち蒼の天外の沽券に関わる！　ちゃんと反省しろ！」

「わけがわからないことを言うな。おまえだって、五百万五百万って浮かれていたじゃないか。自分を棚に上げて何を言っているんだ」

「正当な報酬を喜ぶのは当然だろ！　俺はおまえみたいに、意地汚く報酬を吊り上げようなんてしていないぞ！」

でかい図体している癖に、ガキみたいな屁理屈こねやがって。とはいえ、こんな酔っ払いに理を語っても無意味だ。酔っ払いには酔っ払いに相応しい対処法というものがある。お行儀良く紳士的に、対応させてもらうことにしよう。

「ああ、そうですねそうですね。全部なにもかも俺が悪い。いつも正しいのはヴァルター様です。一切の反論の余地がありませんね。ご立派ご立派」

「なんだ、その態度は!?　俺はおまえより二つも年上だぞ！」

ますます鼻息を荒くするヴァルターを、俺は醒めた目で見返す。

「この場で年齢に何の関係があるんだ。だったら、おまえは自分より年上ってだけで、誰が相手でも従順になるのか？　笑わせるなよ、探索者は実力が全てだ。年齢を盾に自分を通そうなんて随分と甘っちょろいな、ヴァルター君？」

「お、おま、おままま、おまえぇっ……」

俺の言葉に、ヴァルターは怒りのあまり額にいくつもの血管を浮かび上がらせ、そこから血が噴き出しそうな勢いだ。椅子を蹴って立ち上がり、獰猛な眼差しで睥睨してくる。

「ふざけるなよ、ノエル！　後ろで指示を出すことしかできない分際が！　安全なところで胡坐をかいている奴が、調子に乗るんじゃねぇッ！」

「そうそう、ヴァルター様のおかげで、いつも楽をさせてもらっていますよ。いやぁ、本当に感謝していますって。その戦いぶりは、まさに鬼神の如し！　俺みたいに指示を出すことしかできない無能とは大違い！　よっ、探索者の中の探索者！　ヒュー、カッコいいっ！」

指笛を鳴らして煽ってやると、単純なヴァルターは怒りと悔しさで、奥歯が砕けそうなほど歯を噛み締めた。

「……ノエル、覚悟はできているんだろうな？」

「おいおい、なんだよ。誉めてやったのに器の小さい奴だな。探索者は器がデカくないと駄目なんじゃなかったのか？　それとも頭でも撫でて欲しいのか？　子守歌でも歌って欲しいのか？　図体ばかり成長して甘えん坊さんのままだな、ヴァルターちゃんは。お～よちよち、大人しくしているんでちゅよぉ～」

「ぶ、ぶぶぶぶ……ぶっ殺す！」

　我慢の限界を迎えたヴァルターが摑み掛かってくる。狙い通り事が運んだことに俺は口元を歪めた。

　上等だ、受けて立ってやる。前衛だからって、酔っ払っている奴が俺に殴り合いで勝てると思うなよ。馬鹿正直に突っ込んでくるヴァルターに、俺が立ち上がって投げ技を極めようとした時、静観していたロイドが間に立ち塞がる。

「いい加減にしろ、みっともない！」

　怒られてしまった。せっかくヴァルターを好き放題殴れるところだったのに。残念だが、リーダーに止められてしまった以上、楽しい喧嘩はここまでだ。

　両手を上げて椅子に座ると、ヴァルターも舌打ち一つで矛を収め席に戻った。

「二人とも、本当に馬鹿なんだから……」

　嘆息するタニアの肩を、ロイドが慰めるように触れた。この二人は恋人同士だ。パーティ内恋愛というのもどうかと思うが、俺に口を挟む権利はない。

　ちなみに、ヴァルターもタニアに惚れていたりする。だが、タニアが選んだのは、いかつい大男のヴァルターではなく、すっきりした優男であるロイドだった。

　気まずいことこの上ない三角関係である。

「そろそろお開きにしよう。報酬を分配するぞ」

　ロイドが爽やかに笑って場を仕切る。そのイケメン特有の笑顔と、ヴァルターの不満顔は実に対照的で、タニアがロイドを選んだのも当然だと思った。

†

　報酬の五百万フィルは、次のように分配された。

　まず、パーティ資産が二百万フィル。これは今後の活動を拡大するための資金である。

　また、何らかのトラブルが発生した時に備えた保険も兼ねている。

　次に、パーティ運用費が二百万フィル。これは、アイテムの補充や装備の修繕と新調に必要となる金だ。ロイドとヴァルターの装備が、下級吸血鬼（レッサー・ヴァンパイア）との連戦で使い物にならなくなっているため、修理してもらう必要がある。俺の魔銃（シルバーフレイム）の弾丸も、補充してもらわないといけない。安くしてくれる馴染（なじ）みの武具屋に任せても、合計で二百万フィルは掛かるだろう。

　そして、最後が待ちに待った個人分配だ。

「たった、これだけかぁ……」

　さっきまでのはしゃぎようが嘘（うそ）のように、ヴァルターが肩を落とす。それぞれの手元に残ったのは、二十五万フィル。一般的な職業の平均時給が千フィルであることを考えると、決して少ない報酬ではない。だが、やはり五百万に浮かれていた身としては、手元に残った額に不満を抱くのも仕方なかった。タニアも、手の平の上の金貨二枚と大判銀貨五枚に醒めた顔をしている。

だから、報酬の値上げ交渉をすればよかったんだよ、とは言わない。言ったところで俺の気が少しだけ晴れ、代わりに三人が嫌な気もちになるだけだ。

「まあまあ、そう落ち込むなよ」

ロイドが困ったように笑いながら言う。

「個人分配額は少ないが、パーティ資産は着実に増えている。それに、次も大きな依頼を受けられれば、また同じだけ稼げるじゃないか」

たしかに、ロイドの言う通りだ。だが、間違っている点もある。

「ロイド、今回のような美味い依頼は希少だ。そうあることじゃない。なにより、この依頼は俺たちが国から受けた依頼ではなく、他のクランから回してもらった依頼だ。トラブルさえなければ、美味い依頼は自分のところで完遂される」

「そうだな……そうだった……」

そもそも、深淵浄化の依頼は国が一括して管理を行っており、本来ならクランにしか依頼を出さない。つまり、クランに所属している探索者しか、深淵に関わることができないわけだ。

だが、クランに入っていなくても、深淵の依頼を受ける方法はある。クランが国から引き受けたはいいものの、対応しきれない案件を外注することがよくあるからだ。これは、依頼の年間受注数が多いほど、クランの評価が上がる査定システムが関係している。俺たちが受けた下級吸血鬼（レッサー・ヴァンパイア）討伐依頼も、そうやってクランの手から零（こぼ）れた一つだった。

深淵（アビス）関係の仕事は儲（もう）かる。なにより、探索者（シーカー）としての実績に繋（つな）がる。だから、俺たちのように既存クランに所属することを選ばなかった探索者（シーカー）は、各クランを回って良さそうな外注依頼を探し、それを引き受けることで稼いでいる。そうやって金と実績を得ることで、いずれは自分たちのクランを創設する計画だ。

もっとも、クランもタダで仕事を回してくれるわけではない。安くない仲介料をせしめられることになる。討伐した悪魔（ビースト）の所有権もクラン側にあるため、交渉もせずに従っていては搾取されるだけだ。そこで交渉が重要になるのだが、こっちの権利を主張し過ぎても、煙たがられ良い仕事を回してもらえなくなるのも事実である。

つまり、パーティの成長度を考えるなら、ここらが良い頃合ということだ。

「ロイド、パーティ資産は今いくらだ？」

「え？……えっと、今回のを合わせて千二百八十万フィルだな」

パーティ資産を管理しているのは、リーダーであるロイドだ。千二百八十万、たしかにその額だったと俺も記憶している。

「なら、その千二百八十万を使って、俺たちもクランを創設しよう」

「えっ!?」

ロイドが驚く。他の二人も声を上げた。

「……ノエル、知っていると思うが、クランを創設するためには、国に二千万フィルを納めないといけないんだぞ？」

　この二千万という金は、国が探索者（シーカー）から搾り取ろうとしているわけではない。クランが指定された期間内の依頼達成を失敗した時のための強制保険だ。

　深淵（アビス）は時間が経（た）つ毎（ごと）に広がっていく。そのため、一刻も早く浄化する必要があり、失敗すればその分だけ危険度が増すことになる。この難易度の上昇による次のクランに依頼する際の新たな報酬を、失敗した側が違約金として補填するシステムであるため、事前に最低二千万を納めなければならないのだ。そして、この強制保険は半年毎に納め続けなくてはならない。

「理解している。だが、この一年で俺たちも強くなった。知名度もそこそこある。なのに、いつまでも下請けのままじゃ美味（おい）しくない」

「いや、気もちはわかるが……」

「だから、残りの七百二十万フィルは、俺が出そう」

「えっ!?」

　三人がまた驚く。目を見張り、さっきよりも大きいリアクションだ。七百二十万という大金を俺が個人的に出すと言うのだから当然だろう。実際のところ、気軽に出せる金額じゃない。祖父から遺産を相続してはいるが、それも残り僅かしかないからだ。

　あの事件の後、生き残った使用人たちが立ち直れるように渡した金、そして俺が探索者（シーカー）

になるまでに掛かった金、それを合計するとかなりの額になる。特に、俺は祖父からの教えに従って、装備にかなり拘（こだわ）った。装備の良さは生存率に直結するためだ。
魔銃（シルバーフレイム）だけでなく、防具の黒いロングコートも優れた高級品だ。深度八に属する悪魔（ビースト）、黒鎧龍（ブラックドラゴン）の心筋繊維で仕立てられたこのコートは、高い耐久力と各種耐性を持っている。他にもスキルを習得することのできる技術習得書（スキルブック）など、探索者（シーカー）を始めるにあたって購入した高級品は多い。

「もちろん、クランが軌道に乗ったら返してもらう。施しをしたいわけじゃないし、俺だって将来のことを考えると節制したいのが本音だからな。だが、このまま下請けとして活動するより、さっさとクランを創設した方が儲かるはずだ」

それに、ここで三人に恩を売っておけば、俺がリーダーになる話もスムーズに受け入れられるだろう。卑怯（ひきょう）な気もするが、これも俺の大望のためだ。

「拠点はどうするんだ？　クランの創設を認めてもらうためには、帝都内に拠点となる建物を持っていることも必要だぞ。帝都の地価は高い。借りるにしても月々の家賃は馬鹿にならない額だ」

「安心しろ、安く借りられる当てはある」

「本当か？　いや、だが……」

悩むロイドを見かねたのか、横からタニアが口を挟んでくる。

「ノエル、あなたが本気なのは知っているけど、焦るのはいけないわ。今の私たちが無理にクランを創設しても、きちんと運営できるとは思えない」

「何故？」

「何故って……私たちはまだ新人よ？　職能もCランクだし年も若いわ。私が十七、ロイドとヴァルターが十八、あなたが十六。みんな成人はしていても、世間的にはまだまだ子どもよ。どれだけ強くても上手くやれるわけないわ」

「何故？」

「いや、だからね……」

説き伏せようとしてくるタニアを、俺は手で制する。タニアの言っていることは間違ってはいない。だが正しくもない。平凡でありきたりな意見だ。毒にも薬にもならない意見なんて、何の役にも立たない。

「なら、いつならいいんだ？　何年後なら確実にきちんと運営できると思えるようになるんだ？　何を成功の担保にする？　クランを創設しない限り、どれだけ時間を経ても運営の初心者には変わりないんだぞ？」

「それは……」

「少なくとも、俺は探索者業の傍ら、ずっとクランについて勉強をしてきた。必要な知識は全て持っている。だが、それだけで成功できるとは思わない。必要なのは、実際に運営をして得られる、確かな経験だ。それは、足踏みをしていては、一生得られるものじゃない」

「うっ、うぅ……」

　タニアは反論しようとしたが言葉が出てこないようだ。堪らずロイドに視線で助けを求める。仲の良いカップルなことで。

「……ノエルの考えも一理ある。経験は実際に始めてみなければ得られないからな。だが、一番儲けられる深淵関係の仕事は、国が管理しているものだ。国が俺たちを若いからと侮れば、クランを創設しても仕事を得られないぞ？　それで半年毎の強制保険を払い続けられるのか？　焦って無理をしても待っているのは破産だ」

「それは逆だよ、ロイド。若いからこそ良い仕事を回してもらえる」

「どういうことだ？」

「俺たちは若く、そして見た目が良い。それが重要なんだ」

「言っている意味がわからないんだが……」

　ロイドは首を傾げる。他の二人も同様だ。何もわかっていない様子だった。そんな三人を、俺は改めて観察する。

　リーダーで【剣士】のロイド。燃えるような赤髪が特徴の優男。その甘いマスクは、荒くれ者が多い探索者の中でよく目立つ。細いがよく鍛えられた身体は上背もあり、一挙一動が堂々とした気品に満ち溢れている。

　【治療師】のタニア。よく手入れのされた長い金髪が輝く、優しい顔立ちの美女。物腰が柔らかく愛想も良い。【治療師】という職能も相まって、タニアを聖母だと崇めるファンも多いようだ。

【戦士】のヴァルター。背が高く筋骨隆々の偉丈夫だ。あまり身なりを気にするタイプではなく、その黒い短髪も自分で雑に切ったものだが、顔立ちは彫りが深く整っている方だし、野性的な魅力を持っている。

　そして、俺こと【話術士】ノエル。美人と評判だった母の容姿を、そっくりそのまま受け継いだ俺も、見た目は良い。女だと間違われることは多いが、それはもう諦めた。

「国は、探索者を奨励している」

　話を続けると、三人が耳を傾ける。

「つまり、多くの国民に探索者になって欲しいんだ。さて、俺たちが探索者を夢見る若者なら、どういうタイプの探索者に憧れを抱くようになる？　強いことは当然だ。あとは品行方正さ？　まあ、それもあるだろう。だが、それよりも重要なのは、ぱっと見でわかる華やかさだよ」

「なるほど……そういうことか……」

　ロイドは俺の言わんとすることに気がついたようだ。顎を撫でながら、苦笑めいた笑みを浮かべている。

「そう、華やかさとは、若さと見た目の良さだ。なんたって、名うての探索者は、アイドルなんだからな。強いだけでなく若くて見た目も良ければ、国も広告塔として推しやすいだろうさ」

「つまり、若くて見た目が良いから、贔屓（ひいき）してくれるってことか？」

酔いが醒（さ）めてきたらしいヴァルターの問いに、俺は頷（うなず）く。

不滅の悪鬼（オーバーデス）として今でも有名な祖父も、強面（こわもて）ではあったが決して醜男ではなかった。服装のセンスはいつも良かったし、現役時代はかなりモテたようだ。

「もちろん、贔屓されるためには実力も重要だ。だが、実際に成功しているクランは、往々にして見目麗しいメンバーに恵まれている」

「探索者（シーカー）にそういう面があるのは否定しないわ。私も志したきっかけは、ある【治療師（ヒーラー）】に憧れたからだったし。でも……上手く言えないけど……そうやって自分を売るようなやり方は好きになれない……」

タニアは理解はしているが、納得できないという様子だ。

「他の二人も同じ意見か？」

「俺は賛成だな」

同意したのはヴァルターだった。腕を組み不敵に笑っている。

「下請け業にはいい加減うんざりしていたんだ。さっさとクランを創っちまおうぜ。これまで以上に金が入れば、良い酒も飲み放題だし、良い女だって抱き放題だ。はっ、良いこと尽（ず）くめじゃねぇか」

「ちょっと、ヴァルター！　真面目な話をしている時に茶化さないでくれる！」

タニアが柳眉を逆立てるが、ヴァルターは戯（おど）けることもなく堂々としている。

「俺は真面目だぜ、タニア。地位、名誉、金、それを望んで何が悪い。おまえだって、程度の差はあっても、似たようなもんだろうが」

「そ、それは……」

「それとも何か？　おまえが俺の女になってくれるのか？　だったら――」

「ヴァルターーッ！」

ロイドが憤怒の形相でテーブルを叩く。自分の女を目の前で口説かれたんだ。いかに品行方正で温和な男でも、怒って当然である。

「冗談だよ冗談。怒んなよリーダー」

軽い調子に戻ったヴァルターに、ロイドは溜め息を吐く。

やはり、パーティ内恋愛は駄目だな。こうやって、トラブルの因にしかならない。タニアも気まずさからか、すっかり大人しくなっている。それにしても、ヴァルターにとってタニアは、地位や名誉や金よりも欲しい女なのか。見てくれの割に、純情なロマンチストだな。

「だが、クランの件は本気だぜ？」

ヴァルターの言葉に、ロイドもタニアも反論はしない。

「これで二対一だな。ロイド、リーダーとしての意見を聞かせてくれ」

「難しいな……。どうしても、すぐにクランを創設したいのか？」

「悪いが、これぱっかりは折れる気はないぞ。もし、どうしても未確定な先に延ばしたいというなら、資産から俺の金を返してくれ。俺はパーティを抜けさせてもらう」

　俺がはっきり告げると、ロイドだけでなく全員がぎょっとした顔になる。

「……ノエル、いくらなんでも乱暴じゃないか？」

「乱暴なのは否定しない。だが、無意味に足踏みをするぐらいなら、おまえたちに罵られようと、別の道を歩むべきだろう。パーティ結成時にも言ったはずだ。俺には夢がある。偉大な不滅の悪鬼(オーバーデス)を超える探索者(シーカー)になる、という夢がな」

「夢、か……」

　ロイドはしばらく考え込み、やがてゆっくりと口を開く。

「わかった。クランを創設しよう」

「ロイド、本気!?」

　タニアがロイドの決定に食って掛かる。よほど否定的な考えのようだ。

「どのみち、いずれはクランを創設しないといけないんだ」

「で、でも……」

　食い下がるタニアに、ロイドは優しく微笑(ほほえ)んだ。……妙だな。具体的な確証は何もないが、どうにも引っかかるやり取りだ。

「ノエル」

「うん？」

「俺のリーダーとしての決定は言った通りだ。これで文句はないな？」

「ああ、理解してくれて嬉しいよ。それで、具体的な話はいつする？」

「……明後日の昼でどうだ？　酒と疲労がしっかり抜けてから話し合おう」

「わかった、明後日の昼だな。俺からそっちの下宿先を訪れるよ」

こうして、いつもより少し長引いた慰労会は、しめやかに解散される。

そして、これが蒼の天外の最後の慰労会だった。

†

俺の朝は早い。前日にどれだけ疲れていても、依頼がある日であっても、必ず早朝五時には起き、トレーニングを始めるからだ。もちろん、ロイドと昼から話し合う約束がある今日だって、やることは一つも変わりはしない。

帝都の周囲を市壁に沿って二周、約五十キロメートルの距離を大の男三人分の重しを背負って二時間以内に走り切り、宿に帰ってきて朝食をとった後は、指立て伏せや腹筋に背筋、そしてバーベルを使ったウェイトトレーニングを二時間行う。

支援職でも常に身体を鍛えろ、というのは祖父の教えの一つだ。ピンチに陥った時、最後にものを言うのは体力だからである。

【話術士】のスキルは、発する言葉そのものに効果が宿っているため、魔力を消費することはないが、それでも使い続けると大きく疲労する。ましてや、深淵を探索し悪魔と相対することは、平時よりも遥（はる）かに疲労しやすい状況だ。

それに、俺のスキルは、メンバーには効果があるが、俺自身には働かない。つまり、スキルで回復することができないのだ。肝心な時にスキルを使えず、また疲労で頭が回らないようでは、パーティのお荷物になってしまう。

探索時には回復薬（ポーション）を携帯しているが、それだけでは不十分だ。たくさん持てば戦闘の邪魔になるし、回復薬（ポーション）が割れたら回復できなくなる。だから、地の体力を上げるために、身体を鍛え続ける必要があった。

朝の分のトレーニングは終わった。続きは夜だ。熱いシャワーで汗を流し、保冷庫から回復薬（ポーション）を取り出し飲み干す。

「……まずい」

相変わらず酷（ひど）い味だ。生魚とリンゴを一緒に食べているみたいな味がする。だが、我慢しなければいけない。トレーニングの後は回復薬（ポーション）を飲み、筋肉の超再生を促す必要があるからだ。そうすることで、休息日を挟むことなく身体を鍛え続けることができるようになる。

火照った身体を冷ますため、上は裸のままで柔軟体操をしていると、廊下から騒がしい足音が聞こえてきた。

「ノエル、大変だッ!!」

ノックもせず部屋に入ってきたのは、仲間のヴァルターだ。その取り乱し様は凄（すさ）まじく、目は血走り髪は掻き乱れ顔は汗まみれ、呼吸の度に身体が大きく揺れている。まるでこの世の終わりかのような有様だ。

　俺は咳払いを一つし、両手で胸元を隠した。

「お兄ちゃんのエッチ！　部屋に入る時はノックしてって言っているでしょ！」

「なんの冗談だ!?　気もち悪いことするんじゃねえッ！」

　怒られてしまった。和ませようとしただけなのに……。だが、俺の話術スキル、《精神解法》はしっかり効いたようだ。精神的に余裕が生まれたヴァルターは深呼吸をし、さっきと比べて落ち着いた様子になっている。

「……ともかく、一大事だ。これを読んでくれ」

　ヴァルターから手渡されたのは、一通の手紙だ。握り締められていたせいで汗に濡れ、皺だらけになっている紙を破れないよう広げる。黒いインクで書かれている文字は見知った筆跡だ。我らがリーダー、ロイドの文字である。署名もあるし、俺は筆跡鑑定ができる。まかり間違っても誰かが偽っているわけではない。これは正真正銘ロイドが書いた手紙だ。

　やたらと長々と、四枚もの紙面に亘って書かれている内容には、必要のない部分が多い。だが、内容自体は非常に簡単なものだった。

「ふむふむ、なるほどなるほど。要するに、ロイドは投資に失敗して多額の借金があったんだな。それで、返済のためにパーティ資産の千二百八十万フィルを横領した。だが、俺がクランの創設を急がせたもんだから、事が明るみに出る前にタニアと一緒に帝都から逃げ出した。あははは、あいつ馬鹿だなぁ～」

　手紙は始まりから終わりまで婉曲に事情が書かれており、しかも自己弁護と都合の良い口だけの謝罪ばかり目立ったが、要約するとそういう内容になる。

　慰労会の時に感じていた二人の違和感は、これが原因だったのか。馬鹿馬鹿し過ぎて笑うしかない話だ。俺が笑い転げていると、ヴァルターが怒鳴った。

「何が可笑しいんだ!?　あの二人は俺たちを裏切ったんだぞ！」

「だから笑ってるんだよ。まさか、あの品行方正なロイド様が、パーティ資産を横領した挙句に夜逃げとはな。ははは、おまえも笑えよ、ヴァルター！」

「笑えるか、馬鹿野郎ッ!!」

　唾を飛ばして叫んだヴァルターは、腕を組んで壁にもたれかかった。

「……くそっ、どうする、どうすればいい」

「ところで、この手紙はいつどこで手に入れたものなんだ？」

「あ？……ついさっきのことだよ。昨日の晩に酒場で良い仕事の話を聞いてな。他の奴に取られない内に、受注しようと思ったんだ。それで、朝一でロイドの下宿先を訪ねたら、宿屋の親父からこの手紙を受け取ったんだよ……」

「宿屋の親父は、ロイドがいつ部屋を出たって言ってた？」

「昨晩の八時前って話だな」

　帝都の市門は、夜の八時に閉じ朝の五時に開く。つまり、門が閉ざされる直前に、夜の闇に紛れて帝都を出たのだろう。まさしく夜逃げだ。

「今が朝の九時半だから、もう半日は経っているわけか。だが、時間的に駅馬車で移動はできなかっただろうし、足がつくことを恐れて馬を借りることもできなかったはずだ。徹夜で移動したとしても、徒歩じゃ大した距離は稼げていないだろうな。早馬を借りて追いかければ、余裕で夕方までには追いつくだろう」

「そ、それはそうかもしれねぇが、どこに逃げたかわからねぇんだぞ？」

「入市審査官に話を聞けばいい。どの門から出たかがわかれば、どこを目指しているかもわかる。夜間の移動で、街道から外れるのは危険だからな。半日も歩けば、どこかの村に着くだろうし、あの二人の体力の限界を考えると、今頃はそこで休憩しているはずだ」

　俺の話を聞いたヴァルターは、指を鳴らした。

「それだ！　今すぐ審査官のところに行くぞ！」

「待て待て、行ってどうするつもりだ？」

「ああ？　おまえ馬鹿か？　おまえが見つけ方を言ったばかりじゃねぇか。ロイドを見つけて、ぶん殴ってやるんだよ！　そうしないと俺の気が済まねぇ！」

　こいつ、全く状況を理解できていないな。たしかに、ロイドたちを見つける方法の一つは教えたが、慌てなくても見つける手段はいくらでもある、という意味で教えてやっただけだ。その方法で解決しようとしているわけじゃないし、それだけじゃ決定的に足りない。

「ぶん殴って喧嘩して和解か？　それともロイドが泣きながら謝ったら許すのか？　それ

で元の仲良しパーティに戻れるって？　はっ、いかにもお花畑に住む、筋肉フェアリーちゃんの考えそうなシナリオだな。お手々繋いでお歌を歌うことだけが、脳の仕事じゃないんだよ、このメルヘン馬鹿」

「な、なんだとッ!?」

「いいか？　馬鹿はあっちも同じだが、あっちは必死だ。俺たちが追いつけば、それで済む話じゃない。喧嘩どころか、下手すれば殺し合いになるぞ？」

　そうでなければ、俺たちから逃げたりなんてしない。ロイドが横領し、使い込んだ千二百八十万フィルは、既に失われた金だ。この分だと、下級吸血鬼の報酬の行方も怪しい。個人分配は済んでいるが、パーティのためにと預けた金は、ロイドが管理している。だが、それを合計しても千六百八十万フィル。その内、俺とヴァルターの貢献分が八百四十万フィルだから、これが奪われた金になる。大金ではあるが、優秀な探索者であるロイドとタニアなら、十分に返済できる額だ。にも拘らず、あの二人は逃亡を選んだ。

　これは決定的な裏切りであり、関係の断絶だ。謝罪する道を捨て去った以上、あちらにも相応の覚悟があるのだろう。追いかければ、仲間ではなく敵対者として認識されることは間違いない。

「ヴァルター、おまえはロイドを確実に倒せるのか？」

　ヴァルターとロイドは同じCランクの前衛職だが、タイマンで戦った場合、強いのはロイドだ。それも僅差ではなく、明確な差がある。

「……おまえの支援があれば、確実に勝てる」

　希望的観測だな。俺の戦闘予測だと、二人で挑んで勝率は六割といったところだ。勝てたとしても接戦。深い損傷を受けることになるだろう。なにより、ロイドは一人じゃない。【治療師（ヒーラー）】のタニアが一緒だ。

「なら、タニアとも戦えるんだな？　【治療師（ヒーラー）】を最初に動けなくするのは、対人戦の基本だぞ」

　ヴァルターは目を逸（そ）らし、答えなかった。ようやく状況を理解できたらしい。タニアはヴァルターの想い人（おもびと）だ。刃を向けることなんてできない。その弱点を抱えたままでは、俺の支援があっても、ロイドに勝つことは不可能だ。

　仮に腹を据えることができたとしても、俺とヴァルター組より、ロイドとタニア組の方が強い。二対二での勝率は、二割程度だと予測している。攻撃性能の高い【剣士】と、戦闘中にも治療のできる【治療師（ヒーラー）】の組み合わせは、シンプルであるが故に強い。【戦士】と【話術士】の組み合わせでは、よほどの実力差でもない限り勝てないだろう。

「万に一つ、首尾よく勝てても、まず金は返ってこないな。このまま追いかけても、得られるものは何も無い。徒労に終わるだけだ。あいつらもそれがわかっているから、俺たちが追いかけてくる可能性は低いと考えているだろうな。それも逃げた理由だ」

「くそったれッ！　だったら、泣き寝入りするしかねえのかよッ！」

「泣き寝入り？　馬鹿を言うな」

泣き寝入りなんて、絶対にありえない。あの二人は、夜逃げをする方が得だと判断した。俺たちが、無理をしてまで追いかけてこないだろう、と高を括っているからだ。ヴァルターがタニアを傷つけられないことも見越しているはず。ヴァルターの純情なんてどうでもいいが、俺があいつらに舐められることだけは、何があっても我慢ならない。

「俺のモットーは、千倍返しだ。あの二人に、それを思い知らせてやる」

そう宣言した時、部屋のドアをノックする音が聞こえた。

「ノエルさ〜ん！　洗濯するのれ、洗濯物出してくらさ〜い！」

舌足らずな声の主は、ここ星の雫館の看板娘マリーだ。扉を開けてやると、フリルのついた可愛らしい給仕服を着た背の低い女の子が、籠を持って立っていた。

「わおわおっ！　ノエルさん、相変わらず素敵な細マッチョれすね！」

頬を赤らめるマリーを見て、上が裸のままだったことを思い出した。

このガキンチョ、まだ十歳なのに、男の裸体に興味津々なんだよな。店の親父の話によると、マリーの部屋には、気に入ったイケメンをモデルにした絵が山ほどあるらしい。しかも、単体ではなく、男同士をくんずほぐれつ絡ませたものばかりだとか。

まったく、お子様の癖に、高尚なご趣味をしていらっしゃる。

「洗濯物だな？　すぐに出すから待って——」

「はわわわっ、ひょっとして取り込み中れしたか!?」

「はぁ？」

マリーは、俺とヴァルターを交互に見比べ、その目を爛々と輝かせている。

「上半身裸の王子系イケメンと、屈強なアニキタイプのイケメン……。そんな二人が密室にいて、何も起こらないはずがなく……」

「マリーちゃん、何を言ってるの？　洗濯物を取りにきたんだよね？」

「はぁ～っ！　尊い尊いぃ～～っ!!」

俺の問いかけを無視し、妄想の世界でハッスルしているマリーは、狂った奇声を上げながら駆け去っていった。

「インスピレーションがぁぁぁぁっ!!」

何のインスピレーションかは想像したくないし知りたくもないが、とにかくマリーは幸せな夢の世界にトリップできたらしい。そのまま永住して二度と帰ってくるんじゃないぞ、と心から願う。

「な、なんなんだ、あのガキは？」

ヴァルターの質問に答えられる者は、誰もいないだろう。だから、ありのままを伝えることにする。

「見た通り、変なガキだよ」

†

「とりあえず、装備を整えてこい。俺も準備をする」

俺はヴァルターに指示（オーダー）を出す。慌ててやってきたヴァルターは、ラフな私服だ。このままだと、戦闘になっても満足に戦えない。

「わかった。だが、どうするつもりだ？」

「ちゃんと考えがある。いいから、武器と防具を取ってこい」

改めて促すと、ヴァルターは不満そうな顔をしながらも部屋から出ていった。

俺も戦える準備をしなくてはいけない。手早く上着を着てから、魔銃（シルバーフレイム）を収めたホルスターを装備する。弾はまだ補充できていないが、ブラフには使えるだろう。あとは、ナイフや投擲（とうてき）タイプのアイテム、それに医療ポーチを、腰や太ももの各ホルスターにセットしていく。その上からコートを羽織れば、基本的な戦闘スタイルの完成だ。

装備が整ったので、一階に下りる。星の雫館は二階が宿泊施設で、一階が料理店だ。一階のテーブルでは、朝から少なくない客たちが、食事を楽しんでいた。

「大将、厚切りステーキサンドを五人前頼む。料金はいつも通り宿泊料に」

俺の注文に、マリーの父親にして厳（いか）ついハゲ頭の店主ガストンが、カウンターから意外そうな顔を見せた。

「まだ昼には早いぜ。間食にしては豪勢だな」

「遠出する用事があるんだよ。だから食（く）い溜（だ）めをしておく」

「弁当はいるか？」

「いい、そこまでの用事じゃない」

「わかった、すぐに作るから待ってな。ところで、うちの娘を知らないか？」

「いつもの発作が出ていたぞ」

「またかよ！」

ガストンはハゲ頭を手で叩いて嘆息する。

「朝も忙しいのに、あの馬鹿娘め！」

「男手一つだからって、甘やかし過ぎたんだよ」

「うるせぇ！　可愛い一人娘なんだから仕方ないだろ！」

星の雫館は基本的にガストンとマリーの父娘だけで回っている。二年ほど前に奥さんを病気で亡くしてからずっとだ。従業員もいるが、彼らを雇っている時間は、本格的に忙しくなるランチタイムとディナータイムだけである。

カウンター席に座って待っていると、注文したステーキサンド五人前がやってきた。大皿には切り分けられたステーキサンドと、添え物としてフライドポテトが載っている。

手にもって齧りつくと、肉の旨味をたっぷり含んだ汁が溢れ出した。ステーキの焼き加減は、ミディアムレア。こんがりと焼いたトーストに特製のマスタードソースが塗られている。丁寧に作られたことがよくわかる美味さだ。

また、ただ美味いだけじゃなく、【調理師】の職能を持つガストンが作った料理には、能力上昇効果が付与されている。劇的な変化こそないが、腹に収めていく度に活力が湧いてくるのを実感できた。

　星の雫館は良い宿だ。大将が働き者であるため、食事は美味いしサービスも充実している。だから下宿先に選んだ。その分値は張るが、身体が資本の探索者にとって、衛生的で健康的な生活も重要だ。身体を壊せばお終いだからである。

　ステーキサンドを三人前ほど腹に入れた時、装備を整えたヴァルターが帰ってきた。ごつい鎧を身に纏い、馬の首だって切り落とせる大きさの戦斧を担いでいる。先日の戦いで損傷は激しいが、今日一日ぐらいなら使えるだろう。

「おまえ、人を急がせておいて、自分は呑気に飯かよ……」

「急げとは言っていないぞ。それに、後のことを考えると、今の内に食事を済ませておくべきだ。ほら、おまえも食え」

　皿を差し出すと、ヴァルターは戸惑いながらもステーキサンドを食べた。

「……美味い」

「だろ！」

　ガストンが、カウンターから愛嬌のある笑みを見せる。ヴァルターは腹が減っていたのか、残りのステーキサンドとフライドポテトを全て平らげた。

「よし、食ったぞ！　これからどうするんだ？　審査官のところに行くのか？」

　時刻は十一時前。ちょうど良い頃合いだ。

「いや、今から向かうのは、猪鬼の棍棒亭だ」

俺たちは、猪鬼（オーク）の棍棒亭を目指し街を歩いている。人が溢れ返る街中は賑（にぎ）やかで騒がしく、いつも通り活気に満ちていた。

人種も多様で、異なる髪の色や皮膚の色を持つ者たちが一緒に歩いている。本来は独自のコミュニティを形成する、エルフやドワーフやノームにハーフリング、それから獣人といった亜人たちだって、大都会である帝都では珍しくない。

混在する様々な人々と大量の荷を積んだ馬車が、舗装された街路を忙（せわ）しなく行き交う光景は、狂騒染みてすらいた。

「なんだって、酒場なんかに……。わけがわからん……」

後ろをついてくるヴァルターが、ぶつくさと文句を言う。理由を説明するのは簡単だが、あえてそれはしない。そこで発生するだろう口論に、時間を割くのがもったいないからだ。

だが、黙って従えと命じるにしても、少し言葉を足しておいてやるべきか。

「ヴァルター」

振り返り、ヴァルターを見据える。

「おまえは馬鹿だが、無能じゃない。優秀な【戦士】だ」

「……何の話だよ？」

「おまえにはおまえの、俺には俺の役割ってもんがある。つまり、頭を使うのは俺に任せておけ、って話だよ。この一年間、俺はパーティの司令塔を務めてきたが、一度でも判断を誤ったことがあるか？　ちょっとは信用しろ」

「………ちっ、わかってるよ！」

　無理矢理に納得させたヴァルターは、舌打ちをし足を速めた。今度は、俺がそれを追う形になる。

　やがて、見慣れた猪鬼（オーク）の棍棒亭の看板が、通りの向こうに見えた。

　探索者（シーカー）専用の酒場は、遠征から駅馬車を利用し帰ってきたばかりの探索者（シーカー）を迎えられるよう、朝も開いている。だいたい朝の十時から昼の一時、そこから飛んで夜の七時から十二時が営業時間だ。

　昼前となった店内には、既にたくさんの探索者（シーカー）がたむろしていた。遠征から帰ってきたばかりの者たちが、仕事終わりの美酒に酔っている。

「……それで、どうするんだよ？」

　ヴァルターが小声で尋ねてくる。俺はそれを無視し、声を張り上げた。

「ここにいる全員に、依頼を出したい！　俺たち蒼の天外（ブルービヨンド）のメンバーである、ロイドとタニアが、パーティの資金を横領し逃亡した！　この二人を見つけ出し、生け捕りにしてもらいたい！　成功報酬は、二百万フィル出そう！」

　店内は一瞬にして静まり返り、そして一気に騒然とし出した。状況が理解できず、パーティ間で話し合う者もいれば、状況を理解したため、嘲笑している者もいる。

次第に俺たちを揶揄する声が多くなってきたが、そんなことはどうでもいい。どのみち、いずれはバレることだ。ここで馬鹿にされるか、後で馬鹿にされるかの違いである。だったら、どっしり構えていればいい。

だが、ヴァルターは、目に見えて慌て出した。

「ノエル！　こいつらにバラすなんて、どういうつもりだ!?」

予想通りの反応である。プライドや見栄を重んじるヴァルターは、今の状況に耐えられないのだろう。額に青筋を立てて、激怒している。

「話した通りのつもりだ。こいつらに依頼を出し、ロイドとタニアを捕まえてもらう。俺たちだけじゃ、どうしようもないからな」

「だからって、こんな大っぴらに頼むことないだろ！」

「大っぴらに頼まなければ、誰が探している奴かわからないんだよ」

「どういう意味だ!?　きちんと説明しろ！」

「後でしてやるから黙ってろ」

他の探索者たちに視線を戻し、改めて声を張り上げる。

「どうだ、誰か依頼を受けてくれる奴はいないか？」

すると、一人の【剣士】が手を挙げた。茶髪の精悍な顔立ちをした青年だ。革と金属が合わさった鎧を身にまとい、その上から毛皮の肩マントを装備している。背中に二本の剣を差しており、二刀流の使い手であることを示していた。紫電狼団のリーダー、ウォルフだ。

　Cランク帯は一番数も多く入れ替わりも激しいため、同じ酒場にいても名前を覚える価値はあまり無い。そんな中でも、ウォルフ率いる紫電狼団（ライトニングバイト）は、俺たち蒼の天外（ブルービヨンド）と同じく、期待のルーキーとして名を馳（は）せている。

「ロイドとタニアを生け捕りにするだけで、本当に二百万もらえるんだな？」

「その場で払うと確約しよう」

「だったら、俺たちは受けるぜ。行きそうな場所はわかるか？」

「いや、それはわからない。だが、帝都を出たのは市門が閉まる直前のことだ」

「てことは、おそらく徒歩移動か……。わかった、すぐに出るぜ」

　ウォルフが立ち上がると、それにメンバーが続いた。おそらく、俺と同じように考え、入市審査官のところへ昨晩のことを尋ねに行くのだろう。

「他に受けてくれる奴はいないか？　早い者勝ちだぞ！」

　今度は二人の手が挙がる。

「俺も受けよう」「私たちも受けるわ」

　新たに二組のパーティが店を出ていく。遅れて更に三組のパーティが、我先に扉の向こうに飛び出していった。あれだけ多かった探索者（シーカー）たちは、もう半分の人数になっている。

　残った者たちから手を挙げる者は現れなかった。

　依頼を受けた全てのパーティは、俺たちと同様に若くして有望視されている者たちばかりだ。だが、その中に俺の探していた者はいない。

外したかな、と思っていた時、一人の【斥候】が近づいてきた。

「……おい、依頼のことで相談があるんだが」

【斥候】は痩せた髭面の男で、歳は三十半ばほど。卑屈そうな笑みを浮かべ、小声でぼそぼそと話しかけてくる。勢いも華やかさも全く感じない雑魚だが、おそらくこの冴えない男が当たりだ。

「ここじゃ話せない内容か？」

「へへへ、ちょっとな。店の裏にきてもらえないか？　損はさせないぜ」

俺は苛立たしそうなヴァルターについてくるよう目配せをし、共に髭面の男と店の裏へ移動した。念のために騙し討ちを警戒してはいたが、それは杞憂であった。

髭面の男は店の裏に入ると、得意気な表情を浮かべる。

「ロイドとタニアの居所なら、知っているぜ。仕事の帰りに、あの二人によく似た旅人とすれ違ったんだ。ノエルの話を聞いて確信した。間違いない」

「本当か!?　どこだ!?　すぐに教えろ！」

ヴァルターが目を剝き髭面の男に迫る。

やはり、この髭面の男が当たりだったか。帝都は市門が開いている時間、多くの探索者たちが出入りしている。これから遠征する者、または遠征から帰還する者、だ。

そして、帰還者の中には、道中で夜逃げした二人と出くわす者もいるだろう、と予想していたのである。居場所さえわかれば、後はどうにでもなる。もはやロイドとタニアは、まな板の鯉も同然だ。どこにも逃げられない。

「焦るな焦るな。タダで話すわけにはいかないぜ」

髭面の男は敏捷な身のこなしで、ヴァルターから距離を取る。

「生け捕りに成功すれば、二百万なんだろ？」

「その通りだ。おまえの話が本当なら、仲間と共にすぐ向かえばいい。報酬は確約すると言ったはずだぞ」

俺が強めの口調で指摘すると、髭面の男は肩を竦める。

「まあまあ、そう突き放してくれるなよ。俺だって、可能ならすぐに向かっているさ。だが、そうもいかない事情があってな……」

「当ててやろうか。おまえのパーティじゃ、ロイドとタニアを相手にするのは難しいんだろ。居所の予想はついていても、勝てないんじゃ意味がないからな。だから、俺たち二人にも協力してほしい、ってことだろ」

髭面の男は一瞬狼狽えたが、すぐに軽薄な笑みを取り戻した。

「そういうこった。あいつらは強いからな」

「おまえのパーティの構成は？」

「【剣士】が一人、【魔法使い】が一人、【治療師】が一人、そして【斥候】の俺だ。クランには所属していないから、この四人が全メンバーだ」

俺は髭面の男を改めて観察し、その佇まいから実力を推し量る。歳を食っているし、実力は猪鬼の棍棒亭の中でも低い方だ。このレベルでは、四人集まってもロイドとタニアには勝てない。だが、そこに俺たち二人が加われば、十分過ぎるほどに勝機はある。

「他の三人も、おまえと同じレベルという認識で間違いないか？」

「ああ、そうだ。で、どうだ？　協力してくれるのか？　もちろん、協力してくれた分は、報酬を減らしてもらってかまわない。そうさな、百六十万フィルで――」

「百万だ。俺たちの協力が必要なら、二百万ではなく半額の百万が報酬だ」

「ひゃ、ひゃくまん!?　おいおい、いくらなんでも半額はねぇぜ！」

髭面の男は慌てて抗議するが、あいにく一歩も譲る気はない。

「百万だ」

「ひゃ、ひゃくごじゅうまん！」

「百万だ」

「百四十万！」

「百万だ」

「おい、ふざけるなよ！　俺たちの力が必要なんだろ！」

顔を真っ赤にする髭面の男を、俺は鼻で笑った。

「必要だとも。だが、絶対じゃない。依頼を受けてくれた他のパーティは、みんな優秀だからな。慌てずとも待っていれば、誰かが生け捕りにしてくれるさ」

「だ、だが、金を持ち逃げされたんだろ？　だったら早く捕まえたいはずだ！　どれだけ優秀な奴らでも、何の情報も無いんじゃ時間がかかるぜ！」

「だろうな。だが、それがどうした。俺は何があっても譲歩する気はない。それだけのことだ。それが気に入らないなら、この話は無かったことにすればいい。どうする？　断るなら俺たちは去らせてもらうぞ。それでいいか？」

髭面の男は悔しそうに歯嚙みしたが、やがて首を振った。

「……わかったよ。報酬は百万でいい」

交渉成立。万年金欠の落ち目探索者なんて、こちらが譲らなければ折れるだろうと最初からわかっていた。この手の交渉は、金を払う側の方が金を求める側よりも圧倒的に有利だ。その上で、いかに自分の条件を認めさせるかが交渉テクニックなのだが、この男にそれをレクチャーしてやる義理は無い。

「それで、二人の居所は？」

「南門の先、バーレー街道ですれ違った。すれ違った場所と、あれから経った時間を考えると、二人がいるのは、カルノー村かオイレン村だろうな」

「了解した。他の仲間を集めて、先に南門で待っていてくれ。ヴァルター、おまえも一緒についていけ。俺は用があるから、少し遅れる」

「用ってなんだ？」

首を傾げるヴァルターに、俺は努めて爽やかな笑みを見せる。

「後で教えてやる」

†

待ち合わせ場所の市門では、ヴァルターと髭面の男のパーティが揃って(そろ)いた。貸し馬屋から借りてきた早馬もいる。準備万全だ。

「……ノエル、おまえはロイドたちと戦えるのか？」

用事が済み合流した俺に、ヴァルターが深刻な顔をして尋ねてくる。

事ここに及んでも、まだ迷いがあるか。まあ、気もちはわからなくもない。たった一年、されど一年、俺たち蒼の天外(ブルービヨンド)は、苦楽を共にしてきたからだ。

だが、それがどうした。裏切り者は裏切り者だ。戦って金を取り戻すことができなければ、こっちが泣き寝入りするしかなくなる。そうして、裏切られた憎悪に延々と縛られ続けるのだ。

だったら、仲間だったとしても、きちんと制裁を加えるべきだろう。制裁を加え、問題を解決し、新しい一歩を踏み出せるようにするべきだ。

「俺は戦える。一切の容赦無くな」

「……殺すことになってもか？」

「当然だ。殺し合いになれば、なおのこと容赦無く叩(たた)き潰せる」

言葉だけの覚悟じゃない。必要なら相手が誰でも殺せる。もとより、探索者（シーカー）は他の命を奪うことを生業の一つとする職業だ。悪魔（ビースト）や賞金首、今までに多くの命を俺は摘んできた。今さら、元仲間だからといって迷うものか。

「おまえには、情が無いのか？」

ヴァルターがずれたことを言うので、俺は失笑する。

「ヴァルター、俺はな、常に仲間に裏切られた時のことを想定していた。人は容易（たやす）く道を踏み外すからな。だから、ロイドとタニアの裏切りを知っても、何の驚きもなかった。ただ、その時がきたか、と思っただけだ」

「仲間だぞ!? 仲間を信頼していなかったって言うのか!?」

「信頼とは、妄信することじゃない。疑うことも必要だ。その上で、寄り添い合えるか否かが、仲間でいるために必要な条件だろ」

そして、あの二人は俺たちを裏切った。それだけのことだ。

ヴァルターはまだ何か言いたげな様子だったが、これ以上続ける気は無いらしい。俺は視線を切り、貸し馬屋から借りた早馬に跨（また）がった。

「あの二人と戦うことができないなら、ここで待っていてもいいぞ。おまえの金は、俺が取り戻してきてやる」

ヴァルター無しだと戦力は大幅にダウンするが、策はいくらでもある。戦えない【戦士】なんて邪魔なだけだ。

「……馬鹿にするな。そこまで日和ってねぇよ」

ヴァルターは自分の馬に乗り、先に市門を出た。離れた位置にいた髭面の男たちのパーティが、それに続く。

「甘いな。甘過ぎる」

思わず、俺は呟いていた。

「そんな中途半端なままじゃ、余計に辛くなるだけだ」


ロイドとタニアの追跡を始めて三時間。発見した場所は、髭面の男が言っていたカルノー村だった。帝都からちょうど半日分歩いた距離に位置する、のどかな農村だ。その料理屋から、二人が出てきたのを確認すると同時に、俺たちは捕縛作戦を決行した。

と言っても、特別なことはしなかった。二人は遠目にも、油断しきっていることがわかったからだ。

「よお、こんな農村でデートか？　ずいぶんと風流な趣味だな」

俺が背後から声をかけると、二人は弾かれたように振り返る。

「ノ、ノエル！」

驚愕に顔を歪めたロイドは、予想通り腰の剣に手をかけた。

だが、遅い。

「動くなッ!!」

話術スキル《狼の咆哮(スタンハウル)》。

二人が停止状態(スタン)になると、物陰に潜んでいた髭面の男がタニアに襲い掛かり、地面に組み伏した。タニアの悲鳴にロイドが注意を逸(そ)らした隙を突き、今度は同じく潜んでいたヴァルターを含む他の者たちが、一斉に二人を囲む。

二人が停止状態(スタン)だったのは、僅か二秒ほど。その二秒で完全に制圧された二人の顔に、絶望の色が広がるのがわかった。

髭面の男のパーティだけなら、この状態からでも打開策はいくらでもあっただろう。例えば、ロイドが袖に潜ませている投げナイフを髭面の男の額に投擲(とうてき)し、自由になったタニアが《閃光(せんこう)》スキルを放って敵の目を晦(くら)ます。そして、その瞬間にロイドが全ての敵を斬り伏せる。刹那の駆け引きが問われる戦術だが、二人の力量なら十分に可能だ。

だが、俺とヴァルターが加わっている以上、そんな隙は無い。ロイドは彼我の戦力差を推し量り、もはや打つ手無しと理解したようだ。剣を捨て大人しく投降した。

こうして捕縛した二人は、俺の足元で項垂(うなだ)れている。

「ロイドッ!!」

ヴァルターがロイドの胸ぐらを摑(つか)んで叫ぶ。

「なんでだ!? なんで、俺たちを裏切ったッ!?」

「……すまない」

「すまない、じゃねえっ!!」

今にも殴りそうなヴァルターの手を、俺は押し止める。

「ロイド、何があったかは、おまえの手紙を読んで理解している。だが、二日前の、下級吸血鬼（レッサー・ヴァンパイア）の報酬はどうした？　パーティのためにと預けた金は、どうなっている？」

「……すまない、あれも使ってしまった」

「また投資か？」

「……いや、借金の返済だ」

仲間を裏切って逃げ出すことはできても、借金を返す律儀さは持っているというわけか。おかしな話だ。となると、答えは一つしかない。

「おまえ、投資で失敗したってのは嘘だな。実際はギャンブルだろ。カード？　ダイス？　ルーレット？　闘技場？　なんだっていい。ギャンブルで負けが込んで、ヤバい奴らに借金をしてしまったから、パーティの金に手を付けたんだろ」

投資もギャンブルのようなものだが、正しい知識さえあれば、儲けを出すことは可能だ。だから、投資家として成功している富豪はたくさんいる。対してギャンブルは、最終的に必ず胴元が勝つようにできている。つまり、賭ける側はカモでしかないわけだ。そこに金をつぎ込むなんて、ドブに捨てるのと同じである。

「答えろ、ロイド。俺が預けた金は、ギャンブルに消えたのか？」

「……すまない」

「ふざけんな、この大馬鹿野郎ッ!!」

ヴァルターが怒声を上げ、ロイドを持ち上げる。

「あの金は、俺たちが命を削って手に入れたもんだぞ!! それをギャンブルに使うなんて、どういう了見だッ!!」

「くっ、おまえたちに、リーダーの重圧はわかんねぇよッ!!」

これは驚きだ。追い詰められたロイドは、逆切れして居直るつもりらしい。

「俺だって、好きでパーティの金に手を付けたわけじゃないんだ！ 気がついたら借金が増えていて、それでどうしようもなくなって……。俺を責めたいなら、好きにすればいいさ。でも、本当に、その資格があるのか？ 俺にリーダーの責任を押し付けてきたおまえたちが、都合の良い時だけ自分の権利を主張す……ぐふぉっ！」

俺が鳩尾を思いっきり蹴り上げると、ロイドはヴァルターの手を離れて地面を転がった。

苦しそうに悶えるその脇腹を、更に蹴りつける。

「ぐぎゃあっ！」

「資格があるのかって？ あるに決まってるだろ。だいたい、リーダーをやりたいって言ったのは、おまえだろ、っと！」

三発目の蹴りは、背中の腎臓があるあたりを狙った。

「ぐぎぃっ！」

ロイドの悲鳴に構わず、俺は何度も、その身体を蹴りつける。

「リーダーの重圧？ それがあれば何をしても許されるとでも、思っていたのか？ 甘えたことを吐かすな。おまえがギャンブルで借金を作ったのは、おまえが能無しのクズ野郎だっただけだろうが、っと！」

「がはっ！　げほっ、おえぇぇっ……」

良い蹴りが入ったようで、ロイドは血の混じったゲロを吐いた。

「……す、すまなかった、も、もう……やめてくれ……」

許しを請うロイドの顔は、土と涙と鼻水とゲロにまみれていて酷い有様だ。

「お願いだ……これ以上は……耐えられな……ぶべらっ！」

おっと、顔面を蹴ってしまった。逆切れした癖に許してくれなんてほざくものだから、うっかり足が勝手に動いてしまった。

だが、この程度なら問題無いだろう。こっちは身体能力にほとんど補正が掛からない【話術士】。片やロイドは、【戦士】と並んで最高の前衛適正を持つ【剣士】だ。俺ごときの蹴りで死ぬことはない。だから大丈夫。

「許して欲しいなら、あと千発耐えてみろ。そうしたら謝罪は聞いてやる」

「ひっ、ひぃぃぃぃぃっ！」

怯えるロイドをまた蹴ろうとすると、ヴァルターが俺の肩を掴んだ。

「もう、その辺にしとけ……」

「なんで？」

「なんでって……」

「わ、私からも、おねがい！　もうロイドを許してあげて！」

ここぞとばかりに、タニアが出しゃばってくる。庇うのは結構だが、この女は自分の立場を理解できているんだろうか？　いや、できていないんだろうな。

「だったら、おまえが蹴られるのを代わるか？　俺は男女平等主義なんでね。おまえが女だからって、手心は一切加えないぞ」

「えっ？……ま、まって、そんなつもりじゃ！」

「自分の立場を理解できていないようだから、はっきり言ってやる。タニア、おまえも同罪だ。おまえもロイドと一緒に、パーティの金でギャンブルをしていたんだろ？　そうじゃなきゃ、一緒に逃げる必要なんてないからな」

「ち、ちがうわ！　私は、ロイドを独りにしちゃ駄目だと思って……」

あくまでしらばっくれるつもりか。……馬鹿が。

「もう一度聞く。おまえも一緒にギャンブルをしていたな？　全て吐け」

「していたわ。でも、悪いのはロイドの馬鹿よ。私にもっとお金を貸してくれていたら、必ず勝てたのに。自分ばっかり勝負しようとするから、こんなことになったのよ」

一息に白状したタニアは、我に返ると怒りで顔を真っ赤にした。

「ノエル！　あなた、私にスキルを使ったわね！」

「使ったよ。それが何か？」

話術スキル《真実喝破》。対象に真実を自白させるスキルだ。だが、《真実喝破》に限らず、人間の精神を支配するスキルは、社会に混乱を及ぼす危険があるため、私欲のために使えば一発で監獄行きと決まっている。

「自分が何をしたか、わかっているの!?　こんなこと、絶対に許されない！」

「普通はな。だが、おまえはパーティの資金を横領した犯罪者だ。帝国の法では、犯罪者の罪を自白させるためなら、精神干渉系スキルの使用が許可されている。つまり、俺は何の罪にも問われないってわけだ」

「そ、そんな……」

タニアの顔から、さっと血の気が引いた。どうやら、自分が犯罪者だという自覚が無かったらしい。

「横領罪は、十年間の強制労働と決まっている。おめでとう！　おまえたち二人は、立派な犯罪者だ！　元仲間として誇らしいね！」

拍手をしながら厭味を言うと、二人は顔面蒼白のまま沈黙した。

横領罪が如何なるものか、二人も理解していただろうが、自分がその立場にあるとは、指摘されるまでわかっていなかったのだ。人間が罪を犯すのは、決まって愚かな時だ。そして、愚者というのは、自分の愚行に盲目なものだ。

「話し合いは終わったようだな」

静観していた髭面の男が、小馬鹿にするように鼻を鳴らした。

「良い見世物だったよ。ありがとう。もう満足した。だから、さっさと報酬を払いな。約束の百万フィル、忘れたとは言わせねぇぜ?」

「金は払う。だから、そこで大人しく待ってろ」

「いいや、もう待たないね。俺たちも忙しいんだ。さっさと出すもん出しな」

本当に忙しい奴が、おまえのような落ち目なわけがないだろうが。

「日を跨ぐと言っているわけじゃない。あと少しだけ待っていろ、って言っているんだ。金はすぐにやってくる」

「何をわけのわかんねぇことを言ってんだ。金が無いなら、そいつを寄こせ!」

髭面の男の手が、素早く俺の魔銃に伸びる。魔銃は非常に高価な代物だ。中古でも三百万フィルはする。だからこそ、髭面の男の意図と動きを予測していた俺は、魔銃を奪い取ろうとするその手を掴むと同時に捻り上げた。

「イカ臭い手で俺に触るな」

「て、てめぇ……俺を騙しやがったな……」

「人聞きの悪いことを言うな。金は払うと言っている。——おっと、動くなよ。大事な【斥候】が死んでもいいのか?」

ナイフを抜き男の首に当てることで、助けに入ろうとする仲間たちを牽制する。少しでも妙な動きをすれば、必ず殺すという意思を見せる。

「後衛相手なら、正面からでも盗めると思ったか? 残念だったな。総合的な戦闘能力は劣るが、対人格闘術の腕はヴァルターとロイドよりも俺の方が上だ」

「ぐっ……」

抜け出す隙を探していた髭面の男は、俺との力量の差を察して力を抜いた。面倒だが、しばらくこの状態を維持するしかない。事情を理解できていないヴァルターも、緊張した面持ちで髭面の男のパーティに斧を構えている。

やがて――馬の嘶く声が聞こえた。

「来た」

俺は拘束していた髭面の男を蹴り飛ばす。

そこに猛スピードでやってきたのは、けばけばしい紫色をした豪奢な馬車だ。馬車は俺たちの前で止まり、中からスラリと背の高い男が降りてきた。

男の年齢は三十前半。貴族が着るような華美な服を着ており、その色は馬車と同じ趣味の悪い紫だ。髪は灰色のセンター分け。恐ろしく整った顔立ちをしているが、濃い化粧が施されている。

男は紫のレースがあしらわれたハンカチを口元にあて、顔を歪めた。

「やだもう！　田舎って本当に埃っぽい！　ていうか、馬糞臭っ！」

喜劇めいた口調と身振り。まさしく典型的なオカマそのものだ。

だが、周囲の空気は、このオカマへの恐怖で凍り付いていた。誰かが震える声で、その名を口にする。

「奴隷商……フィノッキオ・バルジーニ……」

†

光あるところには必ず影が差す。繁栄を極める帝都も、例外ではない。むしろ、より強い影が蔓延っている。すなわち、非合法組織——暴力団の存在だ。

中でも、帝都で最大規模を誇る暴力団が、ルキアーノ組である。他国にも支部を持つ奴らは、売春、薬、賭博、強請り、殺し、といった裏の仕事はもちろん、表社会でも絶大な影響力を持つ。なにしろ、皇室とも繋がりを持っているのだから、もはや帝都の陰の王と言っても過言ではないだろう。

そんなルキアーノ組の若頭補佐の一人にして、二次団体であるバルジーニ組の組長を務めるのが、フィノッキオ・バルジーニだ。主な稼ぎ口は、奴隷販売と娼館経営。帝都の奴隷販売はバルジーニ組が全て仕切っているため、帝都で奴隷商と言えばフィノッキオのことを指す。故に、その存在を知らない者は帝都にいない。

洒脱にして悪趣味。陽気にして残酷。太っ腹にして狡猾。非暴力主義にして生粋の加虐趣味。オカマとしての生き方はその一環で、人生全てが極端な二面性で構成されていることから、気狂い道化師とも呼ばれている。

「あら～ノエルちゃん！　おまた～！」

両手を小刻みに振りながら、フィノッキオが内股で歩み寄ってきた。その背後には、屈強な護衛が二人付き添っている。

「遅かったな。もう少し早く来ると思っていたんだが」

「もう！　厭味はよしてよ！　これでも飛ばしてきたんだから！　他ならぬノエルちゃんの頼みだから飛んで来たのに！」

フィノッキオは頰を膨らませて身を捩る。本人は可愛いと思っている仕草かもしれないが、陸に上がったウナギのようだとしか思えない動きだ。

このオカマとは、知り合って半年ほどになる。ちょっとしたバイトをした時に、繫がりを得ることができた。以来、互いに利用し合う仲にある。

そのことを知らない他の奴らは、狐につままれたような顔をしていた。

「それで、さっそく商談に入りたいんだけどぉ～、もう二人からは、許可を得ているってことでいいのよね？」

「ああ、問題無い。ロイドとタニア、この二人を奴隷として売らせてもらう」

俺が答えると、周囲から驚愕の声が上がった。

「ノエル、あの時に言ってた、おまえの用事ってまさか……」

信じられないという顔をしているヴァルターに、俺は頷く。

「察しの通りだ。ロイドとタニアが金を持っていないことは、予想していたからな。失った金を取り戻すために、フィノッキオを手引きしておいたんだ。二人の居場所は絞れていたし、俺たちと合流できたところで受け渡す、という約束でな」

ヴァルターを先に行かせたのは、その約束を取り付けにいくためだった。

まさか、フィノッキオ本人が来ることになるとは思っていなかったが、蒼の天外（ブルービヨンド）のメンバーを買えるなら部下には任せておけない、と乗り気で引き受けてくれたのである。

「悪い冗談は止（や）めろ！」

ロイドが涙目になりながら叫ぶ。

「なんで、俺たちが奴隷にならないといけないんだ！」

「そうよ！　そんなこと承諾するわけがないでしょ！」

タニアも同調して叫ぶが、その声は恐怖で震えていた。

「奴隷は嫌か？」

俺が尋ねると、二人は食ってかかるように即答する。

「あたりまえだ！」

「嫌に決まっているじゃない！」

「なら、憲兵に突き出すしかないな。さっきも言ったが、横領罪は強制労働十年と決まっている。ろくに飯も食わせてもらえず、劣悪な環境の鉱山で働かせられ続けた囚人の生存率を知っているか？　たったの二パーセントだ」

その数字に、ロイドとタニアの顔が恐怖で大きく歪む。

「そんな生活をするぐらいなら、優しいご主人様に買ってもらえるかもしれない奴隷の方が、ましだと思うがな。おまえたち二人は、若く見た目も良い。何をさせられるにしても、大切に扱ってもらえるだろうさ」

二人は答えに窮するが、それは肯定と同意義だ。生きられる可能性は、圧倒的に奴隷の方が高い。最初から選択できる道など無いのだ。

「てなわけだ。フィノッキオ、良いご主人様を探してやってくれ」

「まっかせて～！　それじゃあ、査定に入らせてもらうわね！」

蛇に睨まれた蛙のように固まっている二人の身体を、フィノッキオは触診を交えながら隅々まで調べ上げていく。タニアへの触診があっさりと終わったのに対して、ロイドへの触診はやたらと長く掛かったが、あえて突っ込むことはしなかった。

帝都での奴隷の平均的な価格は約五百万フィル。それを元にロイドとタニアの価値を鑑みると、最低でも合わせて三千万フィルぐらいだと予測している。もちろん、これはフィノッキオが売る際の価格。慣例的にこちらに入るのは、その三分の一――一千万フィルのはずだ。横領された八百四十万フィルは取り戻せるし、髭面の男に報酬を支払っても、僅かながら金が増える計算になる。

だが、パーティの穴を埋められるまでの損失を考えると、総合的には決してプラスではない。できれば、少しでも予想より良い価格がついてほしいものだ。その価格次第で、今後取れる動きが大きく変わってくる……。

「うん！　わかってはいたけど、二人とも良い身体をしているわね！　頑丈で歪み一つ無い。これは長生きするわ。ロイドちゃんはちょっと怪我しているけども」

「捕らえる時に手こずってね。不可抗力だよ」

「不可抗力？　無抵抗の状態でつけられた傷のように見えたけど……。まあ、いいわ。買取価格だけど、こんなもんでどうでござんしょ？」

フィノッキオは、懐から東洋伝来の計算道具であるソロバンを取り出す。木製の枠に小さな珠がいくつも刺さっており、これを動かすことで計算をする代物だ。

「……どういうことだ？」

ソロバンの珠が示す数字に、俺は眉をひそめた。

「六百万フィルだと？　何故、こんなに安いんだ？」

予想を遥かに下回る買取価格だ。これでは損害金を回収できない。

「ごめんねぇ〜。でも、これには理由があってね、公式な発表はまだだけど、聖導十字架教会が清貧の教令を出すのよ。要するに、無駄遣いする金があるなら、教会に寄進しなさい、ってことなんだけど、貴族や豪商も教会には逆らえないから、大人しく散財を控えるしかないの」

聖導十字架教会とは、創造神エメスを崇める宗教団体のことだ。帝国に複数ある教団の中でも、最大規模の信者数を誇っており、歴代皇帝や諸侯も信仰している。その不興を買うことは、先祖を裏切り自らを否定するのと同意義であるため、信者は誰も逆らうことができない。ある意味、暴力団よりも恐ろしい組織だ。

「そんな期間中に高価な奴隷なんて買ったら、後で教会から何を言われるかわかったもんじゃないわよね？　だから、顧客も私は清貧ですよ～って振りをするために、財布をかた～く締めるってわけ。かといって、うちも奴隷が売れなきゃオマンマの食い上げだし、仕方なく一時的に、販売価格を大幅ダウンすることにしたの」

「買取価格が異常に安いのは、その煽りってことか」

「そゆこと～。まあ、タイミングが悪かったわね。教令の期間が終われば、また適正価格に戻すことができるんだけど、今は無理の助だわ」

フィノッキオが嘘を言っているとは思えない。嘘を吐くにしても、後ですぐにわかるような嘘は吐かないだろう。となると、これは誰も覆すことのできない確定事項だ。

「わかったよ。苦しいのは、お互い様だからな」

「ものわかりが良くて助かるわ～。ノエルちゃん、大好き！　ちゅっ！」

「だから、一千百万フィルで売ってやる」

「ありがとありがと。一千百万フィルで納得してくれるなら、すぐに……えっ!?　一千百万フィル!?　なんで、五百万フィルも値上がりしてんのよ!?」

目を剝いて驚くフィノッキオに、俺は淡々と続ける。

「今、一千二百万フィルに値上がりした」

「はぁ～～～っ!?　だから、何言ってんのかって――」

「一千三百万フィルだ」

「ちょ、ちょっとちょっとちょっと！」

「一千四百万フィル」

「おい、ノエル！」

「やっぱり、一千五百万フィルだ」

「てめぇっ、糞ガキ、ゴラァッ！　いつまでわけわかんねぇこと吐かしてやがんだ！　このオレを馬鹿にしてんのか？　あぁっ!?　そんなに豚の餌になりたいなら、今すぐここでミンチにしてやんぞコラッ!?」

　フィノッキオは怒りのあまり、道化の仮面が剝がれて野獣のような狂暴性を見せる。ここらへんが限界か。俺はフィノッキオに近づき囁いた。

「一千五百万フィルで買い取ってくれるなら、倍の三千万フィルで買い取ってもらった、ってことにしておいてやる」

「……アンタ、自分の売値を偽って、商品価値を上げるつもり？」

流石に察しが早い。一瞬で冷静さを取り戻したフィノッキオに俺は微笑んだ。

　通常、市場において物の価値というのは、需要と供給の相互作用によって決まる。だが時に、価格が物の価値を決めることもある。つまり、値段が高いほど、それだけ希少価値も高いと判断され、購買意欲を強く刺激するのだ。

　清貧の教令が控えているにも拘らず、奴隷商フィノッキオが、三千万フィルも出して購入した奴隷なら、その価値は間違いなく増大する。仕入れ価格が三千万フィルということは、販売した時の合計価格は九千万フィル。実際、ロイドとタニアには、それだけ価格が吊り上げられても納得できる価値がある。

「たしかに清貧の教令を出されたら、大半の富裕層は余計な支出を抑えようとする。だが、人間は我慢しようとすればするほど、手を出したくなるものだろ？　とりわけ、希少価値が高く、早い者勝ちの商品ともなれば、無理をしてでも買いたいと思う者は必ず出てくる。だからこそ、売れる見込みのある商品は、安くするのではなく逆に値を上げるのが正解だ」

「……正直なところを言うわ。ノエルちゃんが口裏を合わせてくれるなら、アタシとしては万々歳よ。三千万フィルで仕入れたとなれば、アンタが言うように希少価値が跳ね上がるからね。でも、バレたらお互いにタダじゃすまないわよ？」

「その程度のリスク、ピクニックみたいなもんだろ？　何か問題でも？」

逆に問い返すと、フィノッキオは額に手を当てて天を仰いだ。

「かぁ〜っ……アンタって前々から頭おかしいと思っていたけど、やっぱりプッツンしているわ。帝都中を探しても、アタシから金を搾り取ろうとすんのは、アンタぐらいなもんよ。どう、ウチの組に入らない？　幹部待遇で迎えてあげるわよ」

「遠慮しておくよ。俺の天職は探索者なんでね。それで、返事は？」

「はいはい、わかってるわかってるわよ。……一千五百万フィルで買い取ってあげる！　わかってると思うけど、今回だけだからね！　もう！　バカバカ！」

商談成立。フィノッキオが損得勘定のできる男だったから上手くいった。これで、新しいパーティを組むまでの損失を、埋めることができる。

「マジかよ……。あの気狂い道化師を、交渉で負かしやがった……」

髭面の男が呆然と呟く。その声を聞いたフィノッキオは、髭面の男を指差した。

「そこの髭面の汚いオッサン！」

「ひゃ、ひゃいっ！　な、ななな、なんでしょうか？」

「今日のことを他所で話したら、アンタだけじゃなくて家族や恋人や友人も、み～んな生きたまま豚さんのディナーだからね！　わかった？」

「わ、わかりましたっ！　絶対に誰にも話しません！」

「他の奴らも！　わかった？」

「は、はいっ！　わかりました！」

「よろしい！　あ、ノエルちゃん。これ約束してた、前金の百万フィル。残りは明日中に、銀行の口座に振り込んでおくから」

　フィノッキオから渡された革袋を、俺は髭面の男に放り投げる。

「約束の報酬だ」

「お、おう……」

　取り戻すものも取り戻したし、払うものも払った。これ以上、ここにいる理由は何も無い。さっさと帝都に戻って、今後のことを再考しよう。

「ヴァルター、帰るぞ」

「ま、まってよ、ノエル！」

観念したと思っていたタニアが、縋るように叫ぶ。

「ほ、ほんとうに、私を売り飛ばすの？　お願い、助けて……仲間でしょ？」

「他人様の金でギャンブルをするような奴を、仲間とは言わねぇなぁ」

「ごめんなさい！　チャンスをくれるなら、必ず何倍にもして返すから！」

「無理。信じられない。バイバイ、サヨウナラ」

一度裏切った奴は、何度でも裏切る。信頼できない者を側に置いても、百害あって一利無しだ。俺が突き放すと、タニアはヴァルターにターゲットを変えた。

「ヴァルター、お願い！　助けて！」

「……俺には何もできない」

ヴァルターが気まずそうに目を逸らした瞬間、タニアはこれまでに聞いたこともないような金切り声を上げる。

「ふざけんじゃないわよ！　あんた、私のことが好きだったんでしょ⁉　だったら、助けなさいよ！　肝心な時に役に立たないなんて、あんた童貞のイチモツ⁉　あんたの頭には、小鬼の鼻くそでも詰まってんの⁉　死ね！　死んじまえ！　この無能ゴミカス筋肉ダルマ！　死にかけの老犬でも、あんたよりは役に立つわよ！」

タニアは堰を切ったように罵倒を続け、ヴァルターは言われるがまま視線を落としている。ロイドは放心状態で、心ここにあらずという様子だ。

地獄かよ、ここは。

「フィノッキオ、さっさと連れて行ってくれ。もう、うんざりだ」

「あら、アタシは楽しいわよ？　素敵なショーじゃない」

俺が睨みつけると、フィノッキオは肩を竦める。

「はいはい、わかりましたわよ。じゃあ、子犬ちゃんたち、行きましょうか」

フィノッキオが合図をすると、屈強な護衛たちがロイドとタニアを肩に担ぎ、馬車に押し込んだ。その間も、タニアの罵詈雑言は、豊富な語彙で続いている。

「ノエルちゃん、まったね～！　ばっはは～い！　ん～～まっ！」

フィノッキオが、去り際に投げキッスをしてきたので、身を捩って躱した。帝都へと帰っていくフィノッキオ一味の馬車を見届け、俺は盛大な溜め息を吐く。

「はぁ……。ヴァルター、今度こそ帰るぞ」

「……ああ」

その時、髭面の男がぼつりと漏らした悪口を、俺は聞き逃さなかった。

「最弱の支援職ごときが、暴力団と知り合いだからって、調子に乗るんじゃねぇよ……」

随分と貧相な悪口だな。タニアを見習って欲しいもんだ。

「そうとも、俺は仲間がいなければ戦うこともできない、最弱の支援職だ。そんな俺でも、こうやって金儲けをできるんだから、まともな職能のあんたらも頑張らないとな？」

満面の笑みを浮かべ煽ってやると、髭面の男と仲間たちは悔しそうに歯噛みした。プライドばかり肥大化した落ち目には、こういう厭味が一番良く効く。

「それでは諸君、健闘を祈っているよ」

踵を返した俺の背中に、髭面の男が悔し紛れの言葉をぶつけてきた。

「くそっ、仲間を奴隷にした悪魔が！」

何を言うかと思えば、悪魔ときたか。

悪魔を狩る探索者にとって、相手を悪魔と呼ぶのは最も忌まわしい存在であることを意味する。……最弱にして最凶か、上等だ。

「だったら、そのレッテルも利用して、世界最強になってやるよ」

†

「ほら、おまえの取り分だ」

ノエルはテーブルに、金貨七十枚——七百万フィルの入った革袋を置いた。

ロイドとタニアを売った金の残りは、翌日の朝には口座に振り込まれていたそうだ。その受け渡しのため、ノエルから一般人も利用する場末の酒場に呼ばれたヴァルターは、じっと革袋を見つめた。

たしかに、金は回収できた。だが、少しも嬉しくはない。どんな理由があったにしろ、これは仲間を売って得た金だ。かといって、突っぱねる漢気があるわけでもない。ヴァルターは黙ったまま革袋を鞄にしまい、帝都名産のウィスキーをロックで呷る。

飲まなければやってられない気分だ。なのに、どれだけ飲んでも酔える気がしない。実際、ノエルに呼び出される前から自宅で酒を飲み続けていたが、意識はずっと明瞭なままだ。ヴァルターが愛飲している、このウィスキーの味も今はわからない。

「……これから、どうするつもりだ？」

ヴァルターが尋ねると、ノエルは淡々と答える。

「まず、あの二人が抜けた穴を埋める。それから新しいパーティが噛(か)み合うように訓練を重ね、特に問題が無ければ以前のように活動する」

「抜けた穴を埋められると思っているのか？」

「まあ、簡単にはいかないだろうな。優秀な人材は既に自分の仲間を持っている。引き抜くにしても、半壊状態のパーティに好んでくる奴はいない。だから辛抱強く募集を続けるしかないだろう。穴が埋まるまでの間は、深淵(アビス)に潜ることはできないし、二人でもやれる仕事で凌(しの)ぐしか――」

「そういうことを聞いているんじゃねぇっ！」

ヴァルターは叫び、椅子を蹴って立ち上がった。

「ロイドとタニアの代わりなんて、いるわけがねぇだろうがっ！　俺たちは四人で蒼の天外(ブルービヨンド)だ！　どんな優秀な奴だって、誰にも代わりなんて務まらねぇんだよ！　なぁ、ノエル！　そうじゃねぇのかよ!?　なぁっ!?」

「違うね」

ノエルは表情も変えず断言した。

「たしかに、ロイドとタニアは優秀だったが、替えがきかないほどじゃない。才能はあっても所詮はまだCランク。この帝都では掃いて捨てるほどいる」

「だから、そういうことを言っているんじゃ――」

「いや、そういうことだよ。探索者（シーカー）は、子どものお遊びじゃない。情や感傷で判断するなんて愚の骨頂だ」

「……ぐっ」

ヴァルターは言い返せなかった。冷静な判断をできていない自覚はある。だが、本当に自分は間違っているのだろうか？

「ふん、馬鹿馬鹿しい」

ノエルは鼻を鳴らし、酷薄な笑みを浮かべる。

「おまえ、結局のところ、タニアの本性を見て傷ついただけだろ。おセンチも大概にしろよ。あいつは、そういう女だったんだよ」

「……てめぇ」

「お、怒ったか？　あんなにボロクソ言われてもまだ好きとは、忠犬ここに極まりだな。だったら、おまえがタニアを買ってやれよ。そうすれば、ずっとおまえだけのタニア様だ。めでたしめでたし」

「ノエル、てめぇッ!!」

ヴァルターはノエルの胸ぐらを摑(つか)み、拳を振り上げる。

だが、最後まで振り抜くことはできなかった。

「なんでだ……。なんで、おまえは……」

ヴァルターに殴られそうなのにも拘(かかわ)らず、ノエルはいつもと変わらない達観した表情をしている。まるで、進んで殴られようとしているかのように。

おまえの気が晴れるなら、一発ぐらい殴られてやる。――ノエルの言葉にしない真意を、ヴァルターは察せずにはいられなかった。

ヴァルターは手を放し、力無く椅子に座る。

「……新しい仲間なんて、見つかるわけがない。仲間を奴隷にする奴らと組みたがる馬鹿が、一体どこの世界にいるってんだ」

ヴァルターが拗(す)ねるようにぼやくと、ノエルは首を振った。

「たしかに、臆病な奴は嫌がるだろうな。だが、本当に優秀な奴なら、こちらにも事情があったことは理解するはずだ。むしろ、パーティ内の不祥事を有耶無耶(うやむや)にせず、きちんと制裁したことを評価してくれるだろう」

「だが、大半の奴は、俺たちに反感を抱くぜ。……みんな臆病だからな」

「有象無象を気にしても意味は無い。本当に恐れるべきなのは、敵を作ることよりも味方を作れないことだ。そして、味方を作るためには、自分の方針(スタンス)を明確にする必要がある。

――新進気鋭の悪役(ヒール)。ふん、悪くないじゃないか。どこにでもいる有象無象とは違うって、わかってもらえるんだ」

ノエルは確信に満ちた口調で言い切った。一理ある気はする。なんだかんだ言っても、探索者(シーカー)の本質は荒くれ者だ。軟弱な奴には誰もついてこない。

「……強いな、おまえは」

思えば、出会った時からそうだった。どんな時も冷静で、決して判断を誤らない。もはや嫉妬する気にもなれず、感心することしかできなかった。

「俺とは違う……。俺は……弱い……」

言葉にすると、それは自然に受け入れられた。突っ張ることで守ってきたプライドが、氷のように溶けていくのを感じる。穏やかな気もちだ。だからかもしれない。ヴァルターには、自分がどうするべきか、理解できた気がした。

「探索者(シーカー)を辞めるつもりか？」

図星を突かれ、どう告げるべきか迷っていると、ノエルは言葉を続ける。

「たしかに、おまえにはメンタルの強さが欠けている。だが、おまえがいなければ生き残れない戦いも多かった。おまえが何を言おうと、俺はおまえの強さを知っている。誰よりも一番な」

「……ノエル」

「ヴァルター、メンバーの入れ替えなんて珍しいことじゃない。もう一度、俺とおまえで蒼の天外(ブルービヨンド)をやり直そう。俺には、おまえが必要だ」

正直、嬉しかった。ノエルとは反目することもあったし、心にも無い言葉をぶつけたこともある。だが、ノエルが素晴らしい探索者（シーカー）であることは、ヴァルターもまた誰よりも知っていた。

通常、支援職（バッファー）は弱い。支援の効果は強力だが、支援職（バッファー）自体に戦闘能力がほぼ無いためだ。そうなると、常に誰かが支援職（バッファー）を守る必要が出てくるため、パーティの動きが制限されてしまうことになる。だったら、支援職（バッファー）の代わりに他の職能（ジョブ）を入れた方が、柔軟に動けるし勝率を上げられる。それが一般的な支援職（バッファー）への評価だ。

だが、ノエルは違った。

【話術士】であるノエルには、やはり戦闘能力が不足している。なのにノエルを役に立たないと思ったことは一度も無い。戦闘能力が低くても常に自分の身は自分で守れているし、むしろ安心して背中を任せられるほど敵の攻撃を捌（さば）くことが上手（うま）い。

英雄だった祖父から英才教育を受けたことも理由の一つだとは思う。だが、それ以上に、ノエル自身が弛（たゆ）まない努力を続けているためだ。

ノエルは毎日、厳しいトレーニングを行っている。ヴァルターもトレーニングを怠ることはないが、同じ内容を探索者（シーカー）業をこなしながら毎日継続できる自信は無い。

ノエルがヴァルターを含め多くの探索者（シーカー）から一目置かれているのは、その不屈の意志こそが一番の理由だった。そんな素晴らしい探索者（シーカー）に必要とされていることが、嬉しくないわけがない。ヴァルターは涙を堪（こら）え、だが自身の決意を伝えた。

「すまん、俺は探索者(シーカー)を辞める……。本当に、すまない……」

下宿先を引き払い、銀行の金も全て下ろした。装備やアイテムの下取りも終わった。探索者(シーカー)を辞め故郷に帰るとは決めたが、何をするかは決めていない。

ロイドとタニアはどうなるのだろうか？　誰かに従って戦うことしかできなかった自分が、まともな仕事をやっていけるのだろうか？　考えても答えが出ないことばかり、頭の中を駆け巡っていく。鬱々としながら、停留所で駅馬車を待っていた時だった——。

「よお」

声をかけられて振り返ると、そこにはノエルがいた。

「なんだ、見送りにでも来てくれたのか？」

「ああ、そのつもりだ」

「へぇ。そりゃ、悪いな」

意外だった。こいつが、そんなことをしてくれるなんて。

「餞別(せんべつ)だ、受け取れ」

ノエルから手渡されたのは、愛飲している帝都名産のウィスキーだ。

「これを俺に？」

「故郷じゃ滅多に飲めないだろ？」

「あ、ああ。まあな……」

「じゃあ、用は済んだから帰る。達者でな、ヴァルター」

言葉通り一度も振り返らず去っていくノエル。その後ろ姿をヴァルターは呆然と見送った後、手に持ったウィスキーを矯めつ眇めつした。

「まったく、情があるのか軽薄なのか、わからん奴だな」

不思議に思いながらも、悪い気はしなかった。さっきまでの暗い気もちが消え去り、なんだか笑いたい気分になってくる。

「……知ってたか？　タニアが本当に好きだったのは、おまえだったんだぜ」

だが、ノエルの隣に、タニアは立つことができなかった。ノエルが求めているのは、恋愛のパートナーではなく、強く優秀な仕事仲間だからだ。好意を伝えても断られることはわかっていた。そして、その悩みをロイドに相談している内に、二人は恋仲になった。

もし、相談を受けたのがロイドではなくヴァルターだったら、タニアはヴァルターを選んだのだろうか？　だが、仮にヴァルターの望み通りになったとしても、結局はノエルの代用品にしかなれなかっただろう。

「おまえの言う通りだよ、ノエル。俺たちの代わりなんて、掃いて捨てるほどいる。違うのは、おまえだけだ。おまえだけが特別だった」

才能だけを見れば、ロイドとタニア、それにヴァルターの方が上だ。だが今回の件が無かったとしても、探索者の頂点を極めることができるとしたら、それは間違いなくノエルだろう。

「おまえは、俺たちにはもったいない司令塔だった」

ヴァルターはウィスキーの蓋を開け、一口飲む。

「頑張れよ、ノエル。おまえなら絶対に、最強の探索者になれる。……おまえは最高の戦友だ」

いつもと変わらないウィスキーの美味さが、ヴァルターの頬を濡らした。


「全部、最初からやり直しだな」

ヴァルターも抜けた以上、もはや蒼の天外は解散したも同じ。その知名度を利用することはできるが、ほとんど価値は消失してしまった。

だが、焦りは無い。そもそも、蒼の天外を創ったのは俺だ。俺が三人を集めて、パーティを結成した。だから、また同じことをすればいいだけだ。

もちろん、今回の反省点を活かす必要はある。やはり、他人にリーダーを任せては駄目だ。最初はロイドに任せても構わないだろう、と考えたのが失敗だった。俺がリーダーだったら、こんなつまらない問題なんて絶対に起こさないし、起こさせない。

次は上手くやらなければ。二度も同じ失敗をしては目も当てられない。

「さて――」

俺は人通りの少ない路地裏に入ると足を止めた。

「そろそろ出てきたらどうだ？」

その言葉に誘われるように、四人の男たちが姿を現す。見知った顔――髭面（ひげづら）の男のパーティだ。ずっと俺を尾行していた奴らは、出てくると同時に武器を抜いた。

「報酬を受け取ったのに、まだ何か用があるのか？」

俺が質問すると、髭面の男は下卑た笑みを浮かべた。

「ヴァルターにも見限られたようだな。ざまあみろ、おまえは独りだ」

要するに、今ならコケにされた復讐（ふくしゅう）ができる、と踏んだわけか。愚かだな。愚か過ぎて笑いも起こらない。こいつらの低能具合には反吐（へど）が出そうだ。

「一つ聞きたい」

「あん？」

「何故（なぜ）、もっと人を集めなかった？　パーティ以外にも知り合いはいるだろ？」

「てめぇなんざ、四人いれば十分だろうが。暴力団（ヤクザ）と知り合いでも関係ねぇ。その綺麗（きれい）な顔をグチャグチャに潰して、ドブに浮かべてやるよ」

四人なら十分、ね。逆を言えば、単独では勝てないと理解しているわけか。俺のことを最弱だと罵っておきながら、集団でしか戦えないなんて、素敵なプライドをお持ちなことで。しかも、残念なことに計算ミスだ。

「おまえたちの実力じゃ、十倍は集めないと勝てねぇよ」

「【話術士】如（ごと）きが、吐（ぬ）かしやがれ。その余裕を後悔させてやる」

髭面の男は得意気に口元を歪（ゆが）めるが、慢心しているのはおまえたちの方だ。

おそらく、俺が《狼の咆哮(スタンハウル)》に頼ると思っているのだろう。その対策として、仲間の【魔法使い】が、異常を防ぐスキルを使っているはずだ。《狼の咆哮(スタンハウル)》さえ防げれば勝てると慢心しているのは、その態度から手に取るようにわかる。

マヌケ共が。後悔するのはどちらか、その身体(からだ)に刻んでやる。

「くくく、強がるなよ。おまえたちだって、俺に勝てないのはわかっているんだろ？　だから、ハンデをやろう。俺は目を閉じたまま相手をしてやる」

「なんだとッ!?」

「ほら、どうした？　さっさとかかってこいよ雑魚共」

宣言通り目を閉じて手招きすると、髭面の男のパーティは異口同音に怒鳴る。

「ふざけやがって！　ぶっ殺してやる！」

男たちが挑発に乗って判断力を鈍らせた瞬間、俺はコートから閃光弾(せんこう)を取り出し、目の前へと放り投げた。

「なっ!?　ぎゃあぁっ!!」

強烈な閃光が、目を閉じていた俺以外の目を焼く。俺は目を開け、全員の胸に全力の右ストレートパンチを叩(たた)きこんでいった。

「ぐっ!?……うっ」

たった一撃だが、その一撃が全員を昏倒(こんとう)させる。胸を強打されたことによって心臓震盪(しんとう)を起こし、意識を保てなくなったためだ。

「街中だから命は取らないでおいてやる。代わりに――」

俺はナイフを抜き、気を失っている全員の右耳を削ぎ落した。

「その耳で、宣伝してもらおうか。俺に手を出せばどうなるかをな」

男前になった髭面の男のパーティから離れ、路地の出口へと向かう。

その途中、珍しいものを発見した。

「蛇の抜け殻」

街の外ならともかく、街中ではそうそう見かけないものだ。ペットか食用か、そのどちらかが逃げ出して、下水にでも住んでいるのだろう。

「……進化するためには、脱皮が必要か」

蛇はより強い鱗(うろこ)を手に入れるために、古い鱗を脱ぎ捨てなければいけない。蒼の天外(ブルービヨンド)も同じだ。古い鱗は無くなった。これから手に入れるのは、新しく強い鱗だ。

「蒼の天外(ブルービヨンド)は新生する。今日、この日を以(も)って」

【話術士】である
クランを従える
1
著/じゃき
イラスト/fame

最凶の支援職
俺は世界最強

　メンバーを募集する時に一番効果的なのは、中央広場の掲示板に求人広告を貼ることだ。あとは、新聞の広告欄に掲載を依頼する方法もある。パーティを探している探索者(シーカー)は、そこから募集主の情報、条件、待遇を吟味し、希望と合致するようなら面接へと向かう。

　俺が指定した面接場所は、猪鬼(オーク)の棍棒(こんぼう)亭。時刻は朝の十一時。既に客は多いが、騒がし過ぎることもなく、面接をするのに差支えは無い。あとは希望者が現れるのを待つだけなのだが――。


「どうせ、誰も来やしねぇって」

　俺の隣で勝手なことをほざくのは、紫電狼団(ライトニングバイト)のウォルフだ。

「さっきからうるさいぞ。面接の邪魔だ」

「面接ぅ？　だから、誰も来ないって。だって、この店に入れるレベルの探索者(シーカー)で、パーティやクランに入っていない奴なんていねぇもん」

「それは、おまえの知っている範囲のことだろ？」

「まあ、隠れた逸材がいる可能性もゼロじゃないが、可能性は低いね。いたとしても、何らかのトラブルを抱えているだろうな。実力があるのに誰ともつるまない奴なんて、だいたいそうだと相場が決まっている。そんな奴と、まともなパーティを組めるのかよ？」

「おまえが気にすることじゃない。いいから、さっさと失せろ」

「つれねぇこと言うなよ。ノエルだって一人じゃ寂しいだろ？」

　ウォルフは俺の肩に馴れ馴れしく手を回し、人懐こい笑みを浮かべる。

「だからさ、俺んところ来いよ。歓迎するぜ？」

「……はぁ～」

　この溜め息は、何度目だろうか？　つまるところ、ウォルフが面接の邪魔をしてくるのは、俺を紫電狼団(ライトニングバイト)に引き抜きたいからだ。店に入ってきてからずっとこの調子で、何度断ってもしつこくまとわりついてくる。いい加減うんざりだ。

「そのへんにしときなよ、ウォルフ。ノエルが困ってんじゃん」

　呆れた声が隣のテーブルから投げられた。声の持ち主はエルフの女。エルフらしい凛とした美貌と、ツーサイドアップにした金髪が特徴的な彼女は、ウォルフの仲間だ。袖無しブラウスとスカートという軽装で、防具は革の胸当てだけを身に着けている。【弓使い】のリーシャ、この猪鬼(オーク)の棍棒亭でも名が通っている探索者(シーカー)だ。

　そのリーシャに同調する声が次々と上がった。

「俺に任せろ、と言うから任せたら、勧誘じゃなくて嫌がらせじゃないか。そんな誘い方じゃ誰も仲間にはなってくれんよ」

「ウォルフは頭が可哀想だからなぁ。ゴリ押し以外に作戦が無いんだよね」

「ノエル君、かわいそ～。ウォルフ、きも～い」

「そんなんだから、花屋の娘にフラれるんじゃよ」

紫電狼団（ライトニングバイト）のメンバーたちだ。隣のテーブルに座り経緯を見守っていたが、これ以上ウォルフに任せても無駄だと判断したらしい。

「おまえら、うるせぇぞ！　あと、さらっと俺がフラれたことを暴露するんじゃねぇっ！　俺の交渉術はこっからが本番なんだよ！」

まだ続くのか？　勘弁してくれ……。

「……ウォルフ」

「お、どうした？　仲間になる気になったか？」

「気が変わった。条件次第では仲間になってやってもいい」

「おおっ、マジか！　ほら、聞いたかおまえら！　これが俺の交渉術だ！」

ウォルフが立ち上がって喜ぶと、リーシャが蹴ってこかした。

「あだっ！　何すんだ⁉」

「ウォルフは邪魔だから、そこで伏せ」

リーシャはウォルフを冷たくあしらい、俺に向き直る。

「それで条件って？　ウチらがノエルを欲しいのは本当だから、可能な限りは聞くよ。今のメンバーに優秀な司令塔が加われば、もう怖いもの無しだもん」

「別に難しい条件じゃない。簡単な内容だ」

「なになに？　教えて教えて？」

腰を曲げて顔を近づけてくるリーシャ。何故、顔を近づけてくる？　エルフ流のコミュニケーションか？　ていうか近いな、おい。吐息がかかるどころか、まつ毛の数を数えられる距離だぞ。

「……条件は、ただ一つ」

「ふんふん」

「俺が、紫電狼団（ライトニングバイト）のリーダーになることだ」

「え、いいよ？　みんなも、いいよね？」

リーシャの言葉に、他のメンバーたちも頷く。

「構わないぞ」

「僕もいいよ」

「あたしも～」

「儂（わし）もじゃ」

全員が即答したところで、ウォルフが慌てて立ち上がった。

「おまえら、なんで即答してんの!?　ていうか、俺の意向は!?　俺がリーダーなんだよ!?　勝手に決めちゃダメだろ！」

「だって、ウォルフよりノエルの方が頭良いし。ウチらは別に誰がリーダーでも構わないし。ほら、何も問題無いじゃない」

リーシャが断言すると、つられてウォルフも頷く。

「そう言われると……たしかに。……って、問題しかねぇだろうが！　俺がリーダー！　紫電狼団（ライトニングバイト）創ったの、俺だから！」

そのノリツッコミに、どっと笑いが起こり、ウォルフは更に茶化されていく。

仲間たちが、ウォルフのことを蔑（ないがし）ろにしているわけではない。むしろ、信頼しているからこその茶番だ。本気でリーダーを挿（す）げ替（か）える気なんて誰にも無い。

だが、俺にとっては、冗談ではなく本気の条件だった。

誰の下にもつかない、という俺の意思は、ウォルフにも伝わったはずだ。その証拠に、もうウォルフが絡んでくることはなく、仲間たちと軽口を叩（たた）き合いながら酒を飲んでいる。

「残念だなぁ。ノエルと冒険したかったのに」

席に戻らなかったリーシャが、テーブルに顎を乗せて口を尖（とが）らせた。

「でもさ、仲間を集められなかったらどうするの？」

「その時はその時。募集からヘッドハントに変えるだけだ」

「誰か当てでもあるの？」

「まあ、一応な」

仲間にする前に解決しないといけない問題はあるが、もしヘッドハントが成功すれば大きな戦力となるだろう。なにしろ、たった一人で、在りし日の蒼の天外（ブルービヨンド）を凌（しの）ぐ力を持っているのだから、破格としか言いようがない。【傀儡師（くぐつし）】ヒューゴ・コッペリウス。今後どうなるにしろ、是が非でも手に入れたい男だ。

「へぇ、どんな人なの？　ウチも知っている人かな？」

「企業秘密」

「え〜っ！　なにそれ！　教えてくれてもいいじゃん、ケチ！」

ウォルフほどじゃないが、この女もウザ絡みしてくるタイプだな……。

どうやって追い払おうか考えていた時、不意に囁（ささや）くような声がした。

「キミが、ノエル・シュトーレン？」

「うぉっ！」「ひゃっ！」

その声はあまりにも突然で、俺とリーシャは驚きのあまり軽く飛び上がってしまった。

全く気配が無かったのだ。それこそ声と共に現れたかのように、俺の前にはローブを羽織った背の低い人間が立っている。俺だけならともかく、気配察知能力に長（た）けた【弓使い】のリーシャまで気がつかなかったのだから、本当に別空間から現れたのかもしれない。

「……俺がノエルだ。そういう、おまえは？」

「ボクは——」

ローブのフードが脱がれ、紫がかった銀髪が露（あら）わになる。

若い女だ。襟足辺りの長さで切り揃（そろ）えられた艶やかな銀髪。陽（ひ）に焼けた小麦色の肌。陶器人形（ビスク・ドール）のように整った顔立ち。左目がサファイア色、右目がアメジスト色の、オッドアイ。ハーフリングほどではないがかなり背が低いため、一見では子どものようにしか見えない。ただ、よくよく見れば成人した女の色香がある。頰のシャープさや綺麗（きれい）に通った鼻筋は、成長し切っていない子どもには見られない特徴だ。

「アルマ。中央広場の募集を見て来た」

やはり応募者か。だが、女ね……。前回の件を考えると、あまり好ましくないな。募集要項に男限定だと入れるべきだったか。比率的に女の探索者(シーカー)は少ないから、あえて入れなくても滅多にこないだろうと高を括(くく)ったのがよくなかった。まあ、きてしまったものは仕方がない。今になって女だからと追い返すのも問題だ。互いの条件が合うようなら、女でも新しい仲間として受け入れるべきだろう。

それに、男に限定しなかったことが逆に正解だったかもしれない。まだ確定ではないが、先ほどの急な登場といい、佇(たたず)まいといい、この女からは強者の風格が漂っている。

「アルマ、今日はよく来てくれた。どうぞ、席に座ってくれ」

「わかった」

俺が促すと、アルマは俺の前に座った。

「え、面接始めちゃうの？」

リーシャが首を傾(かし)げ、俺に耳打ちする。

「この子って成人してないよね？　探索者(シーカー)になれないでしょ？」

「いや、それは――」

「違う。ボクは子どもじゃない。ちゃんと成人している」

リーシャの小声が聞こえていたらしいアルマは、首を振って否定する。そして、右手で二本、左手で一本の指を立てた。

「二十一歳。立派な大人」

「五つも上かよ……」

　大人なのはわかっていたが、五つも年上だとは思わなかった。なんていうか、意外性がある女だな。

「いくつか質問をしたいんだが、構わないか？」

「構わない」

「じゃあ、まず――」

「好きな食べ物は？」

「いちご」

「ウォルフ！　勝手に割り込んでくるな！」

　油断も隙もあったものじゃない。隣のテーブルにいたはずのウォルフが戻ってきて、何故か勝手に質問をし始めた。

「おまえ、別のパーティのリーダーだろ。なんで、おまえが質問するんだよ。だいたい、好きな食べ物聞いてどうするんだ」

「まあまあ、固いこと言うなよ。面白そうな応募者じゃねぇか」

「遊びでやっているんじゃないんだぞ!?」

「好きな本ってある？」

「エリザベート・グレーゼ著、『タフガイを女の子にする百のテクニック』」

俺がウォルフを必死に追い出そうとしていると、今度はリーシャが質問をする。それどころか、紫電狼団（ライトニングバイト）の他のメンバーもやってきた。

「趣味は？」

「散歩」

「貯金できるタイプ？」

「そこそこ」

「3サイズは？」

「90、53、82」

なんで、どうでもいい質問ばっかするんだ……。もう止めるのも面倒だ。この流れのまま、俺も質問をするか。

「職能（ジョブ）とランクは？」

「【斥候（スカウト）】。Cランク」

【斥候（スカウト）】か。悪くないな。深淵（アビス）の探索では、危険察知能力に長けた【斥候（スカウト）】や【弓使い】が役に立つ。前はいなかった人材が、今になってやってくるのだから皮肉なもんだ。

「お洒落（しゃれ）とか興味ある？」

「人並み」

「これまでの経歴は？　他のパーティに所属していたことはあるか？」

「ない。探索者（シーカー）の登録も、さっき終わったところ。つい最近まで、山でじっちゃんの修行を受けていたから」

探索者（シーカー）としての活動経験自体が無いだって？　未経験者なのは困るな。だが、それよりも気になるのは、ずっと修行をしていたという点だ。二十一歳まで続けていた修行って何だよ。

「座右の銘は？」

「明日できることは明日する」

「最後の質問だ。探索者（シーカー）を志した理由は？」

「探索者（シーカー）には興味無い。ボクが興味あるのは——」

アルマの指が、すっと俺に向けられる。

「不滅の悪鬼（オーバーデス）の孫である、キミだけ」

「……祖父の関係者か？」

英雄として有名な祖父ではあるが、探索者（シーカー）ではなく、しかも山籠もりしていたような人間まで知っているかは微妙だ。となると、アルマ本人か、あるいは血縁者あたりが祖父と関係があったと考えるのが妥当だろう。

「ボクじゃなくて、じっちゃんが昔、戦ったことがあるって言ってた」

「へぇ……」

「じっちゃんには右腕が無い。不滅の悪鬼（オーバーデス）に切り落とされた」

俺はアルマに気がつかれないよう、そっと魔銃（シルバーフレイム）に触れる。

「まさか、その敵討ちが本当の目的、ってわけじゃないよな？」

「違う。そんな非生産的なことはしない。ただ、あの英雄の孫が、どんな探索者（シーカー）なのか興味があっただけ」

「そ、そうか……。まあ、祖父に代わって詫（わ）びとくよ。悪かったな。祖父は既に亡くなっているから、俺の謝罪が祖父の謝罪だと受け取ってほしい」

「じっちゃんも先月に大往生したから、恨みを持っている者は誰もいない。過去は過去のこと。謝罪は不要」

アルマは本当に気にしていないように言った。

不滅の悪鬼（オーバーデス）と戦ったことがある男、ね。……数が多過ぎて誰のことか全く見当がつかない。若い頃の祖父（じい）ちゃん、暴れん坊だったからなぁ。

「ちなみに、御祖父の名前は？」

「アルコル・イウディカーレ」

その名を聞いた瞬間、鳥肌が立つのを感じた。周りにいた紫電狼団（ライトニングバイト）のメンバーも、驚愕（きようがく）で目を丸くしている。

アルコル・イウディカーレ、それは絶対の恐怖と共に伝わっている名だ。

暴力団（ヤクザ）を最大勢力とする裏社会に、とある秘密結社が存在する。暗殺者教団（アサシン）、その名の通り暗殺を生業とする組織だ。依頼さえあれば相手が赤ん坊でも殺す奴（やつ）らの残忍さは、暴力団(ヤクザ)よりも最低最悪なもので、誰もから絶対に敵にしたくないと恐れられている。

その創設者にして初代教団長が、伝説の殺し屋アルコル・イウディカーレだ。

当時の聖導十字架教会の教皇から敵対する宗教組織の殲滅(せんめつ)を依頼され、たった一人で成し遂げた話はあまりに有名である。たしか、その時に殺した数は、千を軽く上回るとか……。あらゆる面でアンタッチャブルな存在は、公の場だと口に出すことすら憚(はばか)られるほどのものだ。だが、アルマは、自分がその孫だと言っている。もし本物なら得難い逸材だ。絶対に仲間にしたい。

それにしても祖父ちゃんの奴、暗殺者(アサシン)教団とも喧嘩(けんか)していたのかよ。初耳だぞ。何やってんだよ。しかも、あのアルコルの右腕を切り落とすとか、いくらなんでも無茶苦茶だろ。

……いかん、予想外の情報が面白過ぎて、思考が散らかってしまっているな。

俺が思考を整理するために目を閉じた時だった――。

「あのアルコルの孫だって？　冗談にしちゃ笑えねぇな」

野太い声と共に、向かいの席から角刈りの大男が立ち上がった。

†

拳王会のリーダー、【格闘士】のローガンだ。素肌にレザージャケットを羽織り、丸太のように太い両腕にはガントレットが装着されている。ローガンもまた、この猪鬼(オーク)の棍棒(こんぼう)

亭で有望視されている探索者の一人だ。だが、素行に問題があり、よく揉め事を起こしている。

「はっ、でたらめ吐かしやがって。色街じゃどうか知らねぇが、そんな嘘はここでは通用しねぇぞ雌豚」

ローガンはこちらを見下ろし、太い唇を嗜虐的に歪ませた。

「おい、おまえは関係ねぇだろ。引っ込んでろよ」

ウォルフがローガンに詰め寄り睨みつける。並んだ身長差は頭二つ分。ウォルフも長身な方なのに、ローガンが相手では子どものようにしか見えない。だが、その闘気が萎えることはなく、むしろ膨らむ一方だ。二人は前から仲が悪い。だが、この場でのローガンの目的は、ウォルフではなくアルマだった。

「おまえだって部外者だろうが。引っ込むのはどっちだよ」

「うっ、い、いや、それは……その……」

反論できないウォルフは、指を突き合わせて狼狽える。

「まあ、俺だって部外者だ。本当なら、他のパーティの面接に口を出したりなんてしねぇさ。この馬鹿狼と違ってな」

「ぐぬぬぬっ……」

「だが、耳に入った話によると、この雌豚は、どうやら猪鬼の棍棒亭に相応しくない客らしい。しかも大嘘吐きときている。だったら、放っておくことはできねぇよなぁ？　ノエル、俺は間違っているか？」

　ローガンの問いに、俺は薄く笑った。

「嘘吐きかはともかく、店に相応しい客か否かは、おまえの言う通りだ」

　とはいえ、アルマには意味がわからないだろう。状況の説明が必要だ。

「アルマは知らなかったみたいだが、探索者（シーカー）の酒場には、その格に応じて入店制限というものがある。もし、それを破った場合、常連の探索者（シーカー）たちに袋叩（ふくろだた）きにされるのが慣例だ」

「初耳」

「非公式の裏ルールだからな。だが、これは誰にも適用されるルールで、面接の応募者だからといって例外は無い。俺がこの店を面接場所に指定したのは、同じレベルの探索者（シーカー）を求めたからだ」

「でも、ボクは席に座ることができた」

「俺と紫電狼団（ライトニングバイト）が警告しなかったからな。普通ならローガンが正しい」

　俺の説明に、アルマは興味深げに頷（うなず）く。

「なるほど。理解した」

「だったら、さっさと出ていきな。ノエルに免じて、今日のところは見逃してやる。だが、また同じことをしやがったら、今度は容赦しねぇぞ雌豚」

　ローガンは馬鹿にするように鼻で笑い、店の出口を顎で示した。アルマはそれを無視し、真（ま）っ直（す）ぐ右手を挙げる。

「ノエル、質問」

「なんだ？」

「探索者(シーカー)の格は、何で決まる？」

「一つは職能(ジョブ)のランク。もう一つが活動実績だな。つまり、どれだけ探索者(シーカー)として名をあげてきたかが、問われることになる」

「なるほど、実績。理解した。だったら――」

　アルマは椅子から飛び上がり、ローガンに向かって拳を構える。

「この偉そうな猿を叩(たた)きのめせば良いよね」

　正解。俺がアルマを黙認していれば、他の探索者(シーカー)が咎(とが)めてくるのはわかっていた。これを黙らせるには、アルマが自分の腕っぷしを証明するしかない。しかも、俺にとって幸運なことに、相手は猪鬼(オーク)の棍棒亭で対人最強のローガン。アルコルの孫というのが本当かを試すには、絶好の実験台(モルモット)だ。

「誰が猿だゴラァッ！」

　アルマの挑発を受けたローガンは、怒りのあまり怒髪天を衝(つ)く。

「おい、ノエル！　一応、確認を取っておくぜ！　この雌豚を殺しても、文句はねぇよなぁっ!?　殺さないようにブン殴るなんて、無理だからよぉっ！」

　既に両者は戦うことに合意している。つまり、決闘だ。

「構わないよ。そいつは、まだ仲間じゃない。お好きにどうぞ」

俺が承諾すると、店中の客が立ち上がり、ギャラリーと化した。

「いいぞ、やれやれぇっ！」

「ローガン、先輩探索者（シーカー）の強さを見せてやれ！」

「ちっこい姉ちゃんも簡単に負けるなよ！」

「おい、どっちに賭ける？　俺はローガンに一万フィル賭けるぜ！」

「バーカ、賭けにならねぇよ！」

ギャラリーはローガンが圧勝すると信じているらしい。体格差、【格闘士】と【斥候（スカウト）】の対人戦闘能力差、なにより実績。その全てが、ローガンの勝ちを保証しているからだ。

だが、当のローガンの顔に油断は無い。それどころか、その額には汗が噴き出している。対峙（たいじ）したことでわかったアルマの実力に、困惑している様子だ。

対してアルマは、氷のような無表情で、悠然と構えている。

「……アルマの勝ちだね」

隣にいたリーシャが、ぼそりと呟（つぶや）いた。

「うおおぉぉぉぉっ！」

先に動いたのはローガンだ。気合一閃（いっせん）。雄叫（おたけ）びを上げ、鋭い右ストレートをアルマの顔面に放つ。直撃すれば、アルマの頭を吹き飛ばす一撃だ。

だが――

「遅過ぎ」

拳が貫いたのはアルマの残像。目にも留まらない速度で攻撃を躱したアルマは、そのままローガンの懐に潜り込み、跳躍と共に喉元目掛けて手刀を繰り出す。

「ぐほぉっ！」

急所に強烈な手刀を受けたローガンは、頽れ血を吐いた。膝を突き前屈みになったことで、まるで斬首を待つ罪人のような姿勢となる。

「はい、おしまい」

ローガンの首に振り下ろされるのは、ギロチンではなくアルマのかかと落とし。強烈な一撃が延髄にダメージを与え、ローガンの意識を刈り取る。

戦いは、三秒足らずで決着がついた。

強い。あのローガンを、【斥候】が容易く倒すなんて……。祖父に鍛えられ体術の心得がある俺から見ても、アルマの戦闘能力は遥か高みにある。しかも、アルマは明らかに手加減をしていた。殺そうと思えば、最初の手刀で殺せていたからだ。まさしく瞬殺。

勝負の結果にギャラリーが騒然とする中、俺はアルマに叫んだ。

「おまえ、採用！」

「ふんふんふ～ん♪」

決闘が終わり猪鬼の棍棒亭を後にした俺の隣では、アルマが何事も無かったかのように鼻歌を歌っていた。

「見事な戦いだった。アルコルの孫ってのは、嘘じゃないみたいだな」

「ノエルも信じてなかったの？」

少し不満そうに、アルマは頬を膨らませる。

「いきなり、伝説の殺し屋の孫です、って言われてもな。俺だって、不滅(オーバーデス)の悪鬼の孫だと言っても、最初は誰も信じてくれなかった」

「でも、ボクはすぐに信じられたよ」

「へぇ、それは何故(なぜ)？」

「他とは眼(め)が違う。勝つためなら、なんでもやる、って眼。じっちゃんが言ってた。不滅の悪鬼(オーバーデス)とは絶対に戦うなって。あの男は、常に予想の右斜め上を行くから、まともに戦っても勝てないって。ノエルの眼は、その教えを思い出させる眼」

苦笑するしかなかった。祖父を想起させる眼、というのは悪い気がしない。だが、アルマが言ったことを要約すると、常識外れのイカレ野郎ということになる。

「さっきも言ったが、俺はアルマを、蒼の天外(ブルービヨンド)の仲間にしたいと思っている。だが、探索者(シーカー)自体には、興味が無いんだよな？　このままメンバーになることに、不都合は無いのか？」

「無い。どうせ暇」

「暇、ね。アルマが強いことは認める。だが、あまり探索者(シーカー)を舐(な)めていると、あっという間に死んでしまうぞ。悪魔(ビースト)は甘くない」

「戦いに必要なのは、精神論ではなく実力。やる気はあまり無いけど、結果は出すから安心して。強さこそが絶対の正義。それは探索者も同じはず」

言い切るね。傲慢さは感じるが、間違った考え方ではない。

「ノエル」

急に呼び止められたので振り返ると、アルマが腹を押さえていた。

「お腹が空いた。朝から何も食べてない」

「じゃあ、何か食べるか」

言われてみれば、俺も腹が減った。入れる店を探して一緒に飲食街を歩き回るが、評判の良い店はどこも混んでいる。店に入るには、長い列に並ぶ必要があった。

「並ぶことになりそうだが、構わないか？」

「長く並ぶのは面倒。——あれが良い」

アルマが指差したのは、揚げ饅頭の屋台だった。そこにも人だかりはできているが、回転率が良いので長く並ばなくても買えそうだ。十分後、俺とアルマの手には、熱々の揚げ饅頭が握られていた。俺が肉餡、アルマがカスタードクリーム餡、両方ともボリューミーで美味そうだ。

「っ!?　これは美味！」

揚げ饅頭に齧りついたアルマが、ぱっと花が咲くように顔を輝かせた。

俺も自分のを食べてみる。たしかに美味い。表面をサクサクに揚げた、もっちりとした皮の中から、ジュワっと肉のジュースが溢れ出す。野菜もたくさん入っていて、その甘みが肉の味を一層引き立てていた。

「ノエル、そっちのも齧らせて」

「あん？……卑しい奴だな。ほらよ」

俺の揚げ饅頭を差し出すと、アルマは小さな口でかぶりついた。

「うん、こっちも美味しい。こんなに美味なものを食べたのは初めて」

アルマは頬に手を当てて、うっとりと目を細めた。いくらなんでも言い過ぎだろ、と思ったが、ずっと山籠もりをしていたって話だったな。

「山から下りたのは、今回が初めてなのか？」

「初めて」

「それにしては、そこまで浮いている感じはしないな」

「周囲に溶け込む術も、じっちゃんに教わったから」

「なるほど。――なあ、一つ気になっているんだが」

ついでだから、世間話の延長線上で質問を続ける。

「山での修行ってのは、やっぱり【暗殺者】になるためのものか？」

「そう。【斥候】から【暗殺者】に、そして――その上に行くための修行。Bランクへのランクアップはまだだけど、条件は修行中にクリア済み」

「ああ、やっぱり」

Cランクにしては強すぎると思っていたが、既にランクアップ条件を満たすレベルなら納得だ。ランクアップするためには、改めて【鑑定士】に頼る必要があるので、それをせず保留状態にあるということだろう。

「なのに、暗殺者（アサシン）教団には入らなかったんだな。御祖父がアルマを鍛えたのも、そのためだったんじゃないのか？」

「そう。ボクも、そのつもりだった。でも、入れなかった。ボクじゃ暗殺者（アサシン）教団に相応（ふさわ）しくないって、追い返された」

「アルマが？　実力に不足があるとは思えないが……」

「実力は認められた。でも、適性が欠けている、って言われた」

「どういうことだ？」

俺は更に質問を続けるが、アルマはゆっくりと首を振った。

「ごめん、これ以上は話せない」

「……そうか、こっちこそ悪かったな。色々と教えてくれてありがとう」

誰だって、話せない秘密の一つや二つ持っている。話したくないと言うなら、それ以上踏み入るつもりはない。

「なんか、組織を一新するから、古いタイプの【暗殺者（アサシン）】はいらないんだって」

「話すのかよ!?」

一瞬で手の平を返しやがって。何を考えているんだ、この馬鹿女。

「これまで暗殺者(アサシン)教団は、独立した秘密組織だったけど、近いうちに帝国の傘下組織に生まれ変わるって、今の教団長が言ってた」

「なに？　つまり、これからは皇帝専属になるってことか？」

「そうみたい。殺しよりも、諜報(ちょうほう)活動とかを主にやっていくんだって。まあ、殺しもするみたいだけど。組織の在り方は、かなり変わることになる」

「おまえ……それ滅茶苦茶(めちゃくちゃ)重要な情報じゃないか……。こんな風に、揚げ饅頭を頬張りながら話す内容じゃないぞ。ていうか、そもそも話すなよ！」

「はっ、そういえば絶対に秘密とも言われた。……どうしよう」

「どうしよう、じゃないよ……」

　これ、大丈夫か？　この情報を知ったせいで、大量の【暗殺者(アサシン)】が送り込まれてきたりしないか？　俺の人生、そこで終わったりしないよな？

「ノエル、安心して」

「……何が？」

「もしもの時は、お姉ちゃんが守ってあげる。だから、大丈夫」

「誰がお姉ちゃんだ、誰が」

　都合良く年上面をするな。だいたい、俺が危ない情報を知ったのは、誰のせいだよ。もしもの時は、この馬鹿女を囮(おとり)にして逃げ切ってやる。

†

「支援職（バッファー）について、どれぐらい知っている？」

　俺たちは帝都を出て、近くにある森に来ていた。針葉樹が鬱蒼（うっそう）と茂るこの森には、たくさんの野生動物が住んでおり、狩人（かりゅうど）たちにとって絶好の狩場となっている。

　獣道を歩きながら俺が質問をすると、アルマは首を捻（ひね）った。

「正直、あまり詳しくは知らない。個人の戦闘能力が低い代わりに、強力な支援能力を持っていて、それをパーティに掛けるのが仕事ってぐらい」

「大雑把に言えばそうだな。だが、支援を掛けることだけが役割じゃない」

「他の役割って？」

「そもそも、支援には様々な効果がある。例えば、俺の職能（ジョブ）である【話術士】のスキルに、《連環の計（アサルトコマンド）》というものがあるが、これは一瞬で勝負を決められるほど強力な反面、デメリットも大きいんだ。下手に扱えば、自分がパーティを壊滅させることになりかねない」

「それはおっかない」

「そう、非常に危険だ。だから俺たち支援職（バッファー）は、支援を掛ける前に正しく戦況を見極めなければいけない。そして戦闘を指揮し、支援が最大効果を発揮できるよう戦況をコントロールする。これが、真の支援職（バッファー）の役割だ」

　俺の説明に、アルマは感心して頷（うなず）いた。

「面白い。とっても面白い。でも、凄(すご)く難しそう。ただ戦闘を指揮するだけじゃなくて、ずっと先も見通せないと、その戦い方は不可能」

「だから、まともに戦える支援職(バッファー)は、数えられるほどもいない。まず、自衛手段に乏しいせいで、生き延びることすら難しいのに、戦闘を掌握しパーティを勝利に導くなんて、離れ業もいいところだからな」

「でも、ノエルにはできるんでしょ？」

「できなければ、とっくに死んでいるよ。――よし、ここにしよう」

立ち止まった場所は、森の奥の開けた広場。その中央には、神秘的なコバルトブルーの湖がある。動物の糞(ふん)や足跡が見られることから、野生動物たちの水飲み場となっている場所のようだ。

「今からアルマには、ある変異種(モンスター)を捕まえてきてもらう」

変異種(モンスター)とは、深淵(アビス)の影響を受けて変異を遂げた、動植物の総称だ。悪魔(ビースト)ほどではないが危険な存在であるため、これを狩ることも探索者(シーカー)の仕事の一つとなっている。

「鉄角兎(キラーラビット)、鉄の角を持つ兎(うさぎ)の変異種(モンスター)だ」

兎と言えば可愛(かわい)い毛だるまだが、奴らには人を刺し殺せるほど鋭い角がある。しかも好戦的な性格で、巣穴の近くを獲物が通ると、急に飛び出して串刺しにするのが習性だ。

「なんで鉄角兎(キラーラビット)を捕まえるの？　食べるの？」

「食べない。捕まえるのは実験のためだ」

「実験って？」

「ただ捕まえてもらうだけではなく、アルマには俺の支援を掛けさせてもらう」

「鉄角兎(キラーラビット)を捕まえるのに、支援なんていらない」

侮られていると思ったのか、アルマはむっとした顔になった。

「たしかに、アルマの実力なら、危険な鉄角兎(キラーラビット)も難なく捕まえられるだろう。だが、支援が掛かったらどうかな？」

「簡単なことが、もっと簡単になる」

「そう思うか？　たしかに、支援は能力を向上させるものだ。だが、向上した能力を使いこなせるかは、掛けられた本人にかかっている」

「あ。……なるほど」

アルマは俺が言いたいことを理解したようだ。

「【斥候(スカウト)】には、《速度上昇(アクセル)》というスキルがあるな？」

「ある。速度を倍増させるスキル。重ね掛けできて、ボクは五倍までいける」

五倍まで可能か。流石(さすが)だな。Cランクだと、普通は良くて三倍までだ。

「そのスキルは最初から使いこなせたか？」

「無理。一気にスピードが上がるから、長く訓練して身体(からだ)を慣らさないといけない。じゃないと、筋肉が千切れたり骨折したりする」

「自分のスキルですらそうなんだ。他人の支援で向上した能力なら、なおのこと容易には使いこなせない。適応するためには訓練が必要だ」

つまり、実験とは、俺の支援に適応できるまで、どれぐらいかかりそうかを調べるためのものだ。その結果次第で、当座の予定が決まってくる。

探索者（シーカー）として優秀だった以前のメンバーでも、全員が支援に適応できるまで半月もかかった。アルマはどうだろうか？　個人の能力自体はずば抜けているが、それと早く支援に適応できるかは別問題だ。能力が優れている分、支援による変化が大きいため、かえって適応できるまで時間がかかる可能性もある。実際、元メンバーの三人だと、最も能力が優れていたロイドが、適応できるまで一番時間を要した。

「この付近に、何匹の鉄角兎（キラーラビット）が確認できる？」

俺が尋ねると、アルマは目を閉じ耳を澄ませる。

「付近二百メートル圏内だと、十三匹」

「なら、実験には事欠かないな。鉄角兎（キラーラビット）を捕まえる際には、《速度上昇（アクセル）》を使用するように。更に俺が二つの支援を掛けるから、その状態で十秒の間に、一匹以上捕まえてくるんだ。三回もやれば十分だろう。その結果によって、支援に適応するのに必要な訓練量も見えてくる」

「理解した」

「では、これより実験を開始する」

話術スキル《士気高揚（バトルボイス）》。俺の宣言と合わせて付与した支援が、アルマの身体を活性化させる。

「気分はどうだ？」

「不思議な感覚。身体の奥底から活力が無限に湧いてくる」

「まず、《士気高揚(バトルボイス)》というスキルを使用した。今のアルマは、体力と魔力、そしてその回復速度が、25パーセント上昇している状態にある」

「つまり、簡単には疲れない、ってこと？」

「その通り。そして、次に使うスキルが本命だ。話術スキル《戦術展開(タクティシャン)》。アルマが俺の出した指示(オーダー)に従う限り、その全ての行動の結果と効果を、25パーセント上昇させるスキルだ。まあ、細かいことを無視して、全能力が25パーセント上昇する支援だと理解してくれ」

　俺はアルマがスタートしやすいよう、距離を取った。

「《速度上昇(アクセル)》は、限界まで重ね掛けしてくれ。単純に計算すれば、五倍掛けでも六倍以上の効果を持つようになる。俺が、捕まえに行け、と言ったらスタートだ。その指示(オーダー)には、《戦術展開(タクティシャン)》が付与されている」

「了解。――でも、ちょっとだけタイム」

　アルマはローブを勢いよく脱ぎ捨てた。ローブの下に着ていたのは、白いレオタード状のレザースーツ。胸元が露出している煽情(せんじょう)的なデザインだ。しかも、コルセットベルトを巻いているせいで、アルマの大きな乳房が余計に強調されている。

その腰のベルトに通されているホルダーには、大振りのナイフが納められていた。他にも、小さなアイテムポーチや、投擲(とうてき)用の針が入ったケースを身に着けている。露出が多いせいで派手な姿に見えるが、その実態は【斥候(スカウト)】らしい出(い)で立(た)ちだ。いかにも敏捷(びんしょう)そうで、陰から敵を仕留めることを前提としている。

「これで動きやすくなった。ばっちこい」

俺は左の袖をまくり、腕時計のストップウォッチボタンに触れた。

「準備が終わったなら、《速度上昇(アクセル)》を使うんだ」

「了解。――《速度上昇(アクセル)》――五倍(クインタプル)ッ！」

アルマが五倍の速度に達したのと同時に、俺は叫ぶ。

「指示(オーダー)だ！　鉄角兎(キラーラビット)を捕まえに行け！」

その瞬間、突風が巻き起こり、アルマの姿が掻(か)き消えた。

《戦術展開(タクティシャン)》の支援効果がもたらした、限界を超えた超高速移動。注目していたにも拘(かかわ)らず、消えたと錯覚するほどのスピードだ。ストップウォッチボタンを押した時計の針が、コンマ単位で時間を刻んでいく。二秒経過。三秒経過。四秒、五秒、六秒、七秒、八秒――

「ただいま」

アルマの声が聞こえた瞬間、俺はストップウォッチを止めた。

「はい、鉄角兎(キラーラビット)」

俺の背後から突風を伴いながら帰ってきたアルマが、両手いっぱいに抱えた鉄角兎（キラーラビット）を地面に放り出した。

「全部で十三匹。気絶させてある」

「……十三匹？　まさか、全部捕まえてきたのか？」

「そう。あれ？　一匹だけってルールだっけ？」

「いや、一匹以上だから、ルールを破ってはいないな」

「良かった。それで時間は？」

「八秒六だ」

「時間内だね、やった。全部捕まえちゃったけど、実験はまだ続ける？」

首を傾（かし）げるアルマに、俺は苦笑した。

「いや、実験はこれで終わりだ。この結果なら訓練もいらないな」

まったく、大した奴（やつ）だよ。初めてで難無く支援に適応するなんて。わざわざ、こんな実験をした俺が馬鹿みたいだ。これが、伝説を継ぐ、ということか……。妬ましいね……。

「アルマの訓練が必要無くなったから、予定が空くことになった。そこで、パーティとして仕事を受けようと思う」

「おお、初仕事。深淵（アビス）に潜るのは初めて」

「残念ながら、深淵（アビス）関係じゃない。いくらアルマが強くても、壁役（タンク）も無しに潜るのは危険過ぎるからな。俺たちが受ける仕事は、これだ」

懐から一通の手紙を取り出し、それをアルマに見せる。今朝方、フクロウ便で遠方から届いたものだ。

「ううん？　えっと、拝啓ノエル・シュトーレン殿。我がミンツ村の近郊に、盗賊団が現れました。つきましては、その討伐を貴殿に依頼したく存じます。ミンツ村、村長より」

手紙を読み終わったアルマは、訝し気（いぶかげ）な顔で見上げてくる。

「盗賊団？」

「そう、俺たちの初仕事は、盗賊団の討伐だ」

悪魔（ビースト）を狩ることだけが、探索者（シーカー）の仕事ではない。宝探し（トレジャーハント）、秘境探索（ミシックハント）、変異種狩り（モンスターハント）、そして犯罪者狩り（クライムハント）。前者二つは滅多にある仕事ではないが、後の二つは一般的なものだ。その報酬額は深淵（アビス）関係のものと比べて少ないが、金をもらえる以上、立派な稼ぎ口だ。前メンバーの時も、最初から深淵（アビス）に潜るのではなく、そういった細々とした仕事をこなして金を稼ぎ、練度を上げていった。

この手の依頼は、中央広場の掲示板に直接貼られている。依頼主は様々だが、だいたいが集落からのものだ。領民を守るべき領主は、いつだって仕事が遅い。領主の助けを待っていては、その前に集落は大打撃を被るし、最悪滅びてしまう。だから、自分たちで探索者（シーカー）を雇い、問題を排除しなければいけないわけだ。

ミンツ村の村長との繋（つな）がりも、そうした依頼を受けた時のものだ。その時の依頼内容は、変異種（モンスター）の討伐だった。依頼達成後に、また問題があれば助ける、と約束したのは、今は奴隷のロイドである。

約束を覚えていたミンツ村の村長は、問題を速やかに解決するためにも、俺たちに直接依頼を出した方が早いと判断したのだろう。本当なら、断りの手紙を出すつもりだった。だが、アルマの訓練が必要無くなったことで、パーティ活動をする余裕が生まれた。

報酬には期待できないが、新しいパーティの力を試すには、ちょうど良い依頼だ。善良な村人を困らせる悪人から、その代償を取り立てるとしよう。

†

街道を駅馬車が駆けていく。帝都からミンツ村まで、片道約十時間。途中乗り継ぎが必要であるため、今日はそこで宿を取り、明朝に再出発する予定だ。遅くとも、明日の昼にはミンツ村に入れるだろう。

「お尻がごわごわ……。馬車は苦手……」

駅馬車が中継地点の街ユドラに到着した。歩道に降りたアルマは、尻を揉（も）みながら嘆息する。既に日は沈み星輝く夜。七時間も駅馬車に揺られたせいで、尻は痛いし酔って吐き気もする。最悪の気分だ。さっさと風呂に入って寝たい。

俺たちはげんなりとしながら、夜の街で宿を探した。

「悪いね、兄ちゃん。空いている部屋は一つしかねぇんだわ」

　交通の要所だけあって、ユドラの宿はどこも満杯だった。せっかく泊まれる宿を見つけても、一つしか部屋が無いのだから困ったものだ。男と女が同じ部屋に泊まるのは、健全なパーティを目指す俺にとって、あまり好ましくない。

「アルマ、部屋はおまえが泊まっていい。俺は納屋を借りて寝る」

「え、一緒に寝ればよくない？」

「男女が同じ部屋で寝るのは問題だろ」

「気にし過ぎ。もしかして、照れてるの？　可愛い」

「いや、照れているわけじゃないが……」

　ただ、気にし過ぎなのは、その通りかもしれない。同じメンバーである以上、性を理由に特別視するのは、相手のためであろうと本来は失礼にあたる。同衾しても互いを気にすることなく眠れるのが、正しい探索者の在り方だ。

　前のパーティが男女トラブルを抱えていたせいで、気がつかないうちに思考が偏っていたらしい。ここはアルマが言うように、気にせず同じ部屋で寝るとしよう。

　チェックインを行い鍵を受け取ると、食堂へ向かった。身体は疲れているが、腹も減っている。旅先の美味い飯に舌鼓を打ち、明日への英気を養いたいところだ。

　だが、この宿の食事は酷い味だった。久々に不味い飯を食べたせいで、頭痛に襲われたほどだ。山籠もりしていたアルマですら、あまりの不味さに頭を抱えっぱなしだった。

俺たちは無言で不味い料理を胃に押し込み、それから自室へと入った。

「食事は酷かったけど、部屋は良い」

アルマは部屋を見渡し、ほっと息を吐く。室内は清潔で、壁や床の染みも無い。ベッドも見るからに柔らかそうで上等なものだ。家具や調度品も洒落ているし、お香も焚かれている。

「部屋まで酷かったらどうしようかと思っていたが、これなら安眠できるな」

「うん。シャワー、先に入っていいよ」

お言葉に甘えて、洗面室へと向かう。そこで装備と服を脱ぎ、浴室へと入った。浴室は広く、大きな湯船も設えてある。風呂に入るのも悪くないが、明日も早いためシャワーで我慢しよう。

蛇口を捻り熱いシャワーを浴びると、一気に身体が弛緩した。湯量も多く、頭から浴びているだけで疲れが取れていくようだ。全身を念入りに洗い終わった後、服を着て寝室に戻る。

寝室では、アルマが柔軟体操をしていた。その身体は柔らかく、百八十度開脚で前屈をしても、上半身が床にぴったりとくっついている。

「ノエル、シャワー終わったの？」

「ああ、良い湯だったよ。アルマも入るといい」

「そうする」

アルマは前屈状態から倒立前転して立ち上がった。

「コートを脱ぐと、鍛えられていることがよくわかる」

シャツ一枚になっている俺の上半身に、アルマの視線が注がれる。

「素晴らしい。グレート。まるで野生の獣のよう。無駄が無くて良い筋肉」

「そ、そうか。それはどうも」

「少し触っていい？」

「まあ、少しなら……」

承諾すると、アルマは俺の身体を触り始めた。揉んだり、指先で撫でたり、無遠慮に触ってくる。くすぐったくて笑ってしまいそうだ。

「おまえ、少しじゃなかったのかよ。そろそろ怒るぞ」

「そうだった。ここらへんにしておく」

アルマは名残惜しそうに、俺から手を離す。

「良い体験ができた。ありがとう」

「どういたしまして……」

「本当に良い身体をしている。……だから、残念」

「残念って、なにが？」

「その身体を作るには、不屈の努力が必要。並大抵の鍛え方じゃ、そうはならない。でも、ノエルがどれだけ鍛えても、本職の前衛には敵わない。所詮は、才能が伴わない、努力だけの成果。だから、残念。もし、ノエルの職能（ジョブ）が不滅の悪鬼（オーバーデス）と同じ【戦士】なら、最強の探索者（シーカー）にもなれたのに」

　ストレートにぶつけられた言葉に、俺は一瞬呆然（ぼうぜん）としてしまった。

「……アルマ」

「なに？」

「目を閉じろ」

「え？　こう？」

　指示（オーダー）通り目を閉じるアルマ。その無防備な額に、デコピンを食らわせる。

「いたいっ！　なんで!?」

「余計なお世話を言うからだ」

　俺は舌打ちを一つしてベッドに横たわり、洗面室を指差す。

「先に寝るから、さっさと風呂に入ってこい」

「むぅ……わかった……」

　アルマが洗面室へと向かうと、溜（た）め息（いき）が自然に漏れた。

「そんなこと、俺が一番わかってんだよ……」

　職能（ジョブ）という才能が足りないのは、百も承知。それでも、俺にできることは、諦めず努力を続けていくことだけだ。祖父との約束を守るために、そして、俺自身の夢を諦めないために……。たとえ、報われない可能性があるとしても、絶対にこの足を止めるつもりはない。

目を閉じて明日のことを考えていると、浴室から湯船に水を張る音が聞こえてきた。どうやら、アルマは風呂にも入るらしい。

「あいつ、ちゃんと明日起きられるんだろうな……」

ミンツ村へと向かう駅馬車は、朝の八時と昼の三時の二本しか出ていない。だから、早朝の駅馬車を逃してしまえば、この街で時間を潰さなくてはいけなくなる。

そんな俺の心配をよそに、浴室のアルマはご機嫌な様子で歌を歌っていた。優しいメロディに、穏やかな歌詞。心が休まる歌だ。横になって聞いていると、次第に意識が手元から遠のいていくのがわかった。

「――絶対に負けない探索者(シーカー)になれ。シュトーレン家の名に恥じない男になれ。それが儂(わし)の願いじゃ」

夢の中で、祖父(じい)ちゃんの声がする。あの日から、何度も繰り返し見てきた夢だ。焦土と化した故郷の村、俺の腕の中で冷たくなっていく祖父ちゃん。

「……約束する、祖父ちゃん。俺は、最強の探索者(シーカー)になる」

そして、祖父ちゃんに決意を告げる俺。

この夢を見る度に、冷たい悲しみと、燃えるような情熱が、心に渦巻く。寒暖差が強く激しい風を生むように、全てを飲み込むような強い意志が生まれる。

俺は絶対に、最強の探索者(シーカー)になる、と。

かすかに小鳥の囀る声がした。朝が訪れた報せだ。何度も見た夢だからか、ずっと俺の意識は明確だった。夢が終わる。瞼を開ける。新しい一日が始まる。

「…………んんっ。……うん？」

最初に感じたのは、息苦しさ。そして、顔を包む花の香りと柔らかな感触。温かく妙に湿っぽいそれが、人肌であることを理解した瞬間、俺は飛び起きた。

「この馬鹿女……」

俺の隣では、アルマが安らかな寝息を立てていた。それは構わない。元から一つのベッドで寝る予定だったんだ。問題なのは、そのアルマが全裸で寝ていることだ。身体にタオルを巻いているわけでもなく、一糸纏わぬ生まれたままの姿。つまり、俺の顔を包んでいたのは、アルマの無駄に大きい生乳だ。どうやら、抱き枕代わりにされていたらしい。

「気にしないにしても、限度があるだろうが……」

寝起きが理由ではない眩暈がする。眩暈どころか頭痛さえしてきた。

「んん……揚げ饅頭が、いっぱい……ふへへ……」

頭を抱えていると、アルマは幸せそうな寝言を呟く。

「そのまま揚げ饅頭に埋もれ死ね！」

我慢の限界を超えた俺は、アルマの胸に平手打ちを振り下ろしたのだった。

「女の子のおっぱいを叩くなんて、信じられない……」

「黙れ、悪いのはおまえだ」

「ノエル、そういう趣味？　お姉ちゃん、ちょっと怖い」

「黙れ、おまえは俺のお姉ちゃんじゃない。——お、見えてきたぞ」

　早朝の駅馬車には無事に乗ることができた。古びた駅馬車が悪路を駆けること三時間、俺たちはやっと目的地のミンツ村に到着した。

「蒼の天外(ブルービヨンド)の皆さん、お久しぶりです！　この度は急なお願いにも拘(かかわ)らず、よく来てくださいまし……た？」

　出迎えてくれた髪の薄いオッサン——村長は、俺たちを見て首を傾(かし)げる。

「あ、あの、他の方たちは？」

「前にいた三人は脱退した。これが今のメンバーだ」

「え？……そ、その、大丈夫なんですか？」

　村長が心配するのも無理はない。討伐者がたった二人だけでは、不安になるのも当然の感情だ。また、俺とアルマは素人からすると強くは見えないタイプなので、余計に困惑してしまっているのだろう。

「村長、安心しろ。盗賊団は今日中に皆殺しにしてやる」

　俺の物騒な言葉に、村長はぎょっとした。こういう時は、探索者(シーカー)としての荒々しさを強く出すぐらいがちょうど良い。その方が依頼主も安心できるというものだ。現に、村長の顔からは、不安の色が消えていた。

「わ、わかりました、全てお任せ致します。では、詳しい話をお伝えしますので、どうぞ我が家にお出でください」

　ミンツ村は、どこにでもある辺境の村だ。名産も無く、領主もよくいる無能なタイプで、村人たちの生活が楽になることはない。案内された村長の家も、お世辞にも立派とは言い難い木造の建物だった。

「どうぞ、粗茶ですが」

　応接間に通されテーブルに着くと、村長の奥さんがお茶を出してくれた。その後ろには娘もいる。たしか、今年で十歳になったはずだ。お下げ髪で顔にはそばかす。いかにもな田舎娘だが、目鼻立ちは悪くない。大人になってお洒落の一つでも学べば、この村のマドンナになることはできるだろう。

　たしか、名前はチェルシーだったはずだ。一年前に遊んであげたことを思い出し、懐かしい気もちで見ていると、それが恥ずかしかったのか、女の子は家の奥へと走り去っていった。

「すいませんね、難しい年頃で……。本当は、蒼の天外（ブルービヨンド）の皆さんが来てくださるのを、楽しみにしていたんですよ」

　村長が申し訳なさそうに頭を下げるので、俺は苦笑した。

「それは悪いことをしてしまったな。うちで一番人気だった元リーダーも今はいない。さぞかし残念がっているだろう」

「いえ、娘がよく話していたのは……まあ、その話は置いておきましょう。それでは、盗賊団について説明させて頂きます」

村長の話によると、盗賊団が近郊に出現したのは五日前。既に隣の村が被害に遭っており、死傷者多数、金品食料も根こそぎ奪われ離散状態とのこと。盗賊団の数は約二十人。ここらでは見ない顔で、おそらく流れ者らしい。アジトの特定はできていないが、東の森に消えて行くのを村人が目撃したと言っている。

「わかった。それだけ聞ければ十分だ」

仮に村長の話を鵜呑(うの)みにするなら、余裕で殲滅(せんめつ)できるな。

二十人という中途半端な人数で隣村を蹂躙(じゅうりん)できたのは、村の抵抗を押し切れるだけの手練(てだ)れが何人かいるからだろう。だが、それを差し引いても、楽な仕事に変わりはない。所詮は弱者を獲物とする盗賊団。その戦闘能力は、プロの探索者(シーカー)と比べて数段劣る。

もちろん、だからといって慢心する気はない。依頼を受けた以上、全力で殲滅するのが探索者(シーカー)の流儀だ。

「ここからは報酬の話だ。二十人規模の賊を殲滅する場合、前金で二十万フィル、成功後に更に三十万フィル、合計で五十万フィルをもらうことになる」

「五十万フィル……結構しますね……」

「二十人殺してもらって五十万フィルなら、破格だと思うがな。なにしろ、一人頭二万五千フィルだ。それとも、金を惜しんで隣村と同じ目に遭うか？」

「い、いえ、そんなつもりは！　は、払います！　すぐに払います！」

村長は応接間から足早に出ると、すぐに汚い革袋を持ってきた。

「この中に二十万フィル入っています。ご確認ください……」

革袋を受け取り中の硬貨を数える。金貨は一枚も無く、銀貨と銅貨が半々だ。しかも土や垢で汚れて黒ずんでいる。どうやら、暮らしぶりは見た目以上に厳しいらしい。

「たしかに、二十万フィルあるな。残りは、仕事が終わったらもらう。ああ、それと、村の青年団を集めておけ」

「青年団を？　何故です？」

「俺たちが盗賊団を討伐したら、その持ち物を集めるんだ。二十人規模の盗賊団では、装備を剝がして売っても大した額にはならないだろうが、村を襲撃したばかりだから金はそれなりに持っているはずだ。少しでも実入りがあれば助かるだろ？」

「わ、わかりました！　すぐに招集します！」

金が入るかもしれないとわかった村長は、脂ぎった顔を更に輝かせた。

本来、討伐対象の持ち物の扱いは、パーティやクランによって異なる。もっとも、大半が討伐者に所有権があるという方針で、依頼主に譲ることはない。帝国の法律も、事前に契約書での取り決めがない限り、所有権は討伐者にあると定めている。

俺としても、得られる金は少しでも多い方が良い。だが、死体から持ち物を回収するのも骨が折れる。今回に限っては、村に譲るべきだろう。

「さっそく出発する。気楽に待っているといい」

俺たちは村長邸を離れ、賊の目撃情報があったという東の森を目指す。

「あの薄らハゲ、ボクのおっぱいをガン見してた」

「え、本当かよ」

歩きながら、アルマが顔をしかめて言う。

「本当。奥さんや娘もいるのに、気もち悪い」

そういえば、タニアも似たようなことを言っていたな。視線がいやらしくて気もち悪い、とぼやいていた記憶が蘇(よみがえ)ってくる。見目麗しい女を注目してしまう気もちもわかるが、アルマが言うように責任ある立場なのだから、自重してほしいものだ。

「ノエルさん！」

不意に名前を呼ばれて振り返ると、チェルシーが息を切らせて走ってきた。

「はぁはぁっ………あ、あの、今から討伐に行かれるんですよね？」

「ああ。さっさと終わらせてくるから、安心するといい」

「そ、その……が、頑張ってくださいっ！　応援してます！」

「え？　ああ、ありがとう」

いきなり応援されたものだから、面食らってしまった。だが、悪い気はしない。子どもの素直な好意は、こそばゆくも嬉(うれ)しいものだ。

「一年前に教えた竹とんぼの作り方、まだ覚えているか？」

「はい！　もちろんです！　子どもたちの中でも、私の作った竹とんぼが一番高く飛ぶんですよ！　ビューンって！」

「それは大したもんだ。俺も教えた甲斐があるよ」

俺が微笑むと女の子は顔を赤くし、スカートのポケットから竹とんぼを取り出した。少し日焼けしていて、古びた竹とんぼだ。

「これ、ノエルさんに作ってもらった竹とんぼです。あの日から、ずっと大切にしていて……その……えっと……わ、私の宝物なんです！　だから、待ってますね！　お母さんと一緒にご馳走を作って、ノエルさんが帰ってくるのを！」

最後の方は早口で言って、女の子は来た道を走っていく。その後ろ姿を見送っていると、視界の隅でアルマが意味深な笑みを浮かべていた。

「……なんだよ、その笑顔は？」

「ノエルもなかなか隅に置けない。あんな無垢そうな女の子を手玉に取るなんて。可愛い顔してエゲつない。お姉ちゃん、びっくり」

「黙ってろ、ムダ乳バカ女」

「ムダ乳バカ女!?　それ、ボクのこと!?」

「つまんないこと言ってないで、盗賊団を見つけに行くぞ」

「ノエル、待って！　お姉ちゃん、それは聞き捨てならない！」

先に進む俺の後ろでアルマは憤慨していたが、面倒だから構う気は無い。深く暗い森の中に足を踏み入れた俺は、似ているなと思った。

人を殺す前の心境は、この森のように深く暗い──。

†

日が沈み始めた頃、すり鉢状に開けた岩場で、盗賊団のアジトを発見した。俺たちは高所から偵察するため、アジトから約三百メートル離れた高木の枝に座っている。日を背にし、向こうからは逆光で見えない位置だ。

単眼鏡を使って見えるアジトは、櫓（やぐら）や柵で砦化（とりで）こそされていないが、射手に周囲の岩壁を足場として利用されると厄介そうである。しかも、ただでさえ地理的に面倒な場所なのに、そこにたむろする盗賊たちは二十人どころか、ざっと見ただけで三倍の六十人はいた。

「あのエロハゲ親父（おやじ）、何が二十人だよ……」

「これだけの人数をまとめられるのは、ただの流れ者じゃないな……」

俺は単眼鏡を目に当てながら、アジトの様子を探っていく。

「いた、あれが盗賊団のボスだ」

見つけたのは、顔の右半分にトライバルタトゥーが入った大男。明らかに他よりも装備の質が良く、部下らしき女から酌を受けている。既に酔っているようだが、眼光は鋭く猛者であることは一目瞭然。その顔を元に、記憶している犯罪者リストを検索する。

「思い出した。あの盗賊団の頭は、剃刀ゴルドーだ」

　剃刀ゴルドー。その職能は、【斥候】系のBランク、【乱波】。自身の名を冠したゴルドー盗賊団を率い、帝国の西部地方を中心に暴れていた大物犯罪者だ。

「他の探索者に殲滅されたって聞いていたが、頭のゴルドーは生きていたのか。ゴキブリみたいにしぶとい奴だな」

　だが、あの剃刀ゴルドーなら、六十人の部下を集められるのも納得だ。この田舎で力を蓄えて、また大きく活動していくつもりなのだろう。

「アルマ、どうだ？　相手はBランクの【乱波】だが勝てるか？」

「余裕」

　隣のアルマは単眼鏡を使わず、丸めた指を目に当てている。

「Bランクでも、あのレベルなら朝ごはん前」

　CランクとBランクでは、もちろんBランクの方が強い。だが、それはあくまでスペック上の話。技術や経験が上回る場合、CランクでもBランクに勝つことは可能だ。アルマが余裕と言い切れるのは、誇張ではなく純然たる事実だろう。

「でも、余裕なのは一対一の話。あの数の子分と一緒にこられたら無理」

「わかっている。だから、それは俺が対処する」

「ノエルも一緒に戦うの？　でも、これ以上近づくと、【乱波】の索敵に引っかかる。ボクには気配を断つスキルがあるけど、ノエルには無いでしょ？」

「話は最後まで聞け。俺の作戦はこうだ――」

まず、アルマが斥候（スカウト）スキル《気配遮断（ステルス）》を使って、ゴルドーの索敵に引っかかる限界まで近づく。そして、配置についたと同時に、俺が話術スキル《狼の咆哮（スタンハウル）》を発動。彼我の距離が三百メートル離れていても、【話術士】の声量なら十分に届く範囲だ。これで配下たちの動きを封じることが可能となる。

格上であるゴルドーには抵抗（レジスト）されるが、俺が狙うのは端（はな）から配下だけ。どのみち、ゴルドーは事態の把握に追われ、動きを止めることになる。その隙を衝（つ）き、アルマが背後から仕留めればいい。残りの配下の停止（スタン）が解除されたら、アルマは攪乱（かくらん）しつつ敵を排除。この際には、無理に数を減らそうとはせず、攪乱に専念してもらう。

頭を失った賊なんて烏合（うごう）の衆。統率者がいない状態では、数の利が逆に互いの行動を阻害するようになる。攪乱すれば余計に右往左往して、応戦どころか逃亡もできなくなってしまうことだろう。その混乱の中に俺が後ろから合流し、魔銃（シルバーフレイム）の広範囲攻撃で退路を断ちつつ更に数を減らしていく。後は逃亡者を出さないよう一掃すれば、ミッションコンプリートだ。

「――という作戦だが、意見や質問はあるか？」

「無い。完璧。それでいこう」

「オーケー。ここからは、《思考共有（リンク）》で会話をする」

話術スキル《思考共有（リンク）》。仲間と思考を共有する念話系のスキルだ。このスキルを使えば、離れていても細かな連携を取ることができる。

『準備はいいか？』

念話を送ると、頭の中にアルマの声が響いた。

『いつでもいける』

『では、これより作戦を実行する』

話術スキル《士気高揚(バトルボイス)》。俺の支援を得たアルマは、斥候(スカウト)スキル《気配遮断(ステルス)》を使う。

気配を消し存在を感知され辛(づら)くなるスキルによって、アルマの存在感が透明になったように薄くなっていく。アルマは下に飛び降り、森の中を疾走した。その数秒後、通信が入る。

『配置についた。距離は十メートル。指示(オーダー)があれば、すぐに仕留められる』

『了解。――《狼の咆哮(スタンハウル)》を使用する』

俺は思いっきり肺に空気を吸い込み、全開の大声で叫んだ。

「止まれッ!!」

単眼鏡を覗(のぞ)くと、《狼の咆哮(スタンハウル)》が盗賊団を停止(スタン)させたのを確認できた。抵抗(レジスト)できたゴルドーだけが、異変を察し立ち上がる。

『指示(オーダー)だ！　ゴルドーを殺せ！』

話術スキル《戦術展開(タクティシャン)》。支援によって全能力が25パーセント向上したアルマが、更に《速度上昇(アクセル)》を使用し、電光石火の速度でゴルドーに迫った。

斥候(スカウト)スキル《不意討ち(サイレントキリング)》。そして、斥候(スカウト)スキル《隼の一撃(クイックアタック)》。

単眼鏡の向こうで、ゴルドーが血の塊を吐き頽（くず）れる。奇襲に成功すると与えるダメージが3倍になるスキルと、自身の速度に応じて与えるダメージが倍増するスキルの併用が、後ろからアルマのナイフで貫かれたゴルドーの胸に、大きな風穴を開けていた。確殺を重視した、致命傷を超える過剰殺傷（オーバーキル）。

『死亡を確認！　次の指示（オーダー）だ！　俺が到着するまで、敵を攪乱し続けろ！』

《思考共有（リンク）》で指示（オーダー）を出すと同時に、枝から飛び降りる。障害物が多い森の中を三百メートルだと、全力疾走して三十二秒といったところだ。

『――二人撃破。三人撃破。四人撃破。五人撃破』

駆ける俺の頭に、アルマから殺した盗賊を数える報告が届く。その声は止まることがなく、既に十人を超えていた。

あいつ、殺すのはいいが、攪乱を指示（オーダー）した意味がわかっているのか？

そのまま殲滅（せんめつ）できるならともかく、混乱よりも強い恐怖を与えてしまっては、多数の逃亡者を出すことになる。そうなってしまうと、逃亡者を出した俺たちの責任が問われる。だから、盗賊団を潰す時は、皆殺しが鉄則だ。

盗賊団のアジト――開けた岩場に到着した。そこで目にしたのは、一切の容赦無く盗賊たちを屠（ほふ）っていくアルマの姿だ。

「フフフフフ、アッハハハハハハハハハッ!!」

逢魔（おうま）が時（とき）、白い死神が狂った笑みを浮かべ、鈍色（にびいろ）の凶刃を振るう。哀れな肉袋たちの血と臓物を撒き散らし、瞬く間も無く、その五体をバラバラに寸断する。返り血に汚れることもなく、美しい白のままに……。

「な、なんなんだ、このバケモノは!?　く、くるな！　くるなあぁぁっ！」

恐慌状態の盗賊が、悲鳴に似た叫び声を上げる。次の瞬間には、その首が地面を転がっていた。それを見た盗賊たちの半数が怖気づき、我先にと逃げ惑う。

やはり、こうなってしまったか……。しかも、アルマは完全に血に酔っていて、仲間の俺から見ても、人間とは思えない狂気を発している。

まあ、俺が到着した以上、問題は無い。

「おまえら、逃げられると思うなよ！　全員、皆殺しだッ!!」

いきなり現れた俺の大声に、その場にいた全員が注意を向ける。

『アルマ、正気に戻れ！　閃光弾を使うぞ！』

『っ!?　わ、わかった！　ごめん！』

《思考共有》による新たな指示、そして精神を正常化させる話術スキル《精神解法》の使用。アルマが目を腕で隠したのを確認すると、俺も目を閉じコートから取り出した閃光弾を頭上へと放り投げた。

「ぎゃあああああっ！」

瞼を開ければ、目を押さえてうずくまる盗賊たち。逃げようとしていた奴らも、目を焼かれたせいで身動きが取れなくなっている。俺は躊躇することなく魔銃を抜き、最も密集している場所へ火炎弾を撃った。

「あついっ、あついいいいぃぃいっ!!　うわあああああぁぁぁぁッ!!」

魔弾から解き放たれた火炎が、盗賊たちを火だるまにする。目が見えない奴らは事態がわからないまま逃げ惑い、火炎弾の範囲外にいた奴らにも火を届ける。阿鼻叫喚の地獄絵図が再現される中、俺はアルマに改めて指示を出した。

『アルマ、中央は俺が殺る！　おまえは離れた位置にいる奴らを殺せ！』

『了解！』

アルマは太ももに備えているケースから針を抜き、大きく振りかぶると一気に投擲する。でたらめに投げたはずの投擲は、だが全てが盗賊たちを射止めていた。

斥候スキル《投擲必中》。投擲武器が自動追尾し、必ず当たるようになるスキルだ。目が見えないまま逃げようとする奴も、これで防ぐことができる。この岩場は、檻の無い鳥籠。残りは焦らず、じっくりと真心込めて料理していけばいい。

俺はナイフを夕日に閃かせ、盗賊たちに一歩ずつ歩み寄った。

結局、盗賊団は全部で六十四人いた。アルマが三十八人、俺が二十六人、逃亡を許した者は一人もおらず、全員が物言わぬ屍となって転がっている。

罪悪感は無い。こいつらは死んで当然の悪人たちだ。特にゴルドー盗賊団と言えば、残虐非道で名を馳せた一味。襲った村の子どもに小さな剃刀を握らせ、自分の親の身体を死ぬまで一寸刻みさせた話は、帝都にも伝わってきたほど有名だ。だから、剃刀という異名をつけられるに至った。

むせ返るような血と腸の臭いの中、俺は剃刀ゴルドーの頭を切り落とし、アジトにあった頭陀袋に収めた。この首を都市の憲兵団に渡せば、懸賞金をもらうことができる。たしか、剃刀ゴルドーの懸賞金は二百万フィルだったか。生首を持ち歩くのは最悪の気分だが、我慢するしかない。

「見つけた。ノエルが言ってた通り、結構持ってた。ちょうど百万フィル」

アルマが革袋を掲げて歩み寄ってくる。ゴルドーの頭を処理している間、アルマには盗賊団の金を探ってもらっていた。予想通り、大物盗賊であるゴルドーは、かなりの金を貯め込んでいた。

「それはアルマが持っていろ。今回の分配金だ。初任給だから多めに分けてやる。村からの報酬とゴルドーの首の分は、俺が管理しておくが構わないな？」

「オッケー。へへへ、百万フィル！　揚げ饅頭いっぱい食べられる！」

村長には盗賊団の持ち物を全て譲るという約束だったが、それは村長の話が本当だった時のこと。蓋を開けてみれば、盗賊団の数は三倍で、しかも頭は名うての犯罪者である剃刀ゴルドーだった。その差額として、ゴルドーが隠し持っていた金は、俺たちがもらっておく。これは当然の権利である。

だいたい、このことは、村長も知っていたはずだ。俺たちに依頼を出す前に、ゴルドー盗賊団に滅ぼされた隣村の惨状を目の当たりにしただろうし、それを行った盗賊団の異質さは素人目でも理解できたに違いない。

だが、そんな情報は無かった。あのエロハゲ親父は、安い報酬で依頼を引き受けさせるために、伝えて然るべき情報を秘匿したのだ。

「はぁ、これだから浅ましい貧乏人の依頼は嫌なんだ……」

「でも、結構儲かったよ。盗賊狩りも悪くない」

「結果的にはな。だが、今回みたいな仕事を続けるのは安定性に欠けるし、なにより楽しくない。人間を殺すのは、やっぱり嫌だからな」

「え、ノリノリじゃなかった?」

「人を殺人狂みたいに言うな。戦闘時だから無理矢理に昂らせていただけだ。同族を殺して平気なわけがないだろ。……はぁ」

溜め息の数だけ幸せが逃げるというが、抑えるのも億劫な気分だ。せめて、あと一人、壁役が仲間になれば、また深淵に潜ることができるというのに……。

ふと上を見ると、群青色に染まりつつある空を、大きな船が横切っていった。

「おお〜、飛空艇!」

同じく空を見上げたアルマが、はしゃいだ声を上げる。

飛空艇、それは魔工文明最大の発明品。悪魔を素材にした特殊な飛行機関を有する、空飛ぶ大型船である。王侯貴族を中心に利用されている代物だ。だが、王侯貴族でなくても、一部の者たちには、その所有が許されている。

空を飛ぶ飛空艇には、黒い山羊(やぎ)のマークが描かれていた。

「あのマークは、七星(レガリア)の三等星、黒山羊の晩餐会(ゴートディナー)のクラン艇だな」

俺が呟(つぶや)くと、アルマは首を傾(かし)げた。

「れがりあ？　れがりあってなに？」

「七星(レガリア)ってのは、端的に言えば皇帝が実力を認めたクランのことだ」

パーティの上位組織であるクラン。その中でも、他を圧倒するほど多大な功績を挙げたクランには、皇帝より直々に勲章の授与が行われる。

それが、七星(レガリア)。帝都に燦然(さんぜん)と輝く七つの星。

授けられた勲章は飾りではなく、大貴族並みの強大な権限を得ることになる。本来、王侯貴族以外の所有が禁止されている飛空艇の所持も、その特権の一つだ。

「七星(レガリア)の席は七つ。全員が同格ではなく、下から三等星席が四つ、二等星席が二つ、一等星席が一つ、と序列が定められている。さっきのクラン艇は、三等星の黒山羊の晩餐会(ゴートディナー)が所有しているものだ。帝都の方角に向かっているから遠征帰りだろうな」

「へぇ～、それは凄(すご)い。じゃあ、あの飛空艇は、強い探索者(シーカー)でいっぱい？」

「強いだけじゃない。知力、経験、財力、勇気、どれを取っても最上級の探索者(シーカー)たちだ。そこらへんにいる探索者(シーカー)では比較にもならない」

黒山羊の晩餐会(ゴートディナー)のクラン艇は、既に宵色の空の端で小さくなっていた。俺は無意識にその方角へと手を伸ばす。まだ、こんなにも遠い。天翔（あまか）ける翼を持つ者たちにとって、今の俺は地を這（は）う一匹の虫けらでしかない。

だが、いつかは――

いや、違う。いつかなんて曖昧な目標じゃ駄目だ。

「……一年だ」

「え、なにが？」

「一年で、あれを手に入れるぞ」

我ながら無謀に近い抱負。だが、全ての探索者（シーカー）の頂点に立つためには、それぐらいの覚悟が必要だ。

「蒼の天外（ブルービヨンド）は、一年で七星（レガリア）になる」

†

「よくぞ無事に帰ってこられました！　盗賊団の討伐、本当にお疲れ様です！」

盗賊団の討伐を終えミンツ村に帰ってきた俺たちを、村長と村人たちが諸手（もろて）を挙げて出迎えた。どんな教育を受ければ、こんな厚かましい態度を取れるんだ？　厚顔無恥というか世間知らずの田舎者というか……。盗賊団の情報を秘匿したことに、文句の一つでも言ってやるつもりだったが、馬鹿馬鹿しくなったので止（や）めておく。

「村長、依頼は遂行した。奴らのアジトは東の森の奥にある岩場だ。そこで全員が転がっている。あと、これが盗賊団の頭だ」

俺は頭陀袋の中身を村長に見せた。

「た、たしかに、確認しました……。アジトの方には、明日の朝にでも青年団を向かわせます。え、えっと、持ち物は私たちが回収してもいいんですよね？」

「……好きにしろ」

「ありがとうございます！　助かります！」

「感謝は結構だ。それよりも、残りの報酬をもらおうか」

「ええ、ええ、もちろんです！　さあ、我が家にお出でください！　妻と娘が腕によりをかけてご馳走を用意しました！　まずは存分に疲れを癒してください！」

本当ならこんな村さっさと出たいところだが、どのみち駅馬車の時間は既に過ぎている。

それに、村長はともかく、あの女の子に礼を欠くのは心が痛む。

今日のところはミンツ村に滞在し、明日の朝一で帝都へ帰るとしよう。


「ノエルさん、私も探索者になれますか？」

村長宅で食事をしていると、そんなことをチェルシーが聞いてきた。

「すいません、こいつ鑑定で発現した職能が戦闘系だったもので……」

村長の補足に、なるほどと頷く。

「君は探索者になりたいのか？」

「はい！　ノエルさんみたいな立派な探索者になりたいんです！」

女の子は眼を輝かせて答えた。村長と奥さんは困ったように笑っている。どうせ子どもの内だけの夢だと決めつけている様子だ。

「探索者には、成人さえしていれば誰だってなれる。役所で登録をするだけだからな。その後は帝都の養成学校に入って、講師に鍛えてもらうのが一般的だ。期間は前衛だと二年、後衛だと一年と決まっている。直接戦う前衛の方が、技術を習得するのに時間が掛かるためだ」

「私の職能は【剣士】だから二年か……」

「養成学校を卒業すると、誰かとパーティを組むか、あるいはクランに入るかして活動していくことになる。ソロでの活動は、無謀だからお勧めしない」

「……あの、養成学校って、やっぱりお金がかかりますよね？」

「いや、無料だ。国は探索者を奨励しているからな。国費だけで運営されている。入学金も授業料も必要ない」

「そうなんだ！」

明るく弾んだ声。まるで夢への扉が開かれたような顔をしている。

「だが、生徒の生活までは看てくれない。生活費は自分で稼がないと駄目だ。帝都は物価も地価も高い。養成学校に通いつつ空いた時間でアルバイトをするぐらいでは、すぐに生活は破綻するだろう。だから帝都に入る前に、十分な貯(たくわ)えが必要だ」

「そ、そうですか……」

　金という現実に、声のトーンが急激に落ちた。

「じゃ、じゃあ、帝都以外の養成学校に入ればいいんじゃないですか？　この近くだと、ユドラにもあるって話なんですけど？」

「残念ながら、国費で運営されている養成学校は帝都にしかない。地方だと多額の入学金と授業料が必要だ。その癖、授業内容は帝都よりも数段質が低い」

「それなら養成学校に入らず、探索者(シーカー)になるのはどうなんですか？」

「可能だが、お勧めはできないな。何の知識や経験も無く悪魔(ビースト)と戦うなんて、自殺行為でしかない。それどころか、変異種(モンスター)や犯罪者にすら勝てず、簡単に殺されてしまうだろう」

　身内に講師となってくれる実力者がいるならともかく、普通は絶対に養成学校を出るべきだ。その生存率は天と地ほども差がある。

「厳しい言い方になるが、探索者(シーカー)は命を懸ける必要がある仕事だ。そして、他の命を狩る仕事でもある。狩る方も狩られる方も必死。甘い考えで挑んでも、死んで終わるだけだ」

「そんな……」

　俺の言葉に、女の子は悲しそうに目を伏せた。夢見る子どもを失望させるのは胸が痛むが、無責任に背中を押したせいで死なれても後味が悪い。とはいえ、正論をぶつけて終わりでは、あまりにもお粗末だ。

「どうしても君が探索者（シーカー）になりたいのなら、まず応援者（サポーター）になればいい」

「さぽー、たー？」

「荷物持ちの代行や道案内等で探索者（シーカー）の活動を助ける仕事だ。応援者協会（サポートギルド）という組織が管理していて、そこに登録して働けば金も入るし、なによりプロ探索者（シーカー）の戦いを直（じか）に観察することができる。命の危険はあるが、戦闘員ではないから生存率は高い。協会で生き残るための術（すべ）も教えてくれるしな。そこで働きながら知識と経験を積めば、養成学校に入らなくても最低限の実力は身に付くだろう」

チェルシーは目を丸くし、そして喜びの声を上げた。

「そんな方法もあるんですね！　教えてくれて、ありがとうございます！」

「思考を硬直させず、情報を集めること。そうすれば必ず道は開ける」

「わかりました！　自分でも、色々と調べてみます！」

「うん、そうするといい。頑張れよ」

「……あの、もし、私が強い探索者（シーカー）になれたら、蒼の天外（ブルービヨンド）のメンバーにしてもらえますか？」

上目遣いに尋ねられ、俺は苦笑した。

「構わないよ。君が本当に強い探索者（シーカー）になれたのなら、そして俺が君の期待を裏切らない探索者（シーカー）でいられたのなら、その時は一緒に戦おう」

「え、本当ですか!?　嬉（うれ）しい、感激です！　絶対に強い探索者（シーカー）になります！　だから、絶対に約束ですよ！」

　軽率な約束をしてしまったが、これぐらいならいいだろう。どうなるかは、その時次第。この子が本当に優秀な探索者になれたのなら、仲間にすることに何の問題も無いのだから。だが、親である村長と奥さんは、渋い顔をしている。おそらく、予定や都合というものがあるのだろう。俺がいる手前、不用意に口を挟むことができずにいるが、いなくなれば考えを改めさせようと説教するに違いない。

　まあ、そこからは家族の問題だ。俺の関知することではない。夢見る少女が現実に屈するか否かは、そう遠くない未来が教えてくれることだろう。

「御馳走様、美味しい食事だった」

　食事が終わり、俺の皿は全て空になっていた。

　正直に言えば、あまり美味しい料理ではなかった。味の要となる塩や、臭みを消す香辛料が圧倒的に不足しているためだ。だが、苦しい生活をしている者たちのもてなしなのだから、多少無理してでも残さず食うのが礼儀。小さな女の子も手伝ったとなれば、なおのことである。

　隣にいるアルマも同じ気もちだったのか、出された分は綺麗に平らげていた。今は眼をしょぼつかせて眠気に耐えている。

「お気に召して頂けたようで、なによりです」

「こちらこそ感謝する。そろそろ寝たいんだが、その前に残っている報酬を頂きたい。職業柄、きっちりと済ませておかないと落ち着かないんでね」

「わかりました、すぐにお持ちし致します。ですが、もう一つ、皆様のために御用意しているものがあります。是非とも、そちらを御賞味ください」

村長が目配せをすると、奥さんが一本のワインを持ってきた。

「このワインは、なかなかの名品なんです。豊作でお金に余裕がある時に買ったもので、当時の価格で十万フィルしました。あれから熟成が進み、より価値が高まっているはずです」

「へぇ、そんな良いワインを俺たちに振舞ってくれるのか?」

「はい、蒼の天外(ブルービヨンド)の皆さんには、大変お世話になりましたから。盗賊団の持ち物を売れば余裕もできますし、ここで出し渋っては男が廃ると思いまして」

ボトルのコルクが抜かれ、俺とアルマのグラスにワインが注がれていく。

「ささ、遠慮なさらず、お飲みください!」

強く促されて俺はグラスを持つ。だが、すぐには口を付けず、香りだけ嗅いでテーブルに戻した。

「たしかに良いワインだ。色と香りだけでも、一級品だとよくわかる」

「ええ、それはもちろんです! 帝都でもなかなか飲めないワインですよ!」

「そうだろうな。だが、これだけの高級品となると、いくらゲストの立場でも先に飲むのは申し訳ない。村長、まずはホストのあんたが飲むべきだ」

「……えっ？　わ、私から、ですか？」

村長は露骨に狼狽えた様子を見せる。まるで、このワインを飲むと、何か不味いことでも起きるような反応だ。

「ボクも、まずは村長さんが飲むべきだと思う。はい、どうぞ」

アルマが自分のグラスを村長の前に置くと、いよいよ村長は青ざめ始めた。滑稽なほど動揺する村長に、俺は微笑みかける。

「どうした？　飲まないのか？」

「い、いえ、私はその……あまり酒に強い方ではないので……」

「それはおかしい。酒に弱いのに、十万フィルもするワインを買ったのか？」

「い、いや、だから、それはその……えっと……」

滑稽もここまでくると笑えないな。そろそろ終わらせるか。

「毒、だろ？　おまえ、このワインに毒を仕込んだな？」

俺の言葉に、村長は目を見開き立ち上がった。

「ど、どどど、毒!?　な、何故、私がそんなことを!?」

「何故って、俺たちを亡き者にして、金品と装備を手に入れるためだろ？」

「馬鹿な！　言いがかりも甚だしい！　なにを根拠に、この私が毒を入れたなんて辱めを受けないといけないんだ！」

俺は人差し指を立てる。

「盗賊団の数を偽り、報酬をケチろうとするような奴が、十万フィルもする酒を客に出すわけがない。盗賊団は二十人って話だったが、実際はその三倍いた。おまえは、俺に嘘を吐いた」

「し、しらない！　私はそんなことしらない！」

「根拠、その二」

俺は次に中指を立てる。

「このワインは高級品じゃない。安物だ。おまえが商人に騙された可能性もあるが、それは関係無い。重要なのは、一嗅ぎしただけで安物と感じるほど、ワインの質が落ちていることだ。つまり、既に開栓済みで、時間が経っているワインということになる。毒を入れたのは、その時。そして、再度コルクで栓をした。目の前でコルクを抜くことで安心させようとしたのが、かえって裏目に出たな」

「そ、それは……」

「ふん、自分よりもずっと年下の小僧や小娘に、ワインの風味なんてわかるわけがないとでも思っていたか？　馬鹿が。少しでも考える脳があるのなら、帝都に住んでいる俺の舌が肥えていることぐらいわかったはずだ」

「ぐっ……き、きっと、妻が私の寝酒と間違えたんです！　そうだ！　よく見れば、ラベルが違う！　おまえ、持ってくる時は気をつけろと言っただろ！」

「も、もうしわけありません！」

　まだ茶番を続けるつもりか。いい加減、殺したくなってきたな。

「根拠、その三」

　俺は薬指を立てる。

「おまえと、おまえの嫁は、このワインの話になってから殺気がダダ漏れだ。殺ってやるぞ、って焦りが手に取るように伝わってくる。確実に毒を飲ませたかったのはわかるが、それにしても名品や高級品なんて言葉を恥ずかし気もなく並べやがって。普通のワインじゃないって認識を植え付けることで、毒が持つ風味の違和感を薄れさせる意図もあったみたいだが、そんな猿知恵が通用するかよ」

「ノエルの言う通り、あのワインに入っている毒は、味に少し癖がある。だから、その味を異物だと気がつかれないためには、何らかの要素で合理化することが必要。まあ、あんな安い芝居じゃ、相当の馬鹿じゃないと騙せないけど。そもそも仮に騙せたとしても、【斥候】には毒耐性があるから無意味」

　アルマが軽く鼻で笑うと、村長と嫁は悔しそうに顔を歪める。

「だ、黙れッ！　そんな言葉が証拠になんてなるものかッ！」

「証拠ならおまえの目の前にあるだろ。俺たちが嘘を吐いていると言うなら、そのワインを飲んでみろ。今すぐに」

「うるさいうるさいうるさいッ!!　おまえたちの言うことなんて誰が聞くか！　出ていけ！　さっさとこの村から出ていけッ!!」

居直りやがったな、このハゲ。出ていくのは構わないが、残りの報酬がまだだ。それに、こんな舐めたことをされたまま出ていくなんて、絶対にありえない。

「もう一度聞く。おまえが毒を入れたんだろ？　全て吐け」

「はい、私が毒を入れました。馬鹿な探索者たちには、盗賊団を討伐させた後、その金品と装備品を奪うために死んでほしかったからです。戦うことしか知らないガキ共なんて簡単に騙せる。だから、殺してやろうと考えました」

話術スキル《真実喝破》。自白した村長は、慌てて口を手で押さえた。

「……お父さん、本当なの？」

事態が呑み込めず呆然としていたチェルシーが、自分の父親を得体の知れない怪物を見るような目で凝視する。

「うぅっ……も、申し訳ありませんでしたあぁぁッ!!」

ついに罪を認めた村長は、俺たちの前で頭を下げた。

「ゆ、許されないことをしたのは、わかっています！　ですが、わ、私どもにも、事情がありまして……」

「事情だと？」

「大きな借金があるんです……。飢饉が起こった時、村の皆を助けるために借金をしまして……。その返済のために金が必要なんです……。もし返済が滞れば、大変なことに……。わ、私だって、本当はこんなことをしたくなかった！　でも、村の未来を考えれば、誰かが手を汚さないといけなかったんです！」

「嘘だな」

　俺が断言すると、村長は勢いよく首を振った。

「う、嘘じゃありません！　本当です！」

「借金があるのは本当だろう。だが、飢饉が理由じゃない。俺が若いから騙せると思ったのかもしれないが、この近辺で飢饉が起こったのは一番近くて三十年も前だ。そんな昔の借金が未(いま)だに残っているなら、この村はとっくに存在していない」

「ど、どうして、それを……」

「以前に変異種(モンスター)の討伐を依頼しただろ？　あの時に倒した変異種(モンスター)は、地質の影響で強さが変わるタイプだった。だから、依頼を受ける前に、この近辺で収穫されている作物の種類や状況を帝都の図書館で調べ、そこから地質の様子を推測したんだよ。飢饉の情報を得たのは、その時だ」

　またしても嘘を見破られた村長は、言葉を失い立ち尽くしている。

「この期に及んで、まだ嘘を吐く。おまえ、何がしたいの？」

「い、いや、それは……その……」

「大方、借金をした理由は、性質(たち)の悪い行商人にでも騙されたんだろ。例えば、金の卵を産む魔法のガチョウの雛を、特別に売ってやる、とか。それにまんまと騙されて、多額の借金を背負ってしまったわけだ」

「な、なんで、そのことまで……」

おいおい、本当の話かよ。思いつきで言っただけなのに……。

「愚図で愚鈍で下劣な上に、卑劣。おまえ、人間の負の塊みたいな存在だな。そうやって生きていることすらおこがましいよ」

「うっ、ぐぅっ……」

「……もういい、面倒だ。さっさと残りの報酬を持ってこい。おまえみたいなクズ、責任を取らせる価値も無い」

「そっ、そこまで言うことないだろ！　だいたい、何が残りの報酬だ！　おまえにはゴルドーの首があるだろ！　それを換金すればいいじゃないか！」

逆切れした村長は、一気にまくし立てた後、自らの失言に狼狽えだす。

「い、いや、今のは、その……売り言葉に買い言葉というか……」

「へぇ、本意ではないわけだ」

「も、ももも、もっ、もちろんです！　むしろ、ジョークというか……ははは」

「ジョークねぇ。いや、なかなか面白かったよ。はははっ！」

「あっ、ありがとうございます！　あははは」

「はははははっ！」

どうケジメを取らせるか考えていたが、これで答えが出た。

「――まずは右目だな」

「へ？　み、みぎめ？」

俺は椅子を蹴って立ち上がり、村長の襟首を掴むとテーブルに叩きつける。そして、宣言通り、その薄汚れた右目に親指を突っ込んだ。

†

「ヒギャアアアァァッ!!」

「ははは、酷い悲鳴だな。自分よりもずっと若い男に、こんな奥まで突っ込まれるなんて、そうそう体験できることじゃないぞ。もっと良い声でよがってみろ」

「イダイィイイィッ!!　目が、目がアァァァアアァッ!!」

村長は悲鳴を上げ続けるが、身体は指一本動かすことすらできずにいた。その右目があった眼孔の奥を、俺の親指が抉るように押さえつけているからだ。

右目を潰された村長の姿に、嫁は腰を抜かして失禁し、娘は石化したように固まっている。当の村長は、次第に叫ぶ気力も失い、息も絶え絶えという有様だ。

その耳元で俺は囁く。

「右目だけで終わると思うなよ。次は左目だ。その次は鼻と耳を削ぐ。そして全部の歯を圧（へ）し折（お）り舌を抜く。おまえみたいなクズに相応（ふさわ）しい姿にしてやるよ」

「ひっ、ひぃぃっ、ゆ、ゆゆ、許してくださいぃっ！　お、お金なら、す、すすす、すぐに払いますから！　三十万フィル、すぐに払います！」

「三十万？　笑わせるなよ。今さら、それだけで済むと思っているのか？　助けてほしかったら、この家の金を全て出せ」

「そ、そんなっ！　無理です！　それだけは勘弁してください！」

「なら、交渉決裂だな」

　空いている手の骨を鳴らし、村長の左頬を触れる。そのまま親指を滑らせ、左目に狙いをつけた。瞼（まぶた）を閉じても無駄だ。確実に左目を潰す。

「これが、おまえの見る最後の光景だ。しっかり脳裏に刻むんだな」

「い、いやだぁっ！　お願いします、許してくださいっ！　金を借りた相手は、ガンビーノ組（ファミリー）なんです！　返済が滞ったら殺されてしまう！」

「知るかよ、そんなこと」

　暴力団（ヤクザ）の名前を出せば、この俺が怯（ひる）むとでも思っているのか？　どこまで愚かなんだ。暴力団（ヤクザ）ごときを恐れる軟弱者に、探索者（シーカー）が務まるかよ。

　村長の左目を潰すため親指に力を入れる。——その時だった。

「待ってくださいっ!!」

　声の持ち主は、さっきまで固まっていたチェルシーだ。大きな目に涙をいっぱい溜（た）め、奥歯を恐怖で鳴らしながらも、俺の前に立っている。そして、その手に持つ革袋を差し出してきた。

「これ、うちの全財産です！　全部で八十二万フィルあります！　もう銅貨一枚ありません！　これをお渡ししますから、お父さんを許してください！」

どうやら、娘は金の隠し場所を知っていたらしい。父親が手遅れになる前に、独断で持ってきたのだ。だが、その娘の判断に、村長は激怒して叫ぶ。

「馬鹿者っ！　なんてことをしてくれたんだ！　その金を渡してしまったら、もう私はお終(しま)いなんだぞ！」

「でも、ここでお金を渡さないと、お父さんの両目が潰されるだけじゃなくて、二度と探索者(シーカー)に依頼が出せなくなるんだよ!?　盗賊団や変異種(モンスター)がまた出たら、どうするの!?」

「そ、それは……だが……うぅっ……」

娘の言葉に、俺は感心してしまった。単に父親を助けたいだけかと思っていたら、村の未来を案じての行動だったからだ。

明文化されているわけではないが、探索者(シーカー)には情報共有の義務がある。今回のように依頼主に騙されたり、しかも殺されかけたりした案件は、同様の被害者が出ないよう、同業者に知らせなければいけない。その際のメッセンジャーとなるのが、酒場の主人たちだ。彼らは悪質な依頼主をリスト化し、常連や他の酒場に知らせる役割も担っている。

つまり、一度そのことが広まってしまえば、チェルシーが言うように、未来永劫(みらいえいごう)ミンツ村からの依頼は誰も引き受けなくなる。たとえ、盗賊団や変異種(モンスター)の被害に遭っても、ただ滅びを待つしかなくなるのだ。

俺は村長を解放し革袋を受け取ると、その中身を確認する。

「たしかに、八十二万フィルはありそうだな。本当に、これで全てか?」

「ほ、本当です! 嘘(うそ)なんて吐(つ)きません!」

「そうか。なら、その言葉を信じるとしよう。この金で、今日のことは忘れてやる。——村長、おまえもそれでいいな?」

潰された右目を押さえていた村長は、不承不承という体で頷(うなず)いた。

「は、はい……構いません……」

「もしまた探索者(シーカー)を騙(だま)そうとしたら、その時は覚悟しておけよ? 俺に関係無い話であっても、今度こそおまえの全てを奪ってやる」

殺気を込めて睨(にら)みつけてやると、村長は小便を漏らしながら何度も頷いた。

「よし。——アルマ、帰るぞ」

「了解」

俺たちが家から出ようとした時、背中に悲痛な声が刺さった。

「探索者(シーカー)なんて……探索者(シーカー)なんて、大嫌いだッ!!」

「探索者(シーカー)は意外と世知辛い」

月明かりが照らす夜の街道を歩いていると、隣にいるアルマが知ったような口を利いたので、俺は苦笑した。

「なんだ、もう嫌になったのか？」

「嫌にはなっていない」

「なら良かったよ」

アルマは俺の前に出て、首を傾げる。

「ノエルの方こそ、平気なの？」

「平気だ」

「そう。でも、自分に憧れていた女の子に失望されるのは、どんな事情があっても辛いな、って思った」

「失望されるのが怖いなら、無人島にでも籠って生きているよ」

「辛い時は無理せず、お姉ちゃんに甘えてもいいんだよ？　抱き締めてあげる」

妙に色っぽい声を出して両手を広げるアルマ。その姿を俺は鼻で笑った。

「サボテンでも抱き締めてろ、ムダ乳バカ女」

「また、ムダ乳バカ女って言った！　それ、やめて！」

「だったら、おまえも俺をガキ扱いするな」

「むぅ……それは難しい……。ノエルが可愛い顔をしているのが悪い」

「どういう理屈だよ……」

こうやって二人だけの時ならともかく、新たに仲間が入ってからも同じような態度を取られては、リーダーとしての沽券(こけん)に関わる。知り合ってまだ日が浅いから冗談で済ませているが、この状態が続くようなら、いずれ厳しく注意する必要がありそうだ。

だが、気にかけてくれているのも事実。それは素直に感謝するべきだろう。

「……まあ、心配してくれてありがとうな」

「ノエルってツンデレ？」

「死ね」

「可愛い。ぎゅ～って抱き締めてあげたい」

「俺に指一本でも触れたら、次の分配金はリーダー権限で無しだぞ」

「それは非情過ぎ！」

そんな軽口を叩き合いながら、俺たちは夜の街道を歩き続ける。時間的に駅馬車を利用できないため、徒歩でユドラまで帰らないといけない。

毎日のトレーニングのおかげでスタミナには自信があるが、見通しの悪い夜の街道を延々と歩いていると、いい加減うんざりしてくる。かといって、野営して朝を待つのも面倒だ。それだったら、このまま徹夜でユドラを目指し、朝一の帝都行きの馬車に乗る方が良い。

「アルマは結局、【暗殺者(アサシン)】にはならないのか？」

暗殺者(アサシン)教団に入れなかったことは聞いているが、それと職能(ジョブ)のランクアップ先は別だ。

アルマは既にランクアップ条件を達成しているという話なので、その意志さえあれば、いつでも【暗殺者（アサシン）】になれる。

「まだ未定。――【暗殺者（アサシン）】になった方が嬉（うれ）しい？」

「どうだろう。戦力は間違いなく向上するが、これから入ってくるだろう仲間との兼ね合いもあるし、俺としては保留状態を維持してくれた方が助かるかな」

【暗殺者（アサシン）】は【斥候（スカウト）】のランクアップ先の中で、最も攻撃力に特化している。前衛アタッカーとしてなら非常に優秀だ。だが、職能（ジョブ）の人口は前衛の方が多く、意識的に後衛を優先しなければ、気がつくと前衛ばかりのパーティになってしまう。

　そういう事情があるため、パーティ編成のバランスを考えるなら、前衛アタッカーの【暗殺者（アサシン）】よりも、後衛アタッカーになってくれる方が都合が良い。【斥候（スカウト）】系だと【追撃者（チェイサー）】と【乱波（バンデッド）】がBランクの後衛アタッカーだ。

　もちろん、先のことはまだわからない。ひょっとすると、後衛の方が多くなる可能性だってある。だからこそ、今は保留状態が一番好ましかった。

「わかった。じゃあ、もうしばらく今のままでいる」

「頼む。必要な時期が来たら、また話し合おう。そろそろ、俺もランクアップできるはずだからな」

「それは期待。ちなみに、ランクアップできる状態の判別方法は知ってる？」

「知ってる。身体の一部に紋様が現れるんだよな？」

「そう。こんな感じ」

アルマは谷間に両手を突っ込み、大きな乳房を掻き分けた。露わになった胸の真ん中には、短剣状の紋様が浮き出ている。

「ランクアップできるようになると、こういう紋様が現れる。だいたい、胸や手の甲という話。でも、ノエルはお尻に出てほしい。絶対に可愛いと思う」

「勘弁してくれ……」

尻に紋様が現れるとか、格好悪すぎる。きっと、どんな偉業を成し遂げても、その事実が重荷になるだろう。想像するだけで胃が痛くなる話だ。

「ノエル」

「うん？」

少し改まった声で、アルマが俺の名前を呼ぶ。

「色々あったけど、今日は楽しかった。ずっと山でじっちゃんと修行していたから、誰かと一緒に戦うのも悪くないな、って思えた」

「得られるものがあったのなら、なによりだ。なんだかんだで実入りも良かったからな。金があれば、心も広くなる。気もちはわかるよ」

「いや、お金の話じゃなくて……」

困ったように眉を顰めたアルマは、それから微笑んだ。

「ボク、ノエルの性格が、だんだんわかってきた」

「は？……藪から棒だな。どういう意味だよ？」

「すごく可愛いって意味。だから――」

アルマは俺の懐に潜り込み、下から大輪の花のような笑顔を見せてくる。

「ずっと一緒に戦ってあげるね」

†

アルマが暗殺者教団の隠れ家を訪れたのは、ノエルと出会う三日前のことだ。

帝都の片隅にある寂れた教会の地下墓所。その隠し扉の先に教団本部があることは、祖父のアルコルから聞いていた。訪れる約束は、既に仲介役を通して取り付けてある。

「よく来た。アルコルの孫、アルマよ。ついてきなさい」

出迎えた白いローブ姿の男に、アルマは隠れ家を案内される。

連絡を取る際にアルコルの印章を押していたからか、血縁を疑われることはなかった。

いや、疑われているかもしれないが、今のところは孫として扱ってくれるようだ。どのみち、教団に入るには試験をクリアしなければいけない。教団側も、その実力如何で真偽を見極めるつもりなのだろう。

暗殺者教団の隠れ家は、どこを見渡しても殺風景なものだった。調度品などは一切無く、剝き出しの岩壁に獣脂蠟燭の火が揺らめいている。

やがて、案内人は大きな鉄製の扉の前で止まった。

「アルマ・イウディカーレ。改めて確認する。汝は、我らが教団の同胞となることを、真に望む者か？」

「そのつもり」

「よかろう。ならば、この扉の先に進むといい。汝が試練に打ち勝った時、我らが冥府の神は、汝にも祝福を与えることだろう。さあ、いきなさい」

案内人に促され、アルマが扉に手を掛けると、ゴゴゴという重い音が響き渡る。普通なら大人の男が数人がかりで開ける扉を、アルマはその細腕で容易く開いた。

扉の先には、修練所と思しき空間があった。そして、そこに一人の男が立っている。東洋の着物を着た長髪の男で、両手に鉤爪を装備している。

「おまえが、アルコルの孫か。話には聞いていたが、とてもそうは見えないな」

見下すように睥睨してくる男に、アルマは溜め息を吐いた。

「こんな三下でも教団に入れるの？……がっかり」

「なんだと、貴様っ！」

「あなたが試験官なんでしょ？　だったら、さっさと始めよ」

「Cランク風情が、粋がるな！　本当の【暗殺者】の力を見せてやろう！」

風のような身のこなしと速度で、男はアルマに飛び掛かってくる。ただのCランクなら、一瞬で細切れにされることだろう。たしかに、本当の【暗殺者】のようだ。

だが、ここにいるのは、ただのCランクではない。伝説の殺し屋アルコルの血と技を受け継ぐ、アルマ・イウディカーレだ。

「……ば、ばかなっ!?」

刹那の交差。血飛沫（ちしぶき）を撒（ま）き散らし倒れたのは、鉤爪の男の方だった。

「やっぱり、三下。話にならない」

倒れ伏す男に、アルマはゆっくりと歩み寄る。今度は、男が見下ろされる番だった。その信じ難い状況に、男は慌てふためく。

「ありえん！　貴様のその力は、一体なんだ!?」

「ばか？　暗殺者（アサシン）教団に伝わっている戦い方は、全部じっちゃんが考えたもの。だったら、ボクに通用するはずがない」

「貴様、本当に……あの、アルコルの孫なのか？」

「そんなこと、対峙（たいじ）した瞬間にわかるべき。三下にしても救い難い馬鹿。でも、安心して。もう、自分の無能さに悩む必要はないから」

アルマは微笑を浮かべ、ナイフを振りかぶる。

「ま、待てっ！　試験はもう終わった！　俺の負けだ！」

「ううん、まだ終わってない。あなたを殺したら、終わり」

「やめろぉぉっ！」

男の悲鳴を無視し、アルマはナイフを振り下ろす。

だが――

「そこまでだ。刃を収めろ」

アルマのナイフが、男を仕留めることはなかった。その刃は、たった指二本に止められている。全く気配を感じさせず現れた闖入者、その指に。

尋常ならざる強者であることは明白。アルマは態勢を立て直すために、バックステップで大きく距離を取る。闖入者は、白い立襟の祭服を着た褐色の男だった。外見から判断して既に中年を迎えているようだが、服の上からでもわかる屈強な肉体をしている。その鍛え上げられた肉体と、短く刈り込まれた白髪は、男を僧侶というよりも僧兵として印象付けていた。

「……あなたは？」

「教団長、サイモン・グレゴリー」

低く良く通る声で、男は自分が何者であるかを告げた。

「……なるほど。教団長なら、その強さも納得」

アルマはナイフを鞘に納め、首を傾げる。

「でも、わからない。何故、止めたの？」

「逆に問おう。何故、止めを刺そうとする？」

「じっちゃんから、そういう試験だと聞いていた。強者のみが生き残り、敗者はその命を冥府の神に捧げるのが役割だって」

「過去の話だ。私の下で、そのような古く忌まわしい掟（おきて）は許さない」

教団長は有無を言わせぬ声で断言し、長髪の男を目配せ一つで出て行かせた。祖父のアルコルが暗殺者（アサシン）教団の教団長を辞し、既に数十年。組織の在り方は、かなり変わってしまったらしい。だが、だからといって、異論があるわけではなかった。

「理解した。それで、ボクは合格？」

「合格だ。……戦闘技術はな」

「まだ何かあるの？」

「簡単な質問をさせてもらう。それに答えてくれるだけでいい」

深く身の内を探るような教団長の眼（め）が、アルマへと向けられる。

「アルコルを殺したのは、君か？」

「そうだよ」

アルマは即答した。手紙では病気だと伝えていたが、バレているなら隠す必要もない。

アルコルは病気ではなく、アルマの手によって命を落とした。

「ＥＸランクでも耄碌（もうろく）すると駄目。簡単に殺せた」

「一応、何故、とも聞いておこうか」

「それ、聞く必要ある？」

「……いや、必要ない。愚問だったな」

アルコルに殺意を抱くようになったのは、物心がついた頃からだった。あの男から、家族の愛を与えられたことなんて一度も無い。与えられたのは、【暗殺者(アサシン)】に必要な知識、そして毎日課される常軌を逸した鍛錬だけ。心と身体(からだ)が擦り切れていく日々。その先に待つ死を拒むなら、アルコルを殺すことで自由になるしか道は無かった。

「アルコルは、力の求道者だ。その精神は、もはや人よりも死神に近く、ただ死を振り撒くだけの存在だった」

　教団長の瞳は過去へと向けられ、その追憶を言葉にする。

「心底、恐ろしい人だったよ。私も今は教団を預かる身となり、職能(ジョブ)もEXランクとなったが、それでも全盛期のあの人には勝てないだろうな。あれは、人ではなかった。人の姿をした、死そのものだった」

「だけど、不滅の悪鬼(オーバーデス)に負けた」

「そう、負けた。上には上がいるものだ。死の体現者であっても、不滅の悪鬼(オーバーデス)には勝てない。考えてみれば道理だな。そして、その時から、アルコルはおかしくなり始めた」

　不意に、教団長の瞳に憐憫(れんびん)の色がにじむ。

「アルマ、君はアルコルの孫じゃない。本当は娘だな？」

　どうやら、全て調べ尽くされているらしい。

「そうだよ。ボクは、アルコルの孫じゃなくて娘。あの男が、どこかの村から攫(さら)ってきた女に産ませた子どもの一人」

　アルコルは不滅の悪鬼(オーバーデス)に敗北し正気を失った。力の求道者にとって、自らの強さとは絶対の存在価値（レゾンデートル）。それが根元から折られてしまったせいで、自身の存在意義を消失してしまったのだ。

　正常な判断能力を失ったアルコルは、狂信者へと成り下がり、歪（ゆが）んだ妄想に取り憑（つ）かれるようになる。——自分は負けてはならない戦いで負けてしまった。なら、敗北しない自分を生み出せば、過去を無かったことにできる。そう、考えたのだ。

「あの男は、後継者が欲しかったんじゃない。自分と同じ存在を生み出したかった。そうすることで、過去の汚点を消し去れると、本当に信じていた」

「……哀れだな。それが伝説の末路か」

「違う。哀れなのは、あの男の被害者たち。村から攫われ産みたくもない子どもを産ませられた女たち。そしてアルコルの妄執に殺されたボクの兄さんや姉さんたち」

　多くの罪無き命が、アルコルの妄執に振り回され、そして消えていった。その無念を思えば、父殺しの禁忌など何の罪にもならない。少なくとも、アルマはそう考えている。

「あの男にとって、ボクは一番の成功品だった。それでも、不滅の悪鬼（オーバーデス）には手を出すな、って何度も言われた。正気を失っても、負けた時の恐怖が忘れられなかったみたい。あの男のことは、殺した今でも大嫌いだけど、そのことを考えると少しだけ溜飲（りゅういん）が下がる。不滅の悪鬼（オーバーデス）も、とっくにお爺（じい）さんなのに。馬鹿みたい」

「不滅の悪鬼（オーバーデス）なら、数年前に死んだよ」

「え？」

「住んでいた街が深淵(アビス)化し、その核である魔王(ロード)と相討ちになったらしい」

「……そう、不滅の悪鬼(オーバーデス)も死んだんだ」

残されたのはアルマだけ。清々(すがすが)しくも、寄る辺を失ったような気分だ。

「アルマ、正直に言おう。君は教団に相応(ふさわ)しくはない」

教団長の予想だにしなかった言葉に、アルマは頭を殴られたような衝撃を受けた。強制されていたとはいえ、物心がつく前から修行してきた自分が、暗殺者(アサシン)教団に相応しくないなんて簡単には信じたくなかった。

「どうして!? 力は示したはずだ！」

「たしかに、君の力は素晴らしい。いずれEXランクに至る片鱗(へんりん)すら見える。だが、それと教団に相応しいかは、また別の話だ」

「わけがわからない！ ちゃんと説明して！」

アルマが詰問すると、教団長は悩まし気に顎鬚(あごひげ)を撫(な)でる。

「……ここから先は、他言無用だ。約束できるか？」

「わかった、約束する……」

「暗殺者(アサシン)教団は、近く組織の在り方を一新する予定だ。以降は独立した秘密組織ではなく、帝国の傘下組織に生まれ変わる。諜報(ちょうほう)活動を主とし、護国のために力を尽くすことが、新しい暗殺者(アサシン)教団の在り方だ」

「……それって、もう殺しはしないってこと？」

「残念ながら、完全に殺しを辞められるわけではない。だが、これまでが目的としての殺しだったのに対して、これからは手段としての殺しになる。似ているようで、両者の違いは大きい。少なくとも、後者には未来がある」

「未来……」

　それがどんな未来なのか、アルマにはわからない。だが、どんなに素晴らしい未来だろうと、そこにアルマの居場所は無い。それだけは、よく理解できた。

「君の心には修羅が眠っている。そんな危険な人物を、国を護るための仕事に就かせるわけにはいかない」

「………ははは」

　乾いた笑いが込み上げてくる。なんて酷い悪夢なんだろうか。いや、これは現実だ。生まれた時からずっと続いている、悪夢という名の現実だ。

「……二十一年、二十一年も無理矢理に費やさせられた結果が、これ？　何も楽しいことなんて無かった。友だちもいない、恋人だっていない。ずっと……ずっと、あの男の妄執に付き合わされて、その挙句、ボクの力が何の役にも立たないなんて……。じゃあ、ボクは何のために生きてきたの？　これまでの二十一年は……何だったの？」

　涙が止まらなかった。あまりにも虚しくて、悔しくて、その思いが涙となって、止め処無く溢れ出してくる。

「返してよ！　ボクの人生を返してよッ!!」

この男に訴えたところで、無意味なことはわかっている。それでも、叫ばずにはいられなかった。この世界で、アルマのことを思ってくれる人間は、アルマ一人しかいないのだから。

「君の人生は、君のものだ」

教団長はそれだけ言うと、踵(きびす)を返した。

「待って！　ボクはどうすればいいの!?　教えてよ！」

「好きに生きればいい。教団だけが君の力を活(い)かせる場ではない。君を求める者は、いくらでもいる。例えば、探索者(シーカー)だ」

「……探索者(シーカー)？」

たしかに、探索者(シーカー)なら、アルマの力を必要としてくれるかもしれない。だが、彼らについては、ほとんど何も知らなかった。せいぜい、腕っぷしを頼りに、深淵(アビス)で悪魔(ビースト)を狩っていることぐらいだ。

「そういえば、面白い話がある」

アルマが困惑していると、教団長は背中を向けたまま言葉を続ける。

「あの不滅の悪鬼(オーバーデス)の孫が、この帝都で探索者(シーカー)をやっていてね。まあ、所属しているパーティがトラブルで駄目になったらしいんだが、それを復活させるために新たなメンバーを募集しているそうだ」

「……なにそれ？」

教団長の意図がわからず、アルマは首を傾げる。

「不滅の悪鬼の孫が探索者をやっていても、何の不思議も無い。カエルの子がカエルになっただけ」

「だが、彼の職能は【戦士】ではなく、【話術士】だ」

「【話術士】!?　あの不滅の悪鬼の孫が!?」

「そう、支援職の【話術士】だ」

驚くアルマに、教団長は振り返って笑みを見せる。

「誰もが知る、最弱の職能だよ」

「なのに、探索者をやっているの？　不滅の悪鬼が強制したから？」

「いや、本人の意思だ。そもそも、不滅の悪鬼は既に死んでいる」

「……そうだった。でも、だったら、どうして？」

「そこまでは知らない。だが、一つだけ明らかなことがある。不滅の悪鬼の孫、【話術士】ノエル・シュトーレンは、強い」

支援職について多くの知識を持っているわけではないが、その職能としての欠陥は知っている。最弱と言われるのも仕方ない性能であることも。そんな支援職の【話術士】が強いなんて、俄かには信じられなかった。

「その話、本当なの？」

「本当だとも。現に彼は、大物食いのルーキーとまで呼ばれている。まだ職能はCランクだが、いずれトップに上り詰めるだろうルーキーの一人だ」

「信じられない……」

「だから言っただろ。面白い話だと」

教団長はアルマを見据え、笑みを深くした。

「もし興味があるのなら、彼を訪れてみるといい」

この三日後、アルマは自らの意思で彼と出会った。不器用で、素直じゃない、だけど心の奥で不屈の闘志を燃やし続ける少年に——。

三章：仁義なき世界

日課である朝のトレーニング後、シャワーで汗を流し部屋に戻ると、ちょうどそのタイミングでドアがノックされた。

「ノエル、迎えに来た」

訪問者はアルマだ。特に予定が入っていない今日は、アルマに帝都を案内する約束となっていた。アルマ曰く(いわ)デートだが、もちろん俺にそんなつもりはない。俺が案内するのは、探索者(シーカー)に役立つ場所だけ。観光名所や遊ぶ場所は自分で発掘しろ、と前もって伝えてある。

ドアを開けると、入り口に立っていたアルマが、軽く右手を挙げる。

「おはよう」

「おはよう。まあ、入れよ」

アルマは部屋に入り、興味深そうに中を見渡した。

「やっぱり良い部屋。ボクもこの宿に下宿したかった」

本当なら、アルマもここ星の雫(しずく)館に下宿する予定だった。だが、空いている部屋が無かったので、仕方なく別の宿を選ぶことになったのだ。

「そっちの宿はどうだ？　もう慣れたか？」

「だいぶ。ここほどじゃないけど、あっちも良い宿」

「快適なら何よりだ。でも、来るのが早過ぎないか？　まだ、朝の九時ちょいだぞ。どこの店も開いてないよ」

　そもそも、迎えに来ると言い出したのは、アルマの方だ。どこか適当に待ち合わせ場所を決めればいいものの、わざわざ迎えに来ると言うのだから我慢を知らない奴である。

「お姉ちゃんと早く会えて嬉しい癖に。ノエルは素直じゃない」

「黙れ。何度も言うが、おまえは俺のお姉ちゃんじゃない。ていうか、どうせ早く来るつもりだったんなら、トレーニングにも付き合えよ」

「無理。朝の五時には起きられない」

「……中途半端な奴め。おまえ、急に運動量減らしたら一気に太るぞ」

「大丈夫。乙女には乙女燃焼機関があるから太らない」

「なんだよ、乙女燃焼機関って……」

　呆れる俺を尻目に、アルマはベッドに倒れ込んだ。

「はぁ、暇。ノエル、何か面白い話をして」

「死ね。俺はおまえの道化じゃない。暇ならこれでも読んでろよ」

　俺は机の上に置いてあった本を、アルマに手渡した。

「なにこれ、ノエルの私小説？」

「惜しい。私小説じゃなくて、これまでの戦闘記録だ。蒼の天外結成時から、こないだの盗賊団との戦いまで、その全てを詳細に記してある」

「それは凄い。どれどれ」

アルマは俯けになり、足をバタバタさせながら読み始めた。

「むむっ！　ノエルとボクとの濡れ場が無い!?　これは偽りの記録！」

「そんな歴史は存在しない。黙って読んでろ。あと、勝手に変なことを書き足したら、また平手打ちだからな」

「……ちっ」

何故、舌打ちをする。まさか、本当に書き加えるつもりだったのか？……信じ難い馬鹿だな。これで俺より五つも年上なんだから、呆れて物も言えなくなってしまう。

アルマが戦闘記録を読んでいる間、俺は椅子に座って組織論に関する専門書を開いた。クランを創設することは、当然まだ諦めていない。その時に必要となるだろう知識を、探索者業の傍ら学んでいる。

あと一人、優秀な仲間を得ることができたら、クランを創設する予定だ。必要となる金の大半は俺が出すことになるが、それは構わない。以前と違って俺がリーダーである以上、金を惜しむ理由は無いからだ。ロイドとタニアのおかげで、所持金にも余裕がある。その気になれば、いつだって創設自体は可能だ。

だが、深淵に潜れない状態でクランを創設しても意味は無い。創設するためには、やはり新たな仲間の存在が欠かせなかった。中央広場での募集は続けている。また、帝都の新聞社に、募集広告の掲載依頼を出すことも考えている。それで優秀な応募者が現れたら良し、現れなければヘッドハントに手法を切り替えるしかないだろう。

一番仲間にしたい【傀儡師】のヒューゴは、まだ準備に時間が掛かる。となると、他から探さないといけないわけだが、そう簡単に見つかるなら苦労はしない。

「……飽きた」

十分ぐらいして、アルマは読んでいた戦闘記録書を閉じた。

「飽きるの早くないか？」

「そんなことない。本ばっかり読んでたら虫になっちゃう」

「逆に、虫並みの脳みそしかない、って認めてないか？」

「気のせい。それよりも、また暇になってしまった。ノエル、お願いがある」

「聞くだけなら聞いてやろう。だが、言葉は慎重に選べよ」

「身体触らせて」

「言葉は慎重に選べよ!?」

言った傍から、ド直球のセクハラ発言をぶつけてくるなんて、この馬鹿女どれだけ剛の者なんだよ。酒場によくいるセクハラ親父でも、もう少し頭を使うぞ。

「それじゃあ、触らせてもらうね」

「待て！　許可していないぞ！」

端から俺の意思を尊重する気なんて無いようだ。ベッドから立ち上がったアルマが、俺の身体をまさぐるため手を伸ばしてくる。だが、俺だって易々と触らせるつもりはない。

寸前でアルマの手を摑み取り、押し退けようと力を込める。

「やめろ！　触るんじゃない！」

「無理。観念して、その良い身体をお姉ちゃんに触らせて」

「だから、おまえは俺のお姉ちゃんじゃ……ぐおぉぉっ、つ、強いッ！」

なんて腕力だ。小さくて細い癖に、俺の本気と同等以上の力が込められている。しかも、その涼しい顔は、実力の半分も出していない証拠だ。

「ふふふ、無理無理無理。お姉ちゃんよりも優れた弟なんて存在しない」

「ふざけるな、馬鹿!!」

俺は歯を食いしばってアルマを押し返そうとするが、やはりびくともしない。こんなに小さい身体の癖に、まるで大きな岩を相手にしているような手応えだ。

「……必死になっているノエルも可愛い。チューしていい？」

「はぁっ!?　駄目に決まっているだろ!!」

「チューするね。チュ～～っ」

「やめろやめろ!!　馬鹿、やめろっ!!」

口をすぼめて顔を近づけてくるアルマ。このままでは、この女に唇を奪われてしまう。

もはや万事休すか、そう思った時、勢いよくドアが開かれた。

「ノエルさん！　何の騒ぎすかっ!?」

部屋に入ってきたのは、星の雫館の看板娘マリーだ。マリーは俺たちの取っ組み合う姿に目を丸くし、手に持っている洗濯籠を落とした。

「そ、そんな……。ノエルさんが女の子とチューしようとしているなんて……」

「いやいや、無理矢理だから！　それよりも、この馬鹿を引っぺがすのを手伝ってくれ！　お小遣い上げるから！」

だが、マリーに俺の言葉は届いていないらしく、わなわなと震え出す。

「なんれ……なんれ、男の人とキスしてないいんれすかぁっ!?　女の子とキスしちゃ、らめれしょっ!!　イケメンはイケメンとキスしないと!!　うわぁぁぁんっ、ノエルさんの裏切り者ぉぉっ!!」

まったく理解できない理屈で号泣し、走り去っていくマリー。

「な、なに、あの珍妙な生物は？」

あまりにも唐突なイベントに、流石のアルマも口を開けて呆然としていた。その隙を衝き、俺は摑んでいた手を離すと同時に、アルマの首に手刀を叩き込む。

「うっ！」

一撃で意識を失うアルマ。その魔の手から解放された俺は、やっと一息吐くことができた。だが、俺の心は暗く重いままだ。

「なんで、俺の周りにはろくな女がいないんだよ……」

気絶したアルマは、すぐに目を覚ました。どうやら、この部屋に来てからの記憶を失っているらしく、寝落ちしたんだろと言うと、疑うことなく納得した。こうして、俺の貞操は守られたのである。

「最初はどこを案内してくれるの？」

どたばたしていた内に時間が過ぎ、俺とアルマは外へと出た。帝都の賑(にぎ)やかさはいつも通り。多種多様な人種や馬車が、大河のように流れている。

「まずは馴染(なじ)みの武具屋からだな。それから――」

俺は探索者(シーカー)に必要となる場所を挙げていく。武具屋、アイテムショップ、鑑定士協会、そして技術習得書(スキルブック)の販売店。探索者(シーカー)協会は既に自力で訪れたことがあるようなので省いた。

「今日の予定は理解できたな？　それじゃあ、はぐれずついてくるんだぞ」

「了解」

俺たちは順番に各場所を訪問していく。鑑定士協会では、アルマのランクアップ先をどうするかについて調べた。

アルマがランクアップ可能な職能(ジョブ)は四つ。前衛アタッカーが【暗殺者(アサシン)】と【拷問士(トウーチャー)】、後衛アタッカーが【追撃者(チェイサー)】と【乱波(バンデッド)】だ。それぞれの情報を閲覧したところ、【拷問士(トウーチャー)】と【乱波(バンデッド)】は性に合わないとのことで除外され、【暗殺者(アサシン)】と【追撃者(チェイサー)】でアルマは揺れることになった。

感情的には、目標だった【暗殺者(アサシン)】がやや優勢のようだ。ただ、拘(こだわ)りがあるわけではないようなので、当初の予定通り今後のパーティ構成に合わせて、【暗殺者(アサシン)】か【追撃者(チェイサー)】

かを決めてくれるらしい。

　鑑定士協会での用事も済み外に出ると、時刻は昼過ぎを回っていた。

「お腹空（なかす）いたぁ〜。ノエル、ご飯食べに行こ」

「そうだな。いったん、昼休憩にしようか」

技術習得書（スキルブック）の販売店には、食事が終わってから行けばいい。入れる飯屋を探していた時、視線の先に見知った顔を見つけた。

「……アルマ、悪いが飯は先に食べていてくれ。少し用事ができた」

「えっ？　急にどうしたの？」

「俺にも色々あるんだよ。用事が終わったら《思考共有（リンク）》を飛ばすから、入った店を教えてくれ。じゃあ、行ってくる」

「あ、ちょっと！　ノエル！」

　後ろから俺を呼び止める声がするが、それを無視して俺は走った。

†

　明るく華やかな帝都ではあるが、その恩恵を誰もが受けられるわけではない。

　帝都貧民街。貧困に堕（お）ちた者たちが集う人生の終着点。繁華街の裏側にある、この暗く饐（す）えた臭いのする一画には、死んだ目をした浮浪者やゴミが溢（あふ）れており、衛生状況も治安も最低最悪だ。また、ここには貧民だけでなく犯罪者たちも集まり、その隠れ家（アジト）として利用されている。まともな者なら、絶対に足を踏み入れない場所だ。

「ノエル、ここだ」

　名前を呼ばれ振り返ると、物陰から一人の男が姿を現した。いかにも軽薄そうな若いチンピラで、薄い笑みを浮かべている。この男を追って、俺は貧民街にやってきたのだった。

「ロキ」

　男の名を口にする。ちなみに、ロキという名前は偽名だ。本当の名は別にあるらしい。だが、それを知る者は誰もいない。

「わざわざ、こんな不潔なところに入りやがって。取引なら、別の場所でもできるだろ。服に臭いが染みついたらどうしてくれるんだ」

　当然の不満を告げると、ロキは肩を竦（すく）める。

「そりゃ悪かった。だが、こっちは毎日、危ない綱渡りをしている身でね。日中は人目に付く場所で取引をしたくないんだよ。それは、おまえも同じだろ？」

「だとしても場所は選べ。おまえと違い、俺は表で生きる人間だ。貧民街に出入りしたせいで、根も葉も無い噂（うわさ）を立てられては困る」

「はっ、仲間を奴隷に堕とした奴がよく言うぜ」

「黙れ。配慮する義務はおまえにある。違うか？」

「わかった、わかったよ。だから、そう怖い顔をするな大将」

本当にわかっているのかは微妙なところだが、こいつも馬鹿じゃない。次からは注意するだろう。感情と行動は分ける、それがプロというものだ。

「ほら、今回の成果だ。受け取りな」

ロキは分厚い封筒を俺に手渡してくる。中身を確認すると、細かい文字が書かれた紙片が何十枚も入っていた。記載されている情報は、俺が依頼した通りのものだ。

「相変わらず良い仕事をする。流石は帝都最高の情報屋。千変万化（フェイスレス）の通り名は偽りじゃないな。どこにでも入れるおまえの前では、どんな秘密も丸裸か」

ロキの仕事は情報屋。しかも帝都随一の凄腕（すごうで）だ。その情報屋としての能力の高さは、ロキの職能（ジョブ）に関係している。

【摸倣士（もほうし）】、他人の外見をコピーすることのできる戦闘系職能（ジョブ）。この職能（ジョブ）のおかげで、ロキはどんな場所にも入ることができる。また、能力に慢心することなく、依頼主と取引する際は個別に姿を変えて対応し、決して誰にも正体を掴ませない用心深さも備えている。

この軽薄なチンピラ姿も、数多（あまた）ある姿の内の一つだ。年齢や性別だって自由自在である。

その能力は変異種（モンスター）に近く、実際ロキには、姿を変える変異種（モンスター）である妖狐（シェイプシフター）の血が混じっているはずだ。つまり、混じり者である。希少職能（ジョブ）の持ち主は、だいたいが特殊な血筋なので間違いないだろう。

「お世辞どうも。だが、誉（ほ）め言葉よりも金が欲しいね。なんだったら、報酬に色をつけてくれてもいいんだぜ？　ゴルドーの首で儲（もう）けたんだろ？」

ゴルドーを討伐したことも知っているのか。わかっているとはいえ、恐ろしい耳の早さだな。この優れた情報網も、ロキが稀代の情報屋として名を馳せている理由だ。

「金なら払うさ。いつも通り適正な額の報酬をな」

俺が財布から報酬を支払うと、ロキはそれを受け取った。

「へっ、まいど！」

「次の仕事は、またフクロウ便を使って連絡する」

「アイサー。――それにしても、大将も数寄者だねぇ」

無遠慮に向けられる好奇心の目。ロキは愉快そうに続ける。

【傀儡師】ヒューゴ・コッペリウス、あの殺人鬼を仲間にしたいなんてな。やっぱ、イカれているよ」

「おまえには関係の無い話だ。舌を落としたくなかったら口を閉じてろ」

俺が睨みつけると、ロキは両手を挙げた。

「お～、怖い怖い。不滅の悪鬼の孫は怖いねぇ」

「言ってろ。それじゃあ、俺はもう行くぞ」

「あ、ちょっと待て」

踵を返そうとした俺を、ロキが呼び止める。

「最近、貧民街で良くない薬が出回っているから、あまり奥深くには入るなよ。日中は大丈夫だと思うが、一応な」

「良くない薬？」

「新しい覚醒剤。最高にキマるそうだが、狂暴化する副作用がある」

「おいおい、そんな危ないものが出回っているのか？　ルキアーノ組（ファミリー）が黙っちゃいないだろ。元締めはどこの馬鹿だ？」

質問する俺に、ロキは表情を改めた。

「ところがどっこい、薬をバラ撒（ま）いているのは、ルキアーノ組（ファミリー）の二次団体、ガンビーノ組（ファミリー）だ」

複合職能（デュアルジョブ）という希少職能（ジョブ）がある。通常、職能（ジョブ）は戦闘系と生産系に分かれており、それぞれの特性が交わることはない。戦闘系は戦闘に関するスキル、生産系は生産に関するスキル、と習得できるスキルに明確な違いがある。だが、複合職能（デュアルジョブ）だけは異なり、戦闘系と生産系の二つの特性を併せ持つ。それが、【傀儡師（くぐつし）】という職能（ジョブ）だ。

人形を操り強化する戦闘系スキルに加え、人形とその武具を生み出すための生産系スキルも使用できる【傀儡師（くぐつし）】には、あらゆる戦闘に対応できる強みがある。その素晴らしき価値の前では、殺人鬼なんて風評はあってないようなものだ。

【傀儡師（くぐつし）】ヒューゴ・コッペリウス。またの名を、血まみれの剝製師（レザーマスク）。帝都を震撼（しんかん）させた近年最悪の猟奇殺人鬼。

現在のヒューゴは帝都内の刑務所に収容され、死刑執行を待っている身だ。鑑定士協会が学術研究のためにヒューゴの職能を調査しているので、すぐに刑が執行されることはないが、調査が済んでしまえば生かしておく理由は無くなってしまう。おそらく、リミットは残り三ヶ月といったところだ。

だが、ロキに集めさせている情報のおかげで、ヒューゴを釈放させる搦手の準備は整いつつある。上手く事が運んだ暁には、殺人鬼という汚名を雪ぐための世論操作も行う予定だ。そして、清廉潔白の身となったヒューゴを、蒼の天外に迎え入れるという絵図である。

もちろん、ヒューゴが真正の殺人鬼なら、俺もこんなことはしない。どれだけ優れた能力を持っていようと、制御できない怪物を野に放つような真似は論外だ。だが、俺は確信している。ヒューゴは冤罪だ。何者かが彼を陥れ、その罪を被せたのだ。哀れな【傀儡師】は、無実の罪で捕らえられたのである。

実のところ、冤罪を証明すること自体は簡単だ。問題なのは、権威主義の司法省に、既に決まった刑を撤回させること。これが難しく、多くの準備を必要としている。一歩間違えば、俺にも災いが降りかかってくるので、事は慎重に進めなければいけない。

残り三ヶ月。どこまでやれるかは、俺の才覚次第だ。

『アルマ、用事は済んだ。今どこにいる？』

貧民街の出口を目指しながら、アルマに《思考共有》を飛ばす。すると、アルマの怒った声が頭の中に響いた。

『おそい！　満腹猫亭ってお店！　早く来て！』

『怒鳴るなよ。奢(おご)るから許してくれ』

『えっ、本当!? やったね！』

　奢りと言った途端、アルマの声は明るくなる。現金な奴(やつ)め。

　満腹猫亭には俺も入ったことがある。このまま貧民街を出て五分も歩けば到着するだろう。だが、途中で気が変わり、ルートを変更した。俺はあえてロキの忠告を無視し、貧民街の奥深くを通って店を目指す。

　その結果、危ない薬が出回っているというのは本当だとわかった。誰かと殴り合ったのか、それとも自傷行為を繰り返したのか、血まみれになって倒れている薬物中毒者たちが、至る所で転がっている。壁や地面には血の染みがこびりついているし、人の歯や爪もそこら中に落ちている。ロキの話を信じるなら、これは全て薬で狂暴化したことが原因だ。

　しかも、倒れている薬物中毒者の中には、身なりの良い者の姿もあった。取引自体は貧民街で行っているようだが、愛用者(リピーター)は既に帝都中に広がっているらしい。薬が貧民街の外でも販売されるようになるのは、もはや時間の問題だろう。

　元締めはガンビーノ組(ファミリー)だという話だったが、二次団体の暴走を許すなんて、ルキアーノ組(ファミリー)は何をやっているのだろうか？　考えながら歩いていると、貧民街の出口が見えてきた。繁華街の喧騒(けんそう)が次第に近くなってくる。その途中で、気になるものが目に留まった。

「あれは——」

　一見するとただの薄汚れた浮浪者の男。だが、どうにも雰囲気が他と違う。よく観察すると、帝都ではあまり見ない顔つきであることがわかった。

「東洋人か……」

　ここに住む大半は犯罪者を除外すると外部からの移住者で、心や身体を壊し働くことができなくなった者たちだ。そんな中でも、東洋人の存在は珍しい。交易自体はあるのだが、この帝都に定住する者となると数が限られてくるためだ。

　年頃は俺と同じぐらい。シラミが湧いたボサボサの黒髪と色褪せた黒い瞳。しかも、足を悪くしているのか、汚い棒切れを握り締めて座り込んでいる。

　哀れだな、と思った。異国の地で死を待つだけの人生なんて、俺なら耐えられない。しかも若い身空だ。夢や希望もあっただろうに。

　キィン、と澄んだ金属の音がした。気まぐれで落とした大判銀貨が、東洋人の前に転がる。たかだか一万フィル。それで何が変わるわけでもないが、温かい食事を腹いっぱい食べることぐらいはできるだろう。

「おい、待てや姉ちゃん」

　不意に訛った声がして立ち止まる。あの東洋人が発した言葉らしい。俺が振り返ると、東洋人はふらつきながら立ち上がり、歩み寄ってきた。

「あんた、金を落としたじゃろ。ほら」

　差し出された大判銀貨に、俺は言葉を失ってしまう。

「何ボケっとしとるんじゃ？　あんたの金じゃろ？　大判銀貨一枚は大金じゃ。これからは落とさんよう、しっかり持っとくんじゃぞ」

「いや……」

「それと、こがいなところに、あんたみたいな綺麗な姉ちゃんがおったらあかん。何しに来たかは知らんが、さっさと出て行った方がええ」

綺麗な姉ちゃん、ときたか。鏡が無いので自分の顔を見ることはできないが、おそらく今の俺は、筆舌に尽くし難い表情をしていることだろう。

「な、なんじゃ、その恐ろしい顔は？　腹でも痛いんか？」

「……まず、はっきりさせておこう。俺は女じゃない。男だ」

「えっ、男!?　そ、それは、すまんかったのう……」

「そして、その金は、もういらない。おまえのような薄汚い浮浪者が触った金なんて、財布に入れたくないんでね」

「な、なんじゃと!?」

「だから、それは好きにしろ」

俺が踵を返すと、東洋人が迫ってくる気配を感じた。

「ちょ、待てやコラッ！」

その手が俺の肩に置かれようとした瞬間、俺は東洋人に回し蹴りを放った。

「がはッ！」

蹴りが直撃した東洋人は吹き飛び、その痛みに腹を押さえて息を荒らげる。

「俺に触るな。身の程を知れ」

「……ハァハァ、おどれ、ようもやってくれたのう……」

東洋人は怒りに顔を歪め、棒切れを構える。まさか、戦うつもりか？

「ワシは喧嘩は好かんが、ここまでコケにされて黙ってるほどお人好しでもない。悪いが、ちぃとばかり痛い目見てもらうど」

臨戦状態となった東洋人は、意外にも様になっていた。足が悪いのかと思っていたが、そういうわけでもなさそうだ。素人特有の緊張によるぎこちなさも無く、その佇まいは非常に洗練されている。傭兵崩れか？　少なくとも、ただの浮浪者ではない。武器は棒切れだが、強く打ち据えられたら、痛いだけじゃ済まなそうだ。

面白い。実に面白い。せっかくだ、どこまでやれるか見せてもらおうか。

「謝るんなら、今のうちじゃぞ」

「誰が謝るか、バーカ」

「ほうか。じゃったら――」

東洋人は腰を深く落とす。

「ここでくたばれや」

刹那、十歩はあった距離を、東洋人はたった一歩で零にした。

速い！　対応する間もなく間合いを詰められてしまった。棒切れが鋭く横薙ぎに振るわれる。直撃すれば確実に骨を折られるだろう。――だが、俺なら躱せる。

「なっ!?」

東洋人は、その一撃で俺を仕留めたと思っていたのだろう。だが、攻撃が当たる瞬間、俺は大きく仰け反っていた。鼻先すれすれを棒切れが過ぎ去っていく。そして、仰け反った勢いを利用してバク転をし、その体勢から蹴りを放つ。

「ぐっ!?」

一撃で意識を刈り取る、顎を狙った蹴り。だが、驚いたことに、東洋人は顔を逸らすだけで躱してのけた。バク転から着地した俺は、飛び退って間合いを離す。東洋人の方も追撃はしてこず、距離を空けたまま警戒している。

「おっそろしぃ軽業じゃのう。おどれ、ニンジャか?」

「ニンジャ?」

ニンジャ……ああ、忍者か！　記憶が正しければ、東洋の更に東、極東の島国にのみ存在する【斥候】系の職能だったはずだ。ということは、この男はそこからやってきたのか。

「忍者じゃない。俺は【話術士】だ」

「【話術士】？　われがか？……まあ、どうでもええわ。われが強いことは、ようわかった。じゃけんのう、こっからは『技』を使わせてもらうわ」

東洋人の纏う空気が一変した。まるで、強力な悪魔と相対している時のような殺気が、俺へと向けられている。この明確な違い、さっきまでは本気じゃなかったってわけか。

「ははは、おまえ最高だな。非礼は詫びよう。おまえに興味が湧いた。だから、俺も本気でやらせてもらう」

　俺は太もものホルダーからナイフを抜き、逆手に構える。

「殺されたくなかったら、全力を見せてみろ」

「はっ、そりゃワシの台詞じゃ！」

　この東洋人は強い。ともすれば、伝説の後継者であるアルマに匹敵するほどに。俺は期待で胸が膨らむ。だが――

「コウガ！　おどれ、何をやっとるんじゃャッ!?」

　突然、幼い子どものような甲高い声が響く。転がるように現れたのは、丸々と太ったハーフリングのオッサンだった。

†

　ハーフリングは成人しても、その外見は人間の子どものような姿をしている。手足は短く、身長は一メートルほど。耳の先が尖っていて、口は大きい。

　基本的に温厚な種族で、森に可愛らしい集落を造って暮らしているが、人間の街に住んでいる奴らには要注意だ。奴らはハーフリングの中でも変わり者。種族としての性格が反転したかのように気性が激しく、往々にして性質の悪いクズだからである。

「ワシがあんだけ大人しゅう待ってろよ、って言うたのに、おどれは棒切れ振り回しおって！　憲兵に目ぇつけられたらどうするんじゃ！　ああっ!?」

ハーフリングのオッサンは、甲高い声で騒ぎ立てる。ちょび髭と皺があるため、中年あたりの年齢だとわかるが、癇癪を起こす姿は完全に子どものそれだ。

だが、そんな滑稽なオッサンに、コウガと呼ばれた東洋人は目に見えて萎縮していた。まるで、巨人に食われそうになっている小人のように。

「ミゲルさん……こ、これは……その……」

「言い訳はええんじゃ！　言いつけを破った覚悟はできておるじゃろうな！」

「そ、それだけは！　頼むけん、こらえてつかぁさい！」

「駄目じゃ！――指輪よ、拘束せよ！」

ハーフリングのオッサンは、コウガに向かって右拳を向ける。その中指に嵌められている銀色の指輪が妖しく光った瞬間、コウガの身体を黒い稲妻が包んだ。

「ぎゃあああああぁぁぁああぁぁぁっ!!」

喉が張り裂けんばかりの絶叫。強力な電撃に身を焼かれたコウガは、その苦しみに七転八倒した。だが、電撃は簡単には収まらず、蛇が獲物を絞め殺すように、容赦なくコウガを苛み続ける。ようやく止まった時には、コウガは虫の息となって地に這いつくばっていた。

その凄惨な光景を見た俺は、ある悪趣味なアイテムが原因だと理解した。

「隷属の誓約書か……」

悪魔(ビースト)を素材にしたアイテムのほとんどは、文明を発展させ人々の生活を豊かにする素晴らしいものばかりだ。だが、人の心に善と悪が同居しているように、中には残虐な用途で発明された闇のアイテムもある。その代表格が、隷属の誓約書だ。

隷属の誓約書は特殊な皮紙と指輪が揃(そろ)うことで効果を発揮するアイテムであり、皮紙に自分の血で名前を書いた者は、指輪の所有者に絶対に逆らうことができなくなる。正確には、指輪の所有者が『拘束せよ』と唱えると、署名者の魔力が暴走し、その身の内から強制的に電撃を発生させる力が込められている。

もちろん、こんな危険で悪趣味なアイテムを他人に使用することは、法律で固く禁じられている。だが、例外的に許されるケースもある。

それは――

「奴隷風情が！　ワシに逆らうから、痛い目を見るんじゃ！」

ハーフリングのオッサンは、起き上がれずにいるコウガに向かって唾を吐いた。

隷属の誓約書が許される唯一の例外とは、両者の関係が奴隷と主人であることだ。つまり、コウガは奴隷で、ハーフリングのオッサンはその主人ということになる。

「ぶふぅぶふぅ……ところで、あんたは誰じゃ？」

興奮で息を荒くしたハーフリングのオッサンが、俺を振り返る。

「うちのコウガと揉(も)めとるように見えたが、あんたみたいな綺麗な姉ちゃんが、こんなとこで何をしとるんじゃ？　そのあたり、詳しく聞きたいのう。なに、悪いようにはせん。

ワシはジェントルマンじゃからのう。ただ、ちぃっと酌をしてもらいたいだけじゃ。ぐへへへ」

逆手に持っているせいでナイフが目に入らないのか、不用心に不快な笑みを浮かべて歩み寄ってくるハーフリングのオッサン。その顔面を、俺は思いっきり蹴っ飛ばした。

「ぶぎゃぁっ!?」

派手に鼻血を撒(ま)き散らしながら壁に叩(たた)きつけられたハーフリングのオッサンは、強打した顔面と背中の痛みに悶絶(もんぜつ)していたが、それが治まると俺に憎悪の目を向けてきた。

「こ、こここ、こんのクソアマ！　何さらすんじゃ!?　股を火で炙(あぶ)って、二度と小便できん身体にしたろうかッ!!」

ジェントルマンにあるまじき暴言を、俺は鼻で笑う。元気でなにより。さっきの蹴りで頭をザクロみたいに潰してやっても良かったが、この下種(げす)野郎には聞きたいことがある。

「言葉には気をつけろ。さもないと――」

俺は魔銃(シルバーフレイム)を抜き、その銃口をハーフリングのオッサンへと向ける。

「粉々に消し飛ぶことになるぞ」

「魔銃(シルバーフレイム)!?」

魔銃(シルバーフレイム)を向けられたハーフリングのオッサンは、見る間に顔面蒼白(そうはく)となる。

「な、なんで、おどれみたいな女が、魔銃(シルバーフレイム)を……」

「黙れ。発言の自由は許していないぞ。おまえは馬鹿みたいに俺の質問にだけ答えればいいんだよ。殺されたくなければな。わかったか？」

「わ、わわわ、わかりました！」

必死に頷（うなず）くハーフリングのオッサンに、俺は言葉を続ける。

「おまえ、聞き慣れない訛（なま）りをしているな。どこからきた？」

「ず、ずっと南の、ソルディランちゅう街からきました！」

帝国最南端の国境沿いの街だな。訛りが強いのは、そのせいか。

「交易商って風でもないが、帝都には何をしにきた？」

「そ、それは、その……」

「答えろ」

俺が魔銃（シルバーフレイム）の銃口を額に押し付けると、ハーフリングのオッサンは悲鳴を上げ、身体（からだ）を石みたいに硬直させた。《真実喝破（コンフェス）》を使えば話は早いが、あえてそれはしない。この下種野郎には、しっかり恐怖を味わってもらわないと、俺の気が済まない。

「い、言います言います！　実は、街におられんようになったんです！」

「何故（なぜ）？」

「ワシはダランベール組（ファミリー）で地下闘技場を任されとったんじゃが、親への上納金を横領したのがバレてしもうて、それで……」

ダランベール組（ファミリー）は、ルキアーノ組（ファミリー）とは異なる系列の暴力団（ヤクザ）だ。その勢力は決して弱小というわけではないが、組織としての規模や格はルキアーノ組（ファミリー）の方が圧倒的に上だ。

「自業自得だな。帝都にやってきたのは、ルキアーノ組の縄張りだからか。ここにはダランベール組も入ってこられないからな」

「へ、へぇ……その通りです……」

「なら、そこの東洋人は剣奴か？」

「そうです……。最近の闘技者はだいたい職業闘技者なんじゃが、こいつだけはワシが他所から買った奴隷じゃけぇ、逃げる時に連れてきたんですわ……」

「なるほど。今度は帝都の地下闘技場で戦わせて、そのファイトマネーを搾取するつもりか。おまえに残された最後の生命線ってわけだ」

帝都の地下闘技場は一度だけ見たことがあるが、コウガのレベルならすぐにでも上位闘技者になれるだろう。入ってくるファイトマネーも、それなりの額になるはずだ。

「そして、あわよくば、また地下闘技場の関係者になろうという算段だな？」

「え、ええ、まあ。……あ、ひょっとして、姐さんはそっちの関係者だったりしますかいのう？　だったら、これを機にワシと仲良うしてくれませんじゃろうか？」

ハーフリングのオッサンは怯えながらも愛想笑いを浮かべ、両手を擦り合わせる。額に銃口を向けられているのに、たくましい奴だ。

「残念だったな。俺は地下闘技場の関係者じゃない。ただの探索者だ。それと、訂正するのが遅れたが、俺は男だ」

「えっ、探索者!?　それに……男じゃと!?」

ハーフリングのオッサンは目を丸くして驚く。探索者（シーカー）だという部分よりも、男だという点の方に反応が強かったのは気になるが、まあいい。

さて、どうするか。このハーフリングのオッサンを殺しても、誰も咎（とが）める者がいないのはわかった。ダランベール組（ファミリー）の関係者ではあるが、今は追われる身。殺して感謝されることはあっても、敵対者とみなされることはないだろう。

そして、ハーフリングのオッサンがいなくなれば、俺がコウガの所有権を手に入れたところで、取り返そうとする者が現れることはない。大きな戦力確保だ。悪くないどころか、俺にとっては良いことしかない。

「十秒以内に失（う）せろ。さもないと殺す。――だが、駄目だな。一、二、三――」

「ひっ、ひぃぃぃっ！」

返事を待たずにカウントダウンを始めると、ハーフリングのオッサンは慌ててコウガの許（もと）へと駆け寄り、頭を蹴った。

「いつまで寝とるんじゃ！　さっさと逃げるど！」

ハーフリングのオッサンに蹴られたコウガは、苦しそうにしながらも立ち上がり、一目散に逃げだした主人の後をよろめきながら追いかける。一瞬こちらを振り返ったコウガの眼（め）には、恐怖と悲しみが宿っていた。

馬鹿な奴だ。おまえほどの男なら、拘束させる間も与えず、主人を殺して自由になることも可能だろうに。よほど酷（ひど）い躾（しつけ）を受けたのか、それとも独りで生きていくのが恐ろしいのか、どちらにしても、その心はすっかり軟弱に成り果てているようだ。

たしかに、コウガは強い。実力だけを見れば、大枚をはたいてでも仲間にしたいほどに。

だが、俺が仲間に欲しいのは、痩せた飼い犬ではなく猛る狼。心が脆弱な者に用は無い。

「おまえにはがっかりだよ……」

俺の呟いた言葉は、貧民街の闇へと消えた。


「やっほー！　ノエル、こっちこっち！」

満腹猫亭に到着すると、意外な人物が笑顔で手を振ってきた。

「リーシャ、なんでおまえが……」

紫電狼団のメンバーの一人、【弓使い】のリーシャがアルマと同じテーブルで食事をしていたのだ。訝しく思いながらも、俺は席に着く。テーブルには既に料理がいくつも並べられており、その内の半分が空になっていた。

「ノエル、遅過ぎ。リーシャがいなかったら、一人で食べているところだった」

アルマが恨みがましい眼を向けてくる。話し振りから察するに、リーシャとは偶然出会って席を一緒にしたようだ。

「だから、悪かったって」

「ノエルさん、ごちになります！」

横からリーシャが笑顔で厚かましいことを口にする。

「いきなりたかってくるな。おまえに奢る義理は無い」

「え〜、なんで!?　いいじゃん、ケチ！」

「おまえ、別のパーティだろ。奢ってほしいならウォルフに頼め」

「ウォルフはいつも金欠だから奢ってもらえないよぉ〜。むしろ、ウチらがいつも奢ってあげている側だし」

　あいつ、リーダーの癖に、金銭管理もできないのかよ……。メンバーに金をたかって恥ずかしくないのか。リーダーとして認めてもらえているあたり、ロイドのように信頼を損なう散財はしていないようだが、それにしても杜撰な奴だ。

「ゴルドーを討伐して儲けたんでしょ？　アルマから聞いたよ。お金に余裕あるなら、奢ってくれてもいいじゃん！」

　聞き捨てならない発言にアルマを見ると、素知らぬ顔で口笛を吹いた。

「おまえ、本当に口が軽いな……」

　口止めしなかった俺も悪いが、この糞女のお喋りっぷりも異常だ。今後一切、こいつには大事な秘密を話せないな。ヒューゴのことも直前まで黙っておいた方が良さそうだ。

「ひょっとして、俺が奢るって話もアルマから聞いたのか？」

「そうだよ〜」

　リーシャは頷き、アルマの頬をつつく。

「大通りで出くわしたからさ、世間話をしていたら、一緒にご飯食べようってことになって。それで、アルマが言うには後から来るノエルが奢ってくれるって話だったの。ねぇ～？」

「へぇ、なるほどね」

真相をバラされたアルマは、気まずそうに視線を逸らしている。たしかに奢るとは言ったが、他人にまで奢るとは言っていない。大方、見栄を張りたくて口を滑らせたのだろう。とはいえ、アルマにも面子というものがある。このままでは嘘吐き女だ。だから、ここは俺が折れて、アルマを立ててやることにしよう。

「話はわかった。リーシャ、おまえの分も奢ってやろう」

「え、本当!?」

「ああ、腹いっぱい飲み食いしていいぞ。奢った分は、アルマの次の分配金から差っ引く。きっちり一フィルの狂いもなくな」

「わ～いっ！　アルマ、ごちになります！」

「ええっ!?」

俺の決定にアルマは慌てるが、もう遅い。

「すいませ～ん、一番高いお酒ください！」

「ボトルで頼む。それと、超特上霜降り牛フルコースも追加で」

「ボトルでお願いしま～す！　超特上霜降り牛フルコースもお願いしま～す！」

「ちょっと！　嘘でしょ!?」

容赦の無いリーシャと俺の注文に、涙目になるアルマ。可哀想だが自業自得だ。それに、俺だってたまには、他人の金で飲み食いしたいのである。

†

アルマの金で飲み食いする楽しい時間は、あっという間に過ぎ去った。このまま延長したいところだが、あいにく技術習得書の販売店を訪れる用事が残っている。リーシャの方も用事があるらしい。なにより、死んだように放心しているアルマが流石に哀れになってきた。

「いやぁ～、楽しいお昼だった！　また、みんなで食事したいね！」

「……次は絶対に奢らない、から！」

確固たる決意を見せるアルマに、俺は噴き出しそうになった。リーシャは遠慮せず大いに笑い、目尻の涙を指で拭う。

「そこまで厚かましくないから安心して。次はウチが奢るし」

「太っ腹だな。良い依頼でも見つかったのか？」

「まあね。成功すればクラン創設が秒読みになるかな」

「景気の良い話だ。俺もあやかりたいね」

「そっちはどう？　新しい仲間は見つかった？」

「それが全然」

すぐにバレる嘘を吐く意味は無い。俺は肩を竦めて言った。

「ふ～ん、全然か。じゃあさ――」

リーシャは身を乗り出し、俺に顔を近づける。

「やっぱ、紫電狼団に入りなよ。アルマも歓迎するしさ。絶対、それが良いって！　ねっ、ねっ！」

「だから、それは――」

「それは駄目」

改めて断ろうとすると、先にアルマが鋭く否定した。

「ボクはノエル以外の下につくつもりはないし、ノエルだってそうでしょ？　だから、駄目。リーシャ、諦めて」

「……ま、そういうことだ」

俺たちの固い意志に、リーシャは眉を下げて唸った。

「むぅ～っ、駄目かぁ。素敵なパーティになると思うんだけどなぁ。駄目なら仕方ない、か。……じゃあ、代わりに友だちになろうよ。それならいいでしょ？　ね？」

一転して明るい笑顔を見せるリーシャに、アルマは微笑んだ。

「それなら構わない。これからはマブダチ」

「おお、マブダチ！　やったね！　ノエルはどう？」

「どう、って言われてもな……」

リーシャには悪いが、あまり気乗りはしない。一度や二度食事を共にするぐらいならともかく、他所(よそ)のメンバーの女と交友関係を築くのは面倒事が増えそうだからだ。

「仲良くしたいなら、もっと前から機会はあっただろ。なんで今さら？」

「だって、前はタニアがいたし……」

「タニア？　タニアがいたら都合が悪いのか？」

「悪いよ～、問題ありまくりだよぉ～」

リーシャは耳をへたらせて思い出すのも嫌そうに言う。

「タニアってさ、普段はニコニコしていて優しそうなのに、ノエルが絡むとすっごく怖いんだもん。他所の女の子が近づくと、こ～んな風に眉間に皺(しわ)寄せてさ」

実演してくれたリーシャの顔は、まるで親の仇(かたき)を見つけたかのような恐ろしい形相だ。

たしかに、こんな顔をされては近づくに近づけない。

「理由はわかった。だが、その原因は俺じゃなくてロイドだろ。タニアが付き合っていたのはロイドだからな」

「いや、あれはノエルだった！　だって、ロイドってタニアと付き合ってからもファンの娘に囲まれることは多かったけど、それでタニアが怒ったことはなかったでしょ？」

「そういえば……」

ロイドにはたくさんのファンがいた。街を一緒に歩いていると、よく遠慮の無いファンがサインや握手を求めてきたものだ。それはタニアがいる時も同じで、ファンサービスに追われるロイドを困ったように笑って眺めていた。

「そうだったな……」

「でしょでしょ!?　ほらぁっ！」

「……まあ、タニアは俺のことを弟のように思っているところがあったからな。変な虫がつかないか心配だったんだろ」

　ロイドと付き合い始めてからは、邪魔にならないよう俺の方から距離を置いたが、それ以前は実の姉のように接してきたものだ。最終的には俺を裏切ったのだから、深い意図あってのものではなく、寂しさを紛らわせるための代償行動だったのだろう。

「あの鬼気迫る表情は、弟を心配しているからって感じじゃなかったけど……」

　納得がいかない様子のリーシャに、俺は苦笑する。

「じゃあ、タニアが俺に好意を抱いていたとでも言うのか？　馬鹿馬鹿しい。ロイドを選んだのはあいつだぞ？　それだけならまだしも、あいつは俺を裏切った。好意を抱く相手への行いとしては、お粗末過ぎやしないか？」

　仮にリーシャの言う通りだったとしても、俺には関係の無い話だ。

「本人じゃないから確証はないけど、それはたぶん……なんていうか……」

「ノエルは乙女心がわかってない」

　リーシャが言い淀むと、横からアルマが口を挟む。

「乙女心は暴れ馬。諦めようと思って他の人を好きになっても、やっぱり本当に好きな人を諦められず、そのせいで色々と馬鹿をやったりするもの」

「そう、それ！　ウチが言いたいのは、それな！」

「いや、どれだよ……」

わかるようでわからない理屈を持ち出しやがって。

「ずっと山籠もりしていた奴が、知ったような口を利くな」

「これは一般論。常識」

「そうかよ……」

「ノエルはもっと乙女心について知るべき。お勧めの小説があるから読んで」

「小説って……おまえなぁ……」

首を傾げる話だと思っていたら、小説で得た知識かよ。この馬鹿女、口は軽いわ大雑把だわセクハラはするわ、腕っぷしの強さ以外は糞ザコ要素しかないな。

「え、どんな小説？　ウチも読みたい読みたい」

「えっとねぇ――」

リーシャとアルマは小説の話で盛り上がる。女同士仲良くするのは結構だが、男の俺には居心地の悪い空間だ。早く同性の仲間が欲しい……。

「――あっ、もうこんな時間だ。先に出るね」

自分の腕時計を確認したリーシャが立ち上がった。

「アルマ、今日はごちになりました」

「……次はリーシャの番」

零がいくつも並ぶ伝票を持つアルマの姿に、リーシャは目を細める。

「わかっているってば。その時は、ノエルも来てね」

「行けたら行くよ」

「それ、こないやつの決まり文句じゃん！　もう！」

リスみたいに頰を膨らませるリーシャ。暇があったらトレーニングか勉強をしたいし、あまり無駄な時間を使いたくないのが本音だった。

「店を出る前に聞きたいことがある。最近、危ない薬が流行っているらしいが、リーシャは知っているか？」

「危ない薬？……ああ、そんな噂聞いたかも。新しい覚醒剤だよね？　副作用で狂暴化することもあるとかなんとか。それがどうかしたの？」

「いや、俺も小耳に挟んだから、他の奴も知っている話かと気になっただけだ」

既に噂は広まっているのか。やはり、ガンビーノ組がバラ撒いているという覚醒剤は、貧民街の外にも流れているようだ。直接的な利害関係のある話ではないが、念のため用心しておくことにしよう。

「そうそう、ウチも聞き忘れてた。友だちの件の返事は？」

「……わかったよ。今後ともよろしく」

俺が投げ遣(なや)り気味に応えると、リーシャは輝くように笑った。

「うん！　今後ともよろしく！」

「ノエルはリーシャが苦手なの？」

　アルマの質問は当然のものだろう。俺は明らかにリーシャを避けていた。

「苦手ってわけじゃない。ただ、他所のパーティの女だからな。不用意に親しくしたら、下種(げす)の勘繰りをしてくる奴も出てくるだろう。そうなると、紫電狼団(ライトニングバイト)にも迷惑がかかる」

「考え過ぎじゃない？　そんなこと言ってたら、恋の一つもできない」

「俺にとっては仕事が恋人だ。浮気はしない主義なんだよ」

　恋愛事に興味が無いわけではないが、まず一番大切なのは探索者(シーカー)として大成すること。惚(ほ)れた腫(は)れたに係(かかず)らう暇なんて無い。

　満腹猫亭を出てから、俺たちは技術習得書(スキルブック)の販売店へとやってきた。アーチ状のガラス天井がある狭い路地に、入り口から奥まで同系統の店が集まっているため、技術習得書(スキルブック)横丁と呼ばれている。

　各書店では、他にも珍しい蔵書から大衆向けの娯楽小説も取り扱っているし、棚の本を自由に読みながら食事ができるブックカフェなんてものもある。そのため、訪れる者は探索者(シーカー)ばかりではなく、一般人も多い。カップルや子連れの家族だっているほど開けた場所だ。

「思っていたのと違う。明るくて楽しそうな場所」

　アルマは目を輝かせながら言った。

「俺も初めて訪れた時は驚いたよ。だが、技術習得書（スキルブック）の品揃（しなぞろ）えは完璧だ。よほどの希少品でない限り、世に出回っているものは全てここに集まる」

「ノエルはどんなスキルを覚えたいの？」

「防御力を上げる支援スキルか、敵の行動を阻害する異常（デバフ）スキルかな。アルマは？」

「ボクは投擲（とうてき）スキルを増やしたい。【追撃者（チェイサー）】になった時のために、今からスキルを慣らしておく必要がある。【暗殺者（アサシン）】になっても役に立つし」

　良い選択だ。アルマが言うように、投擲スキルならランクアップ先がなんであれ、腐ることはない。迷っているようなら助言するつもりだったが、技術習得書（スキルブック）選びは一任して問題なさそうだ。

「よし、それなら、ここからは別行動にしよう」

「え、一緒に回らないの？」

「残念ながら、扱っている本屋が違うんだよ。だから、欲しいものが見つかったら自分で買ってくれ。支払いはこの小切手を使うように」

　俺は懐から小切手の束を取り出し、その一枚をアルマに手渡した。

「予算は百万フィルまで。《思考共有（リンク）》を開放しておくから、買い物が終わった時、または欲しい本が予算をオーバーしている時は知らせてくれ」

「【斥候(スカウト)】系の技術習得書(スキルブック)が置かれているのは、どこの店？」

「【斥候(スカウト)】系だと、あの店だな。俺はあの店に入る」

それぞれの店の場所を指で示すと、アルマは頷(うなず)いた。

「わかった。じゃあ、行ってくる」

「領収書をもらうのを忘れるんじゃないぞ」

アルマが店に向かったのを確認し、俺も目当ての店へと足を進めた。


「おや、ノエル坊じゃないか。久しぶりだな」

店に入ると、カウンターに座る爺(じい)さんが気さくに声を掛けてきた。この店の主人だ。種族はノーム。側頭部から羊のような巻角を生やしているのが特徴だ。高齢の店主は白髪で立派な髭(ひげ)を蓄(たくわ)えているため、本物の羊のように見える。

「また新しいスキルをご所望かな？」

店主はパイプを燻(くゆ)らせ、穏やかに笑う。

この店を利用したのは二度。《連環の計(アサルトコマンド)》と《狼の咆哮(スタンハウル)》の技術習得書(スキルブック)を購入した。高価な買い物だったので、店主は俺のことをよく覚えてくれている。

「防御系の支援スキルか、行動阻害の異常スキルが覚えられる技術習得書(スキルブック)が欲しいんだが、在庫はあるか？」

「ふむ、どちらも揃(そろ)っているな。リストを用意しよう」

「悪いな。助かるよ」

「これが仕事だ。礼はいらんよ。そうそう、ご希望の品とは異なるが、ノエル坊の気に入りそうな技術習得書（スキルブック）が入荷したんだった」

　店主は足元から革のベルトで縛られた一冊の青い本を取り出す。技術習得書（スキルブック）だ。技術習得書（スキルブック）は一度読むと効果が無くなってしまうため、誰かが勝手に読まないよう厳重に封をされている。

「何の技術習得書（スキルブック）なんだ？」

「《死霊祓い（エクソシズム）》だ」

「なんだって!?」

《死霊祓い（エクソシズム）》とは、【話術士】の数少ない攻撃系スキルだ。効果対象は幽鬼系（アンデッド）に限るが、その威力は凄（すさ）まじく、同格相手なら一瞬で消滅させることができる。格上が相手でも、抵抗（レジスト）されて終わりではなく、その能力を大幅に弱体化させることが可能だ。

　このスキルを覚えるだけで大半の幽鬼系（アンデッド）が敵ではなくなるのだから、是が非でも欲しい技術習得書（スキルブック）の一つである。

「ずっと入荷しなかった希少中の希少じゃないか……」

「うむ、儂（わし）もお目にかかったのは数十年振りだな」

「……聞くのが恐ろしいが、値段はいくらだ？」

「三千万フィルだ」

「三千万!?」

わかってはいたが、恐ろしく高い。技術習得書(スキルブック)はただでさえ高価だ。それが超希少な品となれば、三千万フィルという値段が付くのも当然。現在の俺の最強スキルである《連環の計(アサルトコマンド)》を購入した時は、千八百万フィル掛かった。

「……ちなみに、分割払いは可能だったりするか？」

「無理だな。既に何人かの蒐集家(しゅうしゅうか)から欲しいとの声がかかっている。蒐集家に渡すより、きちんと活(い)かせるノエル坊に売ってやりたいところだが、残念ながら今のおまえさんを信用するのは難しい。新しいパーティ、まだ揃っていないんだろ？」

「耳が早いな……」

顔を覚えられるということは、良いことばかりじゃない。こういう風に、悪い現状も知られることになる。店主の言う通り、深淵(アビス)の探索活動を停止している状態の俺には、いくら実績があろうと過去のものでしかなく、社会的信用価値はゼロだ。そんな相手に、三千万フィルの分割払いを認めるお人好(ひとよ)しなんてどこにもいない。

「三千万……流石(さすが)に一括では無理だな……」

悔しいが諦めるしかない。俺が肩を落とすと、店主は何故(なぜ)か微笑(ほほえ)む。

「一ヶ月。一ヶ月だけ誰にも売らずに待ってやろう」

「え？　待つって……」

「それまでに、金を揃えてみなさい」

「……わかった。恩に着るよ」

現状を考慮すると、一ヶ月で三千万フィルも稼ぐのは難しい。だが、これは絶対に逃してはならないチャンスだ。

「ノエル坊、期待しとるぞ」

店主の試すような眼差し（まなざ）しに、俺は笑って頷いた。

「任せろ。一ヶ月もあれば余裕さ」

どのみち、このまま停滞している気は毛頭ない。状況を打破する案自体はいくらでもある。そこに期限がつけば、かえってやる気も倍増するというものだ。

俺は予定していた技術習得書（スキルブック）購入を諦め、その金を《死霊祓い（エクソシスム）》に回すことにした。中途半端に強化するより、その方が良い。

ただ、これは俺の都合。アルマには予定通り、技術習得書（スキルブック）を買い与える予定だ。そのアルマからの連絡はまだ無い。小切手の扱いに手間取っているのかもしれないと考え、アルマのいる店へ向かうことにした。

「あれ、ノエル来たの？」

俺に気がついたアルマが小首を傾げる。ちょうど会計をしているところだった。

「ああ、こっちの用は済んだからな。何の技術習得書（スキルブック）を買ったんだ？」

「《徹甲破弾（アーマーピアシング）》。対象の防御力の影響を半減する投擲スキル。お値段、八十万フィル」

「なるほど。良いスキルだな」

そのスキル効果を聞いただけでも、使い道がいくらでも思いつく。戦術の幅が格段に広がることだろう。

「それと、これ」

アルマはカウンターに置かれている大きな箱を手に持った。

「なんだそれ？」

「ふっふっふっ、これはね――」

箱の蓋が開かれる。中から取り出されたのは、熊のぬいぐるみだ。

「……なんだそれ？」

「熊さんのぬいぐるみ」

「いや、それは見ればわかる。なんで熊のぬいぐるみがここに？」

「私が好きだから扱っているんですぅ～」

アルマの代わりに答えたのは、この店の若い女店主だ。

「可愛(かわい)いでしょぉ～？　大切にしてあげてくださいねぇ～」

「知らねぇよ。何の話だ？」

この店で熊のぬいぐるみを扱っていることはわかった。全く興味の無い話である。俺にとって問題なのは、何故アルマがそれを手にしているかってことだ。

「え、おまえ、それを買うつもりか？」

「買うつもり。技術習得書は八十万フィルだし、残りの二十万でちょうどこの子をお迎えできる」

「経費で買うつもりか!?　そういう意味で上限百万って言ったんじゃねぇ！　さっさと棚に戻してこい！」

「え～っ！　買って買って！　買ってよ！」

「駄目だ！　ワガママ言う子はうちの子じゃありません！」

「むぅ～っ……寝る時に抱き枕にしようと思っていたのに……」

「二十一歳にもなって何を言ってんだ、おまえは……」

呆れて物も言えなくなると、アルマはこれ見よがしに溜め息を吐いた。

「わかった、諦める」

「あたりまえだ」

「その代わり、ノエルに抱き枕になってもらう。寝る時になったら部屋に行くから、窓の鍵を開けといてね。まあ、鍵が掛けてあっても入るけど」

「しょうがない、買ってやろう」

たった二十万フィルで身の安全を買えるなら安いものだ。

†

コウガ・ツキシマの生まれは極東の島国。裕福な呉服問屋、ツキシマ家の長男として生を受けたコウガは、本当なら順風満帆の人生を過ごせるはずだった。

「忌々しい疫病神め……」
まるで虫けらか糞便を見るような目で言ったのは、コウガの父だ。父と息子の関係が必ずしも良好とは限らないが、だとしても異常な敵意と憎悪。その理由はコウガの出生の秘密にある。

呉服問屋の若夫婦、コウガの両親は町内でも評判になるほど仲睦まじい間柄で、健康な跡取に恵まれるよう、毎日欠かさず山中の神社へ子宝を祈願しに連れ立って参拝するほどだった。

だが、それが運命を狂わすとは、誰も予想だにしなかった。
いつものように夫婦伴って神社を訪れた帰り、二人は盗賊団に襲われた。身ぐるみを剝がされただけでなく、コウガの母は手籠めにされてしまったのだ。
命こそ助かったものの、この時の事件が原因でコウガの母は心を病んでしまう。そればかりか、皮肉なことに夫婦が待望していた新しい命――つまりコウガを身籠っていることが後日わかった。

コウガの父は悩んだ。果たして、妻の腹の中の子は自分の種なのだろうか、と。悩むぐらいなら薬で堕胎するべきだとも考えたが、もしも万が一、自分の子どもだったら取り返しがつかない。そうこう迷っている内に妻の腹は大きく膨らみ、堕胎することは不可能となってしまう。こうして産まれたのが、コウガだ。母はコウガを産んだ数日後に自ら首を切って死んだ。心を病んでいたせいなのか、それとも望まぬ子を産んだせいなのかはわからない。

コウガの顔は母方の祖父によく似ていた。目元などはコウガの父に似ているようでもあったが、断言できるほどではない。コウガの父が疑心暗鬼になるのも当然だ。一度疑ってしまえば、全てが疑わしく見えてしまう。妻を手籠めにした盗賊とコウガの似ているところばかりを探してしまい、似ていないところまで似ていると思い込むようになる。

いつしか疑惑は敵意と憎悪へと変わった。コウガには何の罪も無いのに、全ての責任はコウガにあると考え始めたのだ。世間体があるため露骨に虐待することこそなかったが、全ての世話を使用人に任せ、一つ屋根の下に暮らしているにも拘（かかわ）らず、その扱いは他人同然だった。

この家でコウガが育ったのは六年。物心がついた頃には、自分が家族にとって不要な存在だとわかった。誰からも愛されない幼子は、だが愛を望み周囲と関わろうと試みた。心の中の不満や不安を押し殺し、常に笑顔で他者に優しくしようと頑張った。

「いつもヘラヘラと笑っていて気味の悪い子だよ。あの嫁も厄介な置き土産を残したもんだ。どうせ死ぬなら一緒に連れて行けばいいのに……」

祖母が父に漏らした言葉は、コウガに努力の全てが無駄だったと悟らせた。

ある日のことだ。コウガが目を覚ますと、見知らぬ場所で縛られていた。

「なんだ、目を覚ましたのか坊主」

見知らぬ男がコウガを見下ろす。

「痛い目に遭いたくなかったら、そのまま大人しくしてろよ。どのみち、おまえの居場所はどこにも無いんだ。暴れても誰も助けてくれないぜ」

男が何を言っているのかわからなかった。恐ろしさで硬くなっている間に、コウガは港に連れてこられ、船へと積み込まれた。船の中には人相の悪い船員の他に、コウガのように縛られている者たちがいた。男女問わず年齢もバラバラだが、みな一様に嘆き悲しんでいる。

ここにきて、コウガはようやく自分が攫われたのだと理解できた。いや、男の言葉を信じるなら、正確には人攫いに引き渡されたのだ。コウガの存在を持て余した家族が、そのように手配したのだろう。

悲しかった。それ以上に家族が憎かった。だが、長く厳しい航海は、そんな感情すらも摩耗させ、目的地に到着する頃には、生きているだけで儲け物だと思わせた。

「坊主、おまえは運が良いぜ。おまえみたいなガキ、本当なら絶対に死ぬんだが、まさか生き残るなんてな。まあ、買われた先でも、その調子で頑張ってくれや」

コウガを運んだ船は極東の奴隷船。海を越えて辿り着いた土地は、ウェルナント帝国の最南端の街、ソルディラン。この街を縄張りとするダランベール組の関係者、ハーフリングのミゲルに買われたコウガは、以降十二年間、職能も発現しないうちから、地下闘技場で剣奴として戦い続けることになる。

「えぇっと、あんたの名前は……なんだっけか？」

豪奢(ごうしゃ)な室内。机の上で気怠(けだる)そうに頬杖(ほおづえ)を突いている金髪の若い男は、コウガの隣に立つミゲルを見ながら言った。

「組長(ボス)、ダランベール組(ファミリー)のミゲルです」

側(そば)に控える、黒い短髪を逆立てた大柄な男が、代わりに答えた。

「そうそう、ミゲル！　思い出した思い出した！」

組長(ボス)と呼ばれた男は、ミゲルを指差す。

「ミゲルさん、あんた駄目だよ。組(ファミリー)の金を持ち逃げしたんだって？　そりゃ許されないよ。ダランベール組(ファミリー)の親父(おやじ)さん、もうカンカンみたいでさ、見つけたらすぐに引き渡してくれって、うちの親父(会長)に頼んだんだ。だから、ルキアーノ組(ファミリー)の関係者には、あんたの手配書がとっくに出回っている」

男は机の引き出しから一枚の紙を取り出す。その紙には、ミゲルの人相書きが印刷されていた。

「これが、その手配書。だから、あんたは俺たちに捕まったってわけ」

コウガとミゲルの二人が往来で声を掛けられたのは半時ほど前。声を掛けてきたのは、いかにもカタギではない恐ろしい風貌の男たちで、しかも一瞬で取り囲まれてしまった。

逃げようにも逃げられず、半ば拉致の体で高級住宅街の屋敷へと連れてこられたのである。

こうなることは、ミゲルも予測していた。だが、この狡猾で強かなハーフリングには、捕まったとしても口八丁で相手を丸め込める自信があった。なのに、ミゲルは一言も発さず、顔面蒼白で脂汗まみれになり震えている。額に銃口を向けられてもビジネスの話ができる胆力を持つ男が、完全に恐怖に呑まれていた。

ミゲルは帝都に入ってから、何度も同じことを言っていた。

「大丈夫じゃ、相手が誰でもワシなら切り抜けられる。用心せんといかんのは、アルバート・ガンビーノだけじゃ。あの狂犬にさえ捕まらんかったら、どうとでもなる……」

だが、ミゲルが小便どころか大便まで漏らしそうなほど恐怖を抱いている目の前の男は、そのアルバート・ガンビーノだった。

ルキアーノ組の二次組織、ガンビーノ組の若き組長。線の細い優男で外見年齢は二十代前半ほど。金刺繍の入った赤いシャツを着崩している。覇気の無いだらけた風体からは、全く強さを感じない。側に控えている大男の方が、よっぽど組長の貫禄を備えている。

曰く、真正の狂人。曰く、真正の外道。ルキアーノ組には、同じく気狂い道化師と呼ばれるフィノッキオがいる。だが、フィノッキオが曲がりなりにも組長の職務には誠実なのに対して、ガンビーノは己の気が向くままに厄災を振り撒くタイプの狂人だ。

茶の席で楽しそうに話していたと思ったら、何の脈絡もなく隣に座る同席者の脳天にナイフを突き立てていたこともあるらしい。

最近、帝都では危険な副作用がある覚醒剤が流通しているが、それを売っているのはガンビーノ組(ファミリー)だ。なんでも、知人の錬金術師に作らせているらしい。親であるルキアーノ組(ファミリー)に唾を吐くような暴挙だが、故人であるガンビーノの父親——前の組長(ボス)が、ルキアーノ組(ファミリー)の総裁と兄弟盃(さかずき)を交わした間柄にあるため、今のところ見逃されている。

「さて、我らがガンビーノ組(ファミリー)は、悪いハーフリングを捕らえることに成功したわけだが、正直なところこのまま引き渡すのも面白くない」

アルバートは愉快そうに口元を歪(ゆが)める。

「だって、ダランベール組(ファミリー)みたいな田舎暴力団(ヤクザ)のために、なんで働いてやんなきゃいけないのか、って話じゃん？　ミゲルさん、あんたはどう思う？」

ミゲルは生唾を飲み込み、絞り出すように声を発する。

「お、おおおお、おっしゃる通りでございますです！　ルキアーノ組(ファミリー)の直参、そん中でも最も優秀と言われるお方のアルバート様が、ダランベールごときに顎で使われるなんて、あってはならんことです！　はい！」

ミゲルの必死のおべっかに、アルバートは満足そうに頷(うなず)いた。

「うんうん、あんたの言う通りだ。ミゲルさんは、ハーフリングの癖に道理のわかる男じゃないか。ダランベールにはもったいない男だぜ」

「ほ、ほんまですか!?　じゃったら、ワシらをおたくで——」

「だから、こうしよう。あんたとあんたの奴隷は、剥製にして引き渡す」

「……え？　はく、せ、い？」

「そう、剝製！　生きたまま皮を剝いで剝製にして、中身はハムとかウィンナーに加工して、セットでダランベールに送り付ける。連中、絶対に驚くぞ～！　超、楽しみ！　ミゲルさん、あんたも良いアイディアだと思うだろ？」

ご機嫌な様子で同意を求められたミゲルは、全力で首を振った。

「いやいやいや、何でそうなるんじゃ!?　生きたまま剝製!?　そがいな物騒な冗談は、勘弁してつかぁさい!?」

「冗談じゃないよ。本気の本気」

だが、アルバートは無表情で断言した。

「そんじゃま、そういうことだから。ライオス、手配をよっろしくぅ～」

「わかりました。すぐに」

ライオスと呼ばれた大男は、慇懃(いんぎん)に礼をした。

「そ、そんな……」

呆然(ぼうぜん)と立ち尽くすミゲル。どれだけミゲルの口が達者だろうと、相手が言葉の通じない怪物では無意味。ここが年貢の納め時、というやつである。もちろん、そこにはコウガも含まれる。コウガが諦めの溜め息を吐いた時、部屋のドアがノックされた。

「組長(ボス)、返済が滞っている債務者を連れてきました。ミンツ村の村長です」

部屋に入ってきたのは、右目に眼帯をした中年のハゲ男だ。交わされる話から察するに、これがミンツ村の村長らしい。

本来なら、一債務者に組長であるアルバートが会うことなんてない。しかも、村長が金を借りたのは、ユドラにある貸金業の支部なので、返済滞納という問題があれば、そこで解決するのが筋だ。だが、村長はどうしても組長に直訴したいことがあるらしく、わざわざ帝都までやってきたらしい。

「――なるほど。つまり、あんたは金をきちんと返す予定だったが、その蒼の天外とかいう探索者のパーティに金を脅し取られた、ってわけか」

アルバートが聞いた話を声に出し確認すると、村長は強く頷いた。

「その通りでございます！　私は必死に抵抗しました！　ですが、妻や娘を人質に取られてしまい、挙句の果てには右目を潰されてしまったんです！　そうなってしまっては、もう金を渡すしか助かる道はありませんでした！」

村長は眼帯を指差し、必死に訴える。コウガは部外者だが、胡散臭い話だと思った。村長の話が本当なら、まず訴える相手はアルバートなんかではなく、帝都の憲兵団だ。それができないということは、村長の方に後ろ暗い何かがあるとしか思えない。

「それだけではありません！　奴は――蒼の天外のリーダーであるノエル・シュトーレンは、こうも言っておりました！　ガンビーノ組なんて弱小暴力団に渡す金があるなら、ドブに捨てたほうがマシだから俺がもらってやる、と！　たしかに、私はこの耳で、奴がそう言うのを聞いたのです！　間違いありません！」

　コウガは思わず噴き出しそうになった。事の真偽はわからないが、どう考えても村長は話を盛っている。ノエルとかいう探索者に恨みを抱き、ガンビーノ組を復讐の道具にしてやろうというのが透けて見える。

「弱小暴力団、ね。それは辛辣だなぁ。俺たちも頑張っているんだが、そんな風に言われると悲しくて泣いてしまいそうだ」

　アルバートの言葉は棒読みで、明らかに本心ではない。村長の嘘を見抜いているのが丸わかりである。だが、愚かな村長は、自分の嘘が通じたと勘違いしたようだ。

「アルバート様、嘆いている暇はありません！　偉大なガンビーノ組の威光を示すためにも、悪辣な探索者に正義の鉄槌を下すべきです！」

「わかったわかった、そのノエル・シュトーレンとかいう探索者に正義の鉄槌を下すとしよう。あんたの借金も待ってやる。それでいいか？」

「ありがとうございます！　ありがとうございます！」

　喜んだ村長は何度も頭を下げる。

「よし、これでその話は終わりだ。次は、あんたがケジメをつける番だな」

「え、ケジメ、ですか？」

　首を傾げる村長を、アルバートは鼻で笑った。

「そう、ケジメだ。どんな理由があるにしろ、あんたは俺たちとの約束を破った。なら、その責任を取らないとな」

「け、ケジメとおっしゃられても……」

「そうだなぁ……うん、決めた。あんたの右腕をもらうとしようか。探索者には右眼を潰されたんだろ？　じゃあ、俺は右腕をもらわないとな」

当然の如く理不尽な理屈を展開するアルバートに、村長は目を見開き驚いた。

「そ、そんな！　右腕を取られたら死んでしまいます！」

「そこはほら、気合いだよ気合い。頑張れば余裕だってば」

どう考えても絶対に無理だと思うが、そもそもアルバートは村長の生死に頓着していない。生きようが死のうが、その苦しむ様を見て楽しみたいだけだ。

「おい、そこのおまえ」

アルバートがコウガに声を掛ける。

「おまえ、【刀剣士】って職能なんだってな。【剣士】よりも更に斬ることに特化した特性を持つって聞いたが、本当か？」

コウガは頷く。戦闘系職能、【刀剣士】。それがコウガの職能だ。ランクはCだが、ソルディランの地下闘技場では無敗のチャンピオンだった。

「へぇ、興味深いな。何がどう違うんだろう。せっかくだから、おまえが村長の右腕を斬り落としてみろ。その棒切れでな」

アルバートはコウガが持っている棒切れを指差す。

「……ワシが、ですか？」

「そうだ。さっさとやれ」

断る権利は無さそうだ。コウガは村長に向き直る。

「村長、右腕を前に出せ」

アルバートの命令に、村長は涙目で首を振る。

「早くしろ、殺すぞ」

低くドスの利いた声。村長は観念し、右腕を前に出した。

「よしよし、それでいいんだよ。ああ、ちょっと待て。俺の準備がまだだ」

アルバートは引き出しから小さく透明な結晶を取り出し、机の上に置いた。そして、それを同じく取り出したハンマーで粉状に砕くと、顔を近づけ一気に鼻で吸い込む。

「かぁぁぁぁ〜っ………きっくぅぅぅ〜〜〜〜っ！　これだよこれ！　暴力を楽しむ時は、まずこれを吸わねぇとなぁっ！　くぅ〜〜っ、サイッコーだぜ!!」

瞳孔が開き興奮状態となるアルバート。今吸ったのが、噂(うわさ)の覚醒剤のようだ。

「おい、もういいぞ。村長の右腕を斬り落とせ」

簡単に言ってくれるものだ。地下闘技場で剣奴をやっていたコウガには、人を斬った経験など数え切れないほどある。だが、決して望んでやったわけじゃない。人を斬りたくなんてないのだ。哀れな弱者は特に。

「どうした、さっさと斬れ」

　アルバートが急かすと、村長は引き攣った笑みを浮かべた。

「へ、へへへ、そんな棒きれで斬れるわけがない……」

　笑う村長に苛立ったアルバートは、机を拳で叩いた。

「斬れ、って言ったのが聞こえねぇのかっ⁉　オイコラ、東洋人！　てめぇ、何を無視決め込んでんだっ⁉　何とか言いやがれっ‼」

　怒鳴り散らすアルバートに、コウガは呟くような声で告げた。

「……もう、斬ったわ」

「はぁ？」

　アルバートの間抜けな声。それと同時に、村長の右腕が床へと落ちた。

「へ？………ええっ⁉　う、ううう、腕⁉　私の右腕がぁぁあああっ‼　ギャアアアアアアアァァッ‼」

　コウガが村長の右腕を斬り落としたのは、アルバートから斬り落とせと命じられた瞬間。あまりの早業かつ見事な切断のせいで、周囲の者は誰も気がつかず、斬られた村長本人ですら時間差で腕が落ちるまで意識できなかったのである。

　切断面から血を撒き散らし、床を転げ回る村長。その姿を見たアルバートは、甲高い声を上げて笑った。

「ヒャハハハハハハッ‼　すげえッ、やるじゃねぇか東洋人ッ‼　気に入ったぞ！　おまえは、今日から俺の奴隷だッ‼」

狂犬アルバートの決定を拒める者なんていない。ミゲルにとってコウガは唯一の生命線だが、手放せば見逃してやると言われ、すぐに隷属の誓約書を差し出して逃げた。こうして、コウガの所有者はアルバートになったのである。

だが、すぐに何かをさせられることはなかった。コウガは路上生活のせいで衰弱し切っていたからだ。使用人部屋の一室を与えられ、療養することになった。

その数日後、完全回復したコウガは、専用の装備を与えられた。ライオスがコウガの生まれ故郷にルートを持つ貿易商から買ってきた、臙脂色（えんじいろ）の当世具足と二本の長さの異なる刀だ。

「なかなか似合っているじゃないか」

部屋で待機していると、ドアにガンビーノ組（ファミリー）の組員が立っていた。

「体調も万全そうだな。いけるか？」

コウガは静かに頷（うなず）く。新しい主人であるアルバートは、コウガを組（ファミリー）の刺客として利用することに決めた。その初仕事の日が今晩だ。

「……相手は、どんな奴なんじゃ？」

殺す相手を知っても良いことなんて無いが、せめて悪人であってほしい。

「相手は、探索者（シーカー）だ」

「探索者（シーカー）？　暴力団（ヤクザ）が探索者（シーカー）を殺すんか？」

　コウガの質問に、組（ファミリー）の人間は露骨に嫌そうな顔をした。

「殺す必要の無い相手だ。単に、うちの組長（ボス）の病気が始まっただけ。ミンツ村の村長の話を聞いたおまえなら、誰が相手かわかるだろ？」

「え？……まさか」

「そのまさかだよ」

　コウガの殺す相手は、蒼の天外（ブルービヨンド）のリーダーであるノエル・シュトーレンだと、組（ファミリー）の人間は言ったのだった。

†

　建物の窓から漏れる光、街路灯の光、帝都の夜はいつも明るい。路地裏に入れば闇は濃くなるが、それでも完全な闇ではなく、正面に立つ者の顔を認識できる。

　目の前にいるのはロキ。新しいヒューゴ関係の調査報告を受け取ったところだ。取引が終わり去ろうとした時、ロキが出し抜けに言った。

「大将、ガンビーノ組（ファミリー）に狙われているみたいだぞ」

「はぁ？　どういうことだ？」

　寝耳に水とはこのことだ。全く身に覚えの無い話に、俺は首を傾げる。

「なんで、俺がガンビーノ組（ファミリー）に狙われないといけないんだよ」

「詳しくは知らないが、ミンツ村の一件が原因だ」

「ミンツ村？」

「そこの村長が、組長(ボス)のアルバートにあること無いこと直訴したらしい。そのせいで、奴(やっこ)さんがおまえを狙っているんだとさ」

「馬鹿馬鹿しい」

　大方、借金の返済ができなくなったので、その言い訳のために俺の名前を出したのだろう。

「それをガンビーノ組(ファミリー)は信じたのかよ？　覚醒剤の件といい、連中どうなっているんだ？」

「動機を考えても無駄だよ。ガンビーノ組(ファミリー)の組長(ボス)、アルバートは真正の狂人だ」

「狂人、ね。はた迷惑な話だ」

「先代はまともだったんだけどな」

「そうなのか？」

「大将が帝都にくる前に亡くなったから知らないだろうが、むしろ人格者として評判の人だったよ。悪をくじき弱きを助ける義賊でもあった」

「そんな人格者の息子が狂人？　はっ、子育ての才能は無かったようだな」

　俺が吐き捨てるように言うと、ロキは首を振った。

「いや、先代はアルバートを育てていない。アルバートは先代の私生児で、跡目にするために迎え入れた時は、既に成人していたんだ」

「そういう事情か。……うん？　それって——」

　続けようとした言葉を、呑(の)み込む。

　足音だ。深夜の人が来ない路地裏に一人分の足音。しかも、金属が擦れる音もする。武装した何者かが近づいてきている。遭遇するまで距離はあるが、そう遠いわけでもない。足音に意識を集中していた俺がロキを見ると、いつの間にか互いの距離は開いていた。こうなると、事態は明白だ。

「ロキ、おまえ……俺を売ったな？」

　あまりにもタイミングが良過ぎる。ここで足止めし、刺客に引き渡す手筈(てはず)なのだろう。それ以外に考えられない。

「悪いな、大将。俺もアルバートには逆らえなくてね」

「情報屋が依頼主を嵌(は)めるなんてプロ失格だ。その意味がわかっているのか？」

「わかっているさ。だが、命には替えられない。それに、アルバートには大金をもらっている。この金で別の国に渡り、そこで心機一転頑張るつもりだよ」

「なるほど、悪くない計画だ。だが、一つ抜けていることがある。俺がおまえを殺さない理由が無い、ってことだ」

　俺は魔銃(シルバーフレイム)を抜き、ロキに照準を合わせる。

「残念だよ、おまえのことは嫌いじゃなかったんだがな」

「それは奇遇だな。俺も大将のことは嫌いじゃなかったよ。あんたは綺麗(きれい)だからな。……

だがまあ、仕方ないか。千変万化（フェイスレス）の最期としちゃお粗末だが、あんたに殺されるなら納得できる」

てっきり抵抗するかと思っていたが、ロキは逃げるどころか脱力し眼（め）を閉じた。まるで、どうぞ殺してくれ、と言わんばかりに。

「命が大切だったんじゃないのか？」

「大切さ。……だが、命惜しさに情報屋としての禁忌を犯し、初めてわかったんだ。プライドを失（な）くしてしまった俺には、もう何の価値も無いってな……」

「そうか」

魔銃（シルバーフレイム）の引き金に指を掛ける。そのまま絞ろうとし、だが止（や）めた。

「行け。今日のことは忘れてやる」

ロキは瞼（まぶた）を開け、目を丸くした。

「俺を……許すのか？」

「許さない。だが、殺すほどのことじゃない」

「大将……」

「それと、帝都を離れる必要はない。ガンビーノ組（ファミリー）は俺が潰すからな。失ったプライドは、またここで取り戻せ」

俺が断言すると、ロキは目を見開いたまま静止した。そして、大声を上げて笑う。腹を抱えて笑い続け、笑いが治まった時には目尻に涙が浮かんでいた。

「……はぁはぁ、笑い過ぎて死ぬかと思った。……大将、本気かよ？　相手はルキアーノ組（ファミリー）の直参、ガンビーノ組（ファミリー）だぜ？」

「だから？」

「いや、だからって……」

「ちょうど入用だったんだ。奴（やつ）らを潰して金を頂けば、その問題も解決する。そう考えると、ちょっとしたボーナスだな」

「……大将、あんたやっぱイカれてるぜ」

「さっさと失（う）せろ。戦いの邪魔だ」

既に刺客の足音はかなり近い。俺は足音と反対方向の路地裏の出口を指差す。戦わず逃げる道は端（はな）から無い。逃げて背後を取られるぐらいなら、真正面から迎え撃った方が勝率は遥（はる）かに高い。

「……大将、俺にできることはあるか？」

「この場では無い。だが、後でおまえの力が必要だ。その時は力を貸せ。もちろん、タダでな。それで貸し借りは無しだ」

「へっ、了解。……それじゃあ、頑張れよ」

ロキは風のように去ると、俺は腰のポーチから戦闘用覚醒剤を取り出す。脳の活動を活性化させ、集中力と筋力を向上させる薬だ。持続時間は十分。反動は大きいが戦闘力が約二倍になる。

薬の効果は一瞬で現れた。精神が落ち着き、世界が広がるのを感じる。暗い路地裏の隅々まではっきり見える。――静かだ。雑音が全く聞こえない。その代わりに、音の全てを正確に拾うことができる。その種類や性質まで完全に。

足音は男のものだ。身長は百七十後半。瘦身だが筋力量は多い。年齢は若く十代後半といったところか。足取りのリズムからして前衛職だな。武器は剣が二本。二刀流の使い手かもしれない。鎧も着ている。

そこまでわかれば十分だ。この路地裏は狭い。仮に剣の達人だったとしても、その力を十分に活かすことは難しいだろう。

やがて、人影が見えた。淡い光で明らかになる刺客の風体は、俺の予想通りのものだった。身長百七十後半の若い瘦身の男。赤い鎧と二本の刀を装備している。

だが、その顔は完全に予想外だった。東洋人だ。彫りは浅いが目鼻立ちはしっかりしており、眉目秀麗だと評価できる。特に、涼しげな目元が特徴的だ。この顔には覚えがある。もっとも、あの時は泥と垢で真っ黒だったが。

「お、おどれが、ノエル・シュトーレン？」

俺の姿を認めた東洋人が、驚く声で尋ねてくる。やはり、間違いない。

「そう、俺がノエル・シュトーレンだ。久しぶりだな、コウガ」

対峙するコウガは前回と違い、装備が完璧なだけでなく、体力面も万全だ。まだ臨戦状態ではないが、その圧力は前回とは比べ物にならない。

「まさか、おまえがガンビーノ組の刺客とはね。剣奴から暴力団の鉄砲玉に転職か。大した出世だな、おめでとう」

俺が拍手で挑発すると、コウガは眉間に皺を寄せる。

「おどれには、関係ないじゃろ」

「ハーフリングのおっさんはどうした？　アルバートに殺されたか？」

「……知らん。ワシの所有権を譲渡してすぐ、どこぞに消えよったわ」

「ふ～ん、なるほどね。それで今は、アルバートのワンちゃんってわけか」

「……なんとでも言えや」

「なんだ、からかい甲斐の無い奴だな。ふん、まあいい。おまえが、俺への刺客ってことでいいんだよな？　だったら、剣を抜け。あの時の続きをしようぜ」

俺は魔銃をコウガに向ける。だが、コウガは微動だにしない。

「あん？　何故、構えないんだ？」

「……これは、何の義も無い戦いじゃ」

「何の話だ？」

「正直、ワシはおどれと戦いとうない。おどれは嫌な奴じゃが、大判銀貨一枚の借りがあるからのう」

その場違いな言葉に、俺は失笑するしかなかった。

「借りってなんだよ。俺が落とした金をおまえが拾っただけだろ」

「ワシは馬鹿じゃから、そういう遠回しな言葉はようわからん。じゃが、よくよく考えてみれば、わざわざワシの前で金を落とすのはおかしいからのう」

「それで？　だったら、たった大判銀貨一枚の義理で、俺を見逃すとでも言うのか？　奴隷の癖に、そんな自由が許されるとでも？」

「おどれの言う通りじゃ。ワシにそんな自由は許されとらん。斬れ、言われたら、相手が誰でも斬るしかない。じゃが、ワシにも誇りがある」

　コウガは大きく息を吸い込み、声を張り上げる。

「ワシん名前は、コウガ・ツキシマ!!　職能（ジョブ）は【刀剣士】！　ランクはＣ！　特性は斬撃の操作！　これが、ワシの能力じゃ、よう覚えとけ!!」

　能力のネタバレだと？　それで、フェアな戦いにしようってことか。馬鹿が。暴力団（ヤクザ）に買われた奴隷が、そんなつまらない意地を張りやがって。

　だが――

「ふん、名乗られたら名乗り返すのが礼儀だな。改めて名乗ろう。俺は【話術士】ノエル・シュトーレン。職能（ジョブ）特性は、魔力消費無しにスキルを使えることだ。そして、偉大な英雄、不滅の悪鬼（オーバーデス）の遺志と技を受け継ぐ者でもある」

「【話術士】ノエル・シュトーレン、そん名は絶対に忘れん」

「そうか。まあ、覚えていたところで、死んでしまえば意味は無いがな」

「はっ、吐(ぬ)かせ！　勝つのはワシじゃ！」

「楽しいおしゃべりもお終(しま)いだ。そろそろ始めようか」

「応！——いざ、参る！」

たまには、こういう戦いも悪くない——。

†

先手はコウガが取った。たった一踏みで俺との間合いを詰め、腰の剣を抜き放つ。それは、あの時と全く同じ再現。だが、速度が、力強さが、技の洗練度が、桁外れに向上している。

万全の調子で放たれた一閃(いっせん)は、突進と抜剣の動きが完全に噛(か)み合い、神速の剣となって俺に迫った。刹那、脳裏に自らが両断された姿がよぎる。完全無欠にして無謬(むびゅう)の抜剣。骨と筋肉どころか、細胞の一つ一つまで統率されたような動き。この剣なら、強い防刃性能を持つ黒鎧龍(ブラックドラゴン)のコートをも容易(たやす)く切り裂くことだろう。そして、俺の身体(からだ)も。

だが、横薙(よこな)ぎに振るわれた剣に切断されるよりも速く、俺は頭上へと逃げることに成功した。跳躍しただけでは得られない高さ。腕時計に仕込まれているワイヤーギミックのおかげだ。事前に建物の面格子に飛ばし絡ませておいた超極細のワイヤーが、高速で俺を上へと巻き上げていく。

俺がいる場所は、コウガの十メートル頭上。確実に仕留めるなら、ここで《狼の咆哮(スタンハウル)》を使うべきだ。停止状態(スタン)にできれば、勝負は一瞬で方が付く。たとえコウガがどれほどの猛者だろうと、その首をナイフで掻(か)き切ってしまえば終わりだ。

だが、《狼の咆哮(スタンハウル)》は使わない。正確には使えない。コウガの言葉を信じるなら、その職能(ジョブ)ランクはC。俺と同格であるため、普通なら停止(スタン)は通じるはず。問題なのは、【刀剣士】という職能(ジョブ)に、精神異常耐性があった場合だ。

【刀剣士】――俺の記憶が正しければ、こちらの【剣士】に相当する、極東の前衛職能(ジョブ)だったはず。だが、その正確な情報は、俺の知識に無い。もし、《狼の咆哮(スタンハウル)》を使って効かなければ、その瞬間に追撃を許してしまう。コウガの筋力なら、この場所まで一跳びだ。空中で身動きの取れない俺は、格好の餌食である。

だから、ここで使うべきなのは、《狼の咆哮(スタンハウル)》ではなく火炎弾(フレイムバレット)だ。魔銃(シルバーフレイム)の引き金を絞り、コウガへと火炎弾(フレイムバレット)を放つ。コウガは音速を超える弾丸を軽々と躱(かわ)してのけたが、魔弾の力は、ここからが本番だ――。

「なっ、炎がっ!?」

火炎弾(フレイムバレット)から解き放たれた火柱に、コウガが慌てふためく。慌てたところで手遅れだ。【刀剣士】の耐性は知らないが、物理前衛系が火炎耐性を持っているはずがない。なら、炎に包まれれば、平気ではいられないだろう。火柱から逃げられたとしても、衣服に燃え移った火は容易に消せないし、大きなダメージを負うことになる。そうなれば、後は楽勝だ。赤子の手を捻（ひね）るように殺せる。そう、思っていた――。

「疾ッ‼」

　炎の中で揺らめく影となっていたコウガが、気合い一閃のもとに剣を振り回す。巻き起こる嵐のような剣風。それが火柱を消し飛ばした。

「嘘（うそ）だろ⁉」

　思わず叫んでしまった。どれだけ剣風を巻き起こそうと、魔弾の火炎がああも容易く消えるわけがない。なら、何故消えたのか？　答えは簡単だ。剣を振り回すことで周囲を真空状態にし、火炎が燃え続けるために必要な酸素を消失させたのである。つまり、コウガは大気そのものを斬ったのだ。あまりの神業に動転した瞬間、コウガは俺を見上げて口元を歪（ゆが）めた。

「ちっ、くそったれが！」

　この体勢のままではまずい。俺は建物の壁を蹴って隣の壁に移り、その勢いを利用して上へと壁蹴りを繰り返すことで、建物の屋根に逃れる。

　屋根に上った瞬間、コウガが飛び掛かってきた。空に浮かぶ満月を背にし、頭上高く掲げた剣を振り下ろす。唐竹割りになる寸前で、俺は横へと転がって回避する。立ち上がり魔銃（シルバーフレイム）の照準を合わせようとするが、既にコウガは間合いを詰め追撃の構えに入っていた。絶え間無く振るわれ続ける剣を、俺は紙一重で躱していく。

　これでは魔銃（シルバーフレイム）を撃つどころか、《狼の咆哮（スタンハウル）》を使うために深く息を吸い込む暇も無い。

なんとか回避に成功し続けているが、一呼吸でも乱れてしまえば最後だ。となると、俺が取れる手段は一つしかない。

　ギャリン、と硬質な音がし、目の前で火花が散った。俺の抜き放ったナイフが、コウガの剣の軌道を逸らす。そのまま姿勢を低くして懐に入り込み、拳による金的を狙う。だが、コウガはバックステップを合わせ、俺の金的を回避した。

「お、おどれ！　いくらなんでも、金的はあかんじゃろ！　玉が潰れたらどうしてくれるんじゃ!?　卑怯な真似は止めいや！」

　指を差して抗議してくるコウガに、俺は肩を竦める。

「馬鹿か、おまえ？　これは命のやり取りだぞ？　目潰し、金的、噛み付き、なんでもアリだ。卑怯？　はっ、そんな言葉が通じるかよ」

「偉そうなこと言っちょるが、実力差は歴然じゃぞ？　そがいな言葉は、おどれの首を絞めるだけじゃと思うがな」

「実力差は歴然？　そんなこと誰が決めた？」

　ナイフを逆手に構え、腰を落とす。

「こいよ、これで相手をしてやる」

「……後衛のおどれが、ワシと正面から斬り合うつもりか？」

　俺は言葉で答えず、ただ空いた手で手招きをする。

「……ほうかよ。【話術士】ノエル・シュトーレン、あん時の言葉を返させてもらうわ。

——おどれ、最高の男じゃな」

　コウガの剣閃が、雨あられのように襲い掛かってくる。その速度も力強さも、俺のナイフでは到底及ばないレベルだ。だが、対人戦闘技術は、弱者が強者を倒すためのもの。決して正面からは受けず、最低限に最適化された動きで、全ての剣撃を受け流す。

「ハハハ、やるのうっ！　流石じゃ！　じゃが、いつまで耐えられる!?」

　逆だ。躱すだけではジリ貧だが、受け流せば相手の体勢を崩すことができる。体幹に優れたコウガを崩すことは容易ではないが、俺にならできる。コウガの剣速が受け流す度に速度を上げていくのに対して、俺の眼もまた慣れてきた。

　そしてついに、大振りの一閃を受け流し、体勢を崩すことに成功した。すかさずナイフの持ち方を順手に変え、コウガの喉元を狙う。

「くっ!?」

　惜しい。寸前のところで後方に躱された。だが、間合いが開き、しかもコウガは回避によって体勢が崩れたままだ。この隙を逃すほど、俺は甘くない。コウガへ放り投げたのは閃光弾。眩い光が夜の闇を白く染めた。

「くっ、目潰しじゃと!?」

　閃光に眼を焼かれたコウガは、顔を押さえて苦しんでいる。

「言ったはずだぜ、なんでもアリだってな」

　魔銃の照準を向ける。これで終わりだ。勝利を確信した瞬間、俺はうなじが逆立つのを感じた。——なんだ？　危険が迫っている？　一体何が？

「ワシも言ったはずじゃぞ、【刀剣士】の能力をな」

　苦しんでいたコウガが、ニヤリと笑う。

「——舞え、《秘剣燕返（ひけんつばめがえし）》」

　俺は自分の直感を信じ、その場から大きく飛び退（すさ）った。瞬間、目に見えない何かが無数に飛来し、俺がいた場所の軌道上にある鋼鉄製の煙突を細切れにする。

「斬撃の操作って、そういうことかよ!?」

　おそらく、今のが【刀剣士】のスキルだ。状況から推測するに、斬撃を空間に固定し、好きな時に解き放つことができるのだろう。なんて厄介なスキルだ。すぐに対策を考えなければ。だが、その思考時間は致命的な隙だった——。

「そこか」

　眼が潰れたはずのコウガが、眼前にまで迫っていた。そして、振るわれる剛剣。咄嗟（とっさ）に魔銃（シルバーフレイム）で防ぐが、その強烈な一撃は軽々と俺を後方へ吹き飛ばす。

「しまった!?」

　後ろには屋根が——足場が無い。このままだと地面に叩（たた）きつけられてしまう。俺は空中で猫のように回転し、着地に備えた。

「まだじゃ！」

　空中でのコウガの追撃。俺は確信した。こいつには、視覚以外で相手の居場所を感知するスキルもあるのだと。

「止まれッ!!」

いちかばちかの《狼の咆哮（スタンハウル）》。だが、コウガに停止（スタン）が効いた兆候は見られない。懸念していた通り、耐性があるのか。剣閃に合わせ再び魔銃（シルバーフレイム）でガードするが、背後に待つのは地面。背中から強（したた）かに叩きつけられた俺は、そこで意識を手放してしまった……。

「……………ぐぅっ、いってぇ……」

鋭い痛みが意識を覚醒させた。呼吸を整え、身体の状況を探る。受け身が成功したのか、骨は折れていないようだ。呼吸に血の匂いがしないため、内臓へのダメージも無い。だが、身体が上手（うま）く動かない。地面に叩きつけられた損傷よりも、戦闘用覚醒剤が切れた反動が原因だろう。つまり、俺の戦いは、ここまでということだ……。

「ワシの勝ちじゃな」

目を覚ました俺に、コウガの剣が突きつけられる。

「ノエル・シュトーレン、おどれは凄（すご）い奴（やつ）じゃ。まさか、後衛にあそこまで追いつめられるなんて思わなんだわ。おどれはワシにとって最強の敵じゃった」

敗者への賛辞か。……舐（な）めやがって。スポーツじゃないんだ。戦いにあるのは、勝つか負けるかだけ。それ以外のものには、何の価値も無い。

なにより、戦いは死ぬまで終わりじゃない。まだ状況を打開する術（すべ）は残っている。会話でコウガを懐柔し、剣を下ろさせればいい。こいつは俺と戦うことに否定的だった。こちらが上手く誘導すれば、必ず剣を下ろすだろう。それができなくても、あと少しだけ時間稼ぎができればいい。その言葉を選んでいた俺は、だが違和感を覚えた。

「……おまえ、何故止めを刺そうとしない？」

俺が懐柔するまでもない。コウガは明らかに迷っていた。

「斬れ、と言われたら、誰が相手でも斬るんじゃなかったのか？」

「わ、わかっとるわ、そんなこと！」

「人を斬ったのは初めてじゃないんだろ。なら、何を迷う？」

「し、知るか、そんなもん！　ワシは、ただ……」

「……馬鹿野郎が」

俺は無理やり上体を起こし、突きつけられていた剣を握る。切り裂かれた手の平から血が流れ出すが、そんなこと構うものか。

「お、おどれ、なにしとるんじゃ!?　はよ、放さんか！」

「甘えたことやってんじゃねぇぞっ!!」

「なっ!?」

俺の一喝に、コウガはたじろぐ。

「奴隷の癖に、敵に情けを掛けるな！　俺をここで見逃せば、おまえの主人のアルバートは、絶対におまえを許さない！」

「そ、それは……」

「この世の中にはな、自分の命よりも大切なものなんて無いんだよ！　他人のために、ましてや敵のために、自分の命を投げ出そうとするんじゃねぇっ!!」

俺は一体、何を言っているのだろうか？　酷い茶番だ。こんな喜劇の役者を自分が演じているなんて吐き気がする。だが、抑えることができなかった……。

「ワシは……」

コウガは混乱している。自分の感情に。俺の言葉に。だが、俺にできることはない。それは自分で解決するしかない問題だ。

それに——

「時間切れだ」

俺は剣を放し、溜め息を吐く。

「なんじゃと？」

首を傾げるコウガは、異変を察知し一瞬で臨戦状態となった。頭上を見上げ、舌打ちと共に剣を振るう。瞬く間も無く交わされる、満天に輝く星のような剣戟の火花。

「なんじゃ、こいつは!?」

押し切られたコウガは、更に鋭い回し蹴りを腹に食らい吹き飛ぶ。そして、俺の前には、白い死神が立っていた。

「キミ、邪魔。ノエルを押し倒していいのはボクだけ」

†

《思考共有（リンク）》で救援を求めたアルマは、疾風のような速度でやってきた。時間にして約二分。宿で寝ていたのだろう、大きな欠伸（あくび）をして首を鳴らす。

「よくわからないけど、あれを殺せばいいの？」

そのスラリとした指先が、剣を構えているコウガを指す。

殺せ、と命じるのは簡単だ。だが、コウガにはまだ利用価値がある。可能なら生かしておきたい。とはいえ、殺さず戦闘不能にしろ、と命じるのは危険だ。なにしろ、コウガは強い。直（じか）に戦ってわかったが、確実にアルマに匹敵する強さだ。

俺の支援があれば圧倒できるだろうが、この状態ではまともにスキルを発動できそうにない。戦闘用覚醒剤の反動が切れるまで三十分は必要だ。携帯回復薬（ポーション）を使用しても、その間は上手く作用しない。現状使えるスキルは《思考共有（リンク）》だけだ。

だから、俺は短く命じた。

「殺せ」

「オッケー」

アルマはナイフを手で回しながら、コウガとの間合いを詰め始める。

「おどれ、ノエルの仲間か？」

「そうだよ。だから、敵のキミは殺さないとね」

「やめとけ。ワシは女を斬りとうない」

「ウケる。ボクの方が強いんだから、カッコつけるだけダサくなるよ」

「逆じゃ。不意を突いておきながら仕留められんかったことを理解せぇ。おどれより、ワシの方が数段上におる」

「はぁっ!?」

　たしかに、アルマの方が強いなら、先の不意討ちで終わっていた。押し切ったのはアルマだが、不利な状況で致命傷になる攻撃を防ぎ切ったコウガの方が、あの一瞬の攻防では上だったと判断できる。

　だが、だからといってコウガがアルマより数段上にいるかは疑問だ。どのような状況であったとはいえ、不意討ちを許し押し切られたのも事実だからである。

　俺の見立てでは、両者の実力は完全に拮抗（きっこう）している。アルマには《思考共有（リンク）》を通してコウガの戦闘能力を伝えてあるが、簡単には勝てないだろう。

「キミ、生意気だね。楽に死ねると思わないで」

　背中越しにも伝わる、アルマの強烈な殺気。完全にブチ切れている。

「《速度上昇（アクセル）》――五倍（クインタプル）ッ！」

　初手からの最高速度。《速度上昇（アクセル）》を発動させたアルマは、大気の壁を破り残像を見せながらコウガへと迫る。そのまま一直線に攻めるのではなく、右へ左へ、更に周囲の壁も利用して上方向へと、立体的な動きで翻弄する。

　もはや眼で追うことは困難だ。トップスピードで縦横無尽に動き回るアルマは、どこにもいてどこにもいない影となっている。いくらコウガでも、このアルマの動きを見極めることは不可能だろう。襲撃に備えて常に周囲に気を配っているが、明らかに対応できていない。

　コウガを翻弄するアルマは、高速移動を続けながら鉄針を放っていく。最高速度の状態から放たれた無数の鉄針は、《投擲必中（パーフェクトスロー）》のスキル効果によって狙いを違（たが）えることなく、あらゆる方向からコウガへ襲い掛かった。新しく習得した《徹甲破弾（アーマーピアシング）》も使用したはずだ。直撃すれば鎧（よろい）ごと貫通する。

　一本や二本なら払い落とせるだろう。だが、周囲全方向から一度に放たれた、鉄針の全てを払い落とすことは現実的ではない。回避することも無理だ。

　さて、どう捌（さば）く？

「――《桜花（おうか）狂咲（くるいざき）》」

　コウガの回答は、たった一振りの剣だった。その閃（ひらめ）きが、まさしく花が狂い咲くかのように、広がっていくのを、俺はたしかに見た。

「斬撃を増やすことができるのか!?」

　俺が叫んだ瞬間、無数の鉄針を無数に狂い咲く斬撃が斬り落とす。それだけでは止まらず、周囲一帯に広がった斬撃は、アルマをも斬り裂こうとしていた。

だが、流石はアルマだ。迫りくる斬撃を空中で身を捩って躱してのけ、更に大気の壁を蹴りつけることで、空中移動を成功させた。上空から猛襲を仕掛けるアルマ。交戦の形としては先と同じだが、違うのはアルマがトップスピードに達している点。その速度で懐に入ってしまえば、ナイフの方が有利だ。コウガには成す術もあるまい。

「――《明鏡止水》」

コウガは新たなスキルを発動した。そして、あろうことか眼を閉じる。だが、その状態から振るわれた剣が、アルマの猛襲を捌き切った。

「なにそれ!?」

驚き叫ぶアルマ。眼を閉じたまま攻撃を防がれたことに驚愕しながらも、接近戦での連続攻撃を繰り返す。本来なら、接近戦はアルマが圧倒的に有利だ。なのに、コウガが後れを取る様子は全く見られない。

「《明鏡止水》、と言ったな。眼を閉じることが発動条件のスキルか？　だとすれば、閃弾で眼を焼いたのに動けた理由もわかる」

これまでの状況から察するに、眼を閉じることで他の感覚を倍増させるスキル、と考えるのが妥当だ。いや、感覚を倍増させているだけじゃない。攻撃速度も格段に跳ね上がっている。視覚での広い状況確認ができなくなるのは大きなデメリットだが、半径五メートル以内の接近戦に限定すれば、無類の強さを発揮できるスキルだ。

対するアルマも、押し切られる様子は見られない。互いに一進一退。とても同じCランクとは思えない化け物二人の戦闘は、文字通り激しい火花を散らしている。一体、その剣戟は何百合目なのか、もはや見当もつかない。

　ふと、血の味を感じた。無意識に奥歯を噛み締め過ぎていたようだ。

「……ちくしょう、なんで俺には、あの二人みたいな力が無いんだ」

　悔しい。妬ましい。嘆いたところで無意味なのはわかっている。だが、こうも圧倒的な才能の差を見せつけられてしまうと、胸が痛くなり頭を掻き毟りたくなる。

「俺が、祖父ちゃんと同じ【戦士】なら、あの二人よりも強くなれたのに……」

　祖父ちゃんは、【話術士】でも最高の探索者にしてくれる、と言った。そして、厳しい修行の果てに、その資格を得られた自負はある。だが、上には上がいる。そこは、【話術士】――支援職の俺では、決して辿り着くことができない場所だ。

「……理解した。やはり俺の考えは正しい」

　俺はよろめきながら立ち上がる。端的に言えば、二人の戦いを見たおかげで吹っ切れた。心が軽くなった分、魂に宿る火が、更に大きく熱を持って燃え盛るのを感じる。

　もう迷わない。嘆かない。俺の進むべき道は一つだ。

「俺は最強を従え最強となる」

　立ち上がった俺の前で、長く続いた二人の戦いは佳境を迎えつつあった。決着のつかない戦いに業を煮やした二人が、それぞれの必殺技を繰り出そうとしている。

「認める。キミは強い。だから、もう勝ち方に拘らない。――確実に殺す」

アルマはナイフで自分の指を切り、その刃の溝に血を溜めた。

斥候(スカウト)スキル《劇薬精製(ブラッドポイズン)》。自身の血液から猛毒を精製するスキルだ。単純な格闘戦での決着を諦め、その毒を使って確実な勝利を手に入れるつもりなのだろう。

「ワシも、おどれをもう女とは思わん。——斬る」

コウガは剣を鞘(さや)に納め、深く腰を落とした。それもまた、スキルの発動に必要な条件に違いない。威圧感(プレッシャー)が更に膨らみ、その構えが必殺技であることを物語っている。

まずいな。このままだと、高確率で相討ちになる。俺は魔銃(シルバーフレイム)の弾を交換し、空に向けて発砲した。魔弾ではない。夜空で花火のように弾(はじ)けたのは信号弾だ。その大きな音と光に、臨戦状態にあった二人も気勢を殺(そ)がれて目を丸くしている。

「な、なに!?」「なんじゃ!?」

「戦いはそこまでだ。すぐに憲兵がやってくる」

俺が命じると、アルマは怒りで毛を逆立てた。

「ふざけないで！　まだ勝負はついていない！」

「黙れ。俺の命令が聞けないのか？」

「で、でも！」

「黙れ、と言ったはずだ」

「……ちっ」

《精神解法(ピアサポート)》が効いたようだ。アルマは平静さを取り戻し、舌打ちをしながらもナイフを鞘に納めた。

「コウガ、おまえも去れ。憲兵に捕まりたくはないだろ」

「……おどれに従うのは癪じゃが、その通りじゃな」

踵を返し去ろうとするコウガ。その背中に声を掛ける。

「少し待て。おまえに言っておくことがある」

「……なんじゃ？」

足を止め振り返るコウガに、俺は笑って続けた。

「俺のモットーは千倍返しだ」

「は？　なんじゃと？」

「だから、アルバートに伝えておけ。ガンビーノ組は、俺が必ず叩き潰す。それが嫌なら、ビビってないでおまえ自身が俺の首を取りに来い、ってな」

屋敷に帰ってきたコウガの報告を受けたのは、ガンビーノ組の若頭であるライオスだ。アルバートは留守にしているらしい。帰ってくるのは明後日だそうだ。

伝言のことは伏せておいた。あんな言葉、ただの虚勢だ。探索者ごときがガンビーノ組に太刀打ちできるわけがない。

「そうか。ご苦労だったな」

「組長には俺から知らせておく。おまえは身体を休めておけ」

報告を聞き終えたライオスは、大きな手でコウガの肩を優しく叩き去って行く。大柄で強面（こわもて）な男だが、性格は無法者とは思えないほど実直で、子分からだけでなく他の組（ファミリー）からも一目置かれている逸材である。

ガンビーノ組（ファミリー）が組織としての体裁を保っていられるのも、全てはライオスの手腕あってこそのものだ。もしライオスがいなければ、とっくに組（ファミリー）は潰れていただろう。だが、アルバートの増長と暴走を考えるなら、その方が良かったに違いない。ライオスは尊敬できる好漢ではあるが、その存在が結果的に多くの者を苦しめることにもなっていた。

「皮肉なもんじゃのう……」

コウガは自室に戻るとベッドに倒れ込んだ。疲労が激しい。だが、眼を閉じてもすぐには寝付けそうになかった。

「ノエル・シュトーレンか……」

興味深い男だった。これまで生きてきて色々なタイプと出会ってきたが、あんな男は初めてだった。強く、狡猾（こうかつ）で、誇り高い。そして――華（カリスマ性）があった。

「あん男なら、もしかして……」

頭では不可能だとわかっている。だが、あの男なら、本当にガンビーノ組（ファミリー）を叩き潰せるのかもしれない。そう信じたくなってしまうほど、ノエルという男は強烈だった。嵐のように強烈で――魂を焦がすほどに熱かった。コウガは握った拳を見つめ、ふと笑みを零（こぼ）す。

「もっぺん、戦うてみたいのう」

「コウガちゃん、任務を失敗したんだって？」

アルバートが屋敷に帰ってきた晩、コウガは部屋に呼び出された。

「……力が及ばず、すんませんでした」

深々と頭を下げるコウガ。その謝罪にアルバートは無言のままだったが、やがて楽しそうに笑い始める。

「アハハハ、コウガちゃん真面目だねぇ。別に気にすることなんてないのに。だってさ、相手はただの探索者(シーカー)だぜ？　ミンツ村の村長に頼まれたから、仕方なくコウガちゃんを向かわせたけどさ、必ず殺すなんて約束はしてないもんな」

「は、はぁ……」

「村長への義理は十分に果たしたっしょ？　だから、全然気にしなくてオールオーケー！気楽にいこうぜ、コウガちゃん」

「わ、わかりました……。ありがとうございます……」

釈然としない思いはあるが、不問にしてくれるなら万々歳だ。ほっと一息吐(つ)いた時だった。それを見計らったかのように、アルバートが言葉を続ける。

「でもさ、ご主人様である俺の命令を守れなかったのは、また別問題だよね？　そこはちゃんとケジメをつけないとさ」

「……え？」

完全な不意討ちに、コウガの心拍数が一気に跳ね上がる。思い出すのは、ミンツ村の村長だ。村長はあの時の傷が原因で死んだ。

「ケジメって……どないすればいいんですか？」

「それだけど、今回は特に何もしなくていいよ。コウガちゃんの代わりに、ケジメを果たしてくれた人がいるからさ」

「ワシの、代わり？」

コウガが首を傾げると、アルバートは不吉な笑みを浮かべる。

「ライオス、あれをコウガちゃんに渡してやって」

「……わかりました」

側に控えていたライオスが、ラッピングされた箱を持ってくる。それを受け取ったコウガは、ますますわけがわからなくなった。

「なんですか、これ？」

「あけてみ」

「は、はぁ。わかりました」

言われた通り、コウガは箱を開く。そして――

「うわあああぁぁぁあああぁぁっ!!」

絶叫し箱を投げ捨てた。床に落ちた箱から転げ出てきたのは、酷く損傷した生首だ。その顔をコウガは知っている。前の主人、ハーフリングのミゲルだ。

「おお、良い悲鳴。サプライズプレゼントを用意した甲斐もあったよ」

「サ、サプライズって……」

「ちゃんと、お礼を言いなよ？　ミゲルさんはコウガちゃんの代わりに、ケジメを果たしたんだからさ。元主人としての連帯責任ってやつ」

「そ、そんな……」

「ああ、でも困ったね。これで、コウガちゃんの責任を肩代わりしてくれる人はいなくなっちゃった。次からはもう失敗できないね」

　ミゲルは生きたまま剝製にされることはなかったようだが、生首にこびりつく苦悶の表情を見るに、それと同じ以上の苦しみを味わったことは確実だろう。

「……次からは、絶対に失敗しません」

「うんうん、真面目なコウガちゃんなら、もう絶対に失敗しないはずだ。じゃあ、また仕事があったら呼ぶから、下がっていいよ」

「……はい」

　コウガは踵を返し、ドアノブに手を掛ける。だが、そこで動きを止めた。

「……一つ忘れてました。ノエルから伝言を預かってるんです」

「伝言だと？　俺にか？」

　コウガはアルバートに向き直り、真っ直ぐに見据える。

「ガンビーノ組は、俺が必ず叩き潰す。それが嫌なら、ビビってないでおまえ自身が俺の首を取りに来い、と言ってました」

「………へぇ」

アルバートのこめかみに血管が浮かぶ。激怒している証拠だ。

「それってさ、ミンツ村の村長みたいな嘘じゃなくて本当なの？」

「ほんまです。たしかに言ってました」

「そっか。なるほどなるほどねぇ……」

伝言を吟味するように何度も頷くアルバート。その怒りはすぐに抑えきれなくなり、火薬が爆発するように燃え盛った。

「探索者ごときが調子に乗りやがってッ!!　ぶっ殺してやるッ!!」

激昂したアルバートは、ナイフを机に深々と突き刺す。

「ライオス、今すぐに戦闘員を集めろ！　奴を捜して八つ裂きにするぞッ!!」


「余計なことを言ってくれたもんだな」

廊下を歩きながら話すライオスの声には、怒りと苛立ちが滲み出ている。

「何故、探索者ごときの虚勢を組長に伝えた？　そんなに仕事を果たせなかったことが悔しかったのか？」

「……すんませんでした。ただ、そういうわけじゃ……」

「じゃあ、何でだ？」

「あいつは……ノエル・シュトーレンは凄（すご）い奴なんです……」

「はぁ？」

「最弱職能（ジョブ）の癖に、滅茶苦茶（めちゃくちゃ）強くて……。たぶん、死ぬような努力して、やっとあそこまで強くなったんじゃとわかりました。ほいでも、そんだけ努力したところで、才能あるまともな職能（ジョブ）の奴らには絶対に敵（かな）いません」

コウガは思い出す。ノエルと戦った時のことを。交わした会話を。

「なのに、あいつの眼（め）は光っとったんですわ。絶対に誰にも負けない漢（おとこ）になったるって、こう、ギラギラと……。それに気がついて、なんちゅうか、凄い奴じゃなって……。じゃけぇ、伝言の役目ぐらいは果たしたろうかなと……」

その想（おも）いを言葉にするのは難しい。だが、話した内容は全て本心だった。コウガは口下手な自分が照れ臭くなり頭を掻（か）いた。

「なるほどな」

ライオスは立ち止まり、コウガの顔をまじまじと見る。

「おまえ、そいつに惚（ほ）れたな？」

「……は？　いやいや！　ワシにそういう趣味はありません！」

コウガが必死に首を振って否定すると、ライオスは笑い声を漏らした。

「くくく、わかっているよ。俺が言っているのは、そういう意味じゃない。だが、おまえがノエルに強い想いを抱いているのは事実だろう？」

「……じゃけど、決して好意ではありません。そもそも、ノエルんことを想うなら、何も言わんかった方が、あいつのためでした」

「おまえは、確かめたいんじゃないのか？　ノエルが本物かどうかを」

「そ、そいは……」

コウガは返す言葉が見つからず言い淀(よど)む。

「今は理解できなくてもいい。だが、おまえにもいつかわかる日がくるさ。男が男に惚れる本当の意味をな」

「は、はぁ……。若頭も、そがいな経験があったんですか？」

「……あったよ。ずっと昔にな」

ライオスは遠い眼をし、寂しげに答えた。

†

その晩、俺とアルマは、猪鬼(オーク)の棍棒(こんぼう)亭で一緒に食事をしていた。不意に外が騒がしくなる。誰かが叫んだ。

「ガンビーノ組(ファミリー)!?」

店のドアが騒々しく蹴り開けられる。入ってきたのは、一般人(カタギ)には見えない男が六人。

その先頭には金髪の不健康そうな男がいた。

「――Bランクが四人。Aランクが一人。店の外にも武装した奴らがいる」

アルマは戦闘分析結果を小声で俺に伝える。コウガはいない。外の待機組の中にいるのかもしれない。Bランク四人については詳しく知らないが、Aランクの男については事前調査で知っている。ガンビーノ組の若頭、【格闘士】系Aランク職能、【龍拳士】のライオスだ。

そして、その先頭に立つ金髪の不健康そうな男が、ガンビーノ組の組長、アルバート・ガンビーノ。アルバート本人は戦闘系職能ではないが、組のトップであることには変わりない。強い子分を引き連れて歩くのは、さぞかし気もちが良いのだろう。偉そうに肩を怒らせながら、俺たちの席までやってきた。

「てめぇが、ノエル・シュトーレンか。女みたいな顔だな」

アルバートは勝手に俺たちの席に座ると、テーブルの上のワインボトルを呷り、不快そうに顔を歪める。

「不味い酒だ。はっ、こんな安酒を飲むしかないなんて、探索者ってのも儲からないんだな。それとも、おまえが雑魚なだけか？　ああ、そうだったな。メンバーに裏切られて、探索者の活動をできなくなったんだっけか？　ご愁傷様」

俺のことを調べてきたらしい。アルバートは難しい言葉を覚えたばかりの子どものように、得意気な顔で挑発してくる。

「そういうあんたは、ガンビーノ組の組長、アルバート・ガンビーノだな。はっ、招かれてもいない席について勝手に他人様の酒を飲むなんて、随分と躾がなっていないな。狂犬と聞いていたが、野良犬の間違いだったか？」

「んだと、テメェッ!?」

「おいおい、煽り返されたからって簡単にキレてんじゃねぇよ。こんな公衆の面前で、あの偉大なルキアーノ組の直参、ガンビーノ組の組長が、そんな器の小ささを見せちゃ不味いんじゃないのか？　延いてはルキアーノ組の沽券に関わるぜ」

ガンビーノは怒りで口を震わせるが、爆発するのを抑え込んだ。

「……まあ、いい。好きに言ってろ。今日は話をしにきたんじゃねぇんだ。てめぇ、随分と舐めた口を利いてくれたそうじゃねぇか。首を取りたいなら直接会いにこい、だっけか？　だから、来てやったぞ」

剣呑な笑みを浮かべるガンビーノ。それを俺は鼻で笑う。

「会いにこいと言ったら飛んでくるなんて、まるで付き合ったばかりの恋人だな。嬉しさで尻尾を振っているのが隠せていないぞ」

「ガタガタ吐かすんじゃねぇっ！　いいから、表出ろや！」

「おまえの方こそ、ガタガタ騒いでいるんじゃねぇよ。見てわからないか？　俺たちは食事中だ。相手をしてほしいなら、食い終わるまで外で待ってろ。忠犬みたいにな」

「テメェッ!!」

堪忍袋の緒が切れたガンビーノは、懐に忍ばせていたナイフを抜いた。

「もう面倒だ。ここで相手してやるよ。顔のどこからでも酒を飲めるよう穴を開けてやるから覚悟しろ」

　ナイフを俺に向けるアルバート。それを野太い声が咎(とが)める。

「ガンビーノの大将、この店で暴れるのはそこまでにしてもらいてぇなぁ」

　立ち上がる巨漢。拳王会のリーダーである【格闘士】ローガンだ。

「んだぁ、てめぇは？」

「あんたとノエルの間に何があったかは知らん。だが、ここで暴れるのは止(や)めろ。あんたらに面子(メンツ)があるように、俺たち探索者(シーカー)にも面子があるんだよ。暴力団(ヤクザ)が好き放題暴れていたのを、黙って見ていたなんて広められちゃ、今後の仕事に関わるんでな。そうなったら、おまんまの食い上げだ」

　ローガンの言葉に同意するように、店の大半の探索者(シーカー)たちが立ち上がって武器に手を掛ける。その予想外の事態に、アルバートはたじろいだ。

「て、てめぇら、この俺が誰だかわかってんのか!?」

「わかっているさ。だが、誇りを守るためなら、相手が誰でも関係ねぇ」

「な、なんだとぉっ!?　どいつもこいつもふざけやがってッ!!　おまえら、この馬鹿どもを皆殺しにしろッ!!」

　狂乱したアルバートは椅子を蹴って立ち上がり、後ろの子分たちに命令を下す。子分の筆頭であるライオスは一歩前に出て、アルバートに囁(ささや)いた。

「組長、俺たちがこいつらを一掃するのは簡単です。戦力差を考えれば、一瞬で方が付く。ですが、そのことを本家の親父にどう説明するつもりですか？」

「……な、なに？」

「ただでさえ、例の薬のせいでうちは本家に睨まれている。それに加えて、探索者たちと争えば、もうお目こぼしはしてもらえませんよ。探索者は国に奨励されている。一個人が相手ならともかく、こんな大勢の探索者を公に殺しちまえば、本家はもちろん国が黙っちゃいません。間違いなく、俺たちは終わりです」

「くっ、そ、それは……」

「それでも構わないなら、もう一度命じてください。親の命令は絶対だ。俺たちは命を懸けて組長に従います」

「ぐうっ、だ、だが……」

ライオスの諫言に苦悩の表情を見せるアルバート。狂人ぶっても、所詮は組織の人間。あれだけ吠えておきながら、本家と国の名前を出された途端に気勢を殺がれた無様な姿を、俺は大いに笑ってやった。

「アハハハハハ、滑稽だなアルバート・ガンビーノ！」

「な、なんだとッ!?」

「どれだけ悪事に手を染めても、おまえの正体は脆弱な小市民だ。組織の長としての頭も人望も無ければ、器も小さい。できることは、身勝手にルールを破って狂犬面することだけ。先代の遺産を食いつぶすことしか能の無いおまえには、それが限界なんだよ」

「こんの糞ガキがあああぁぁああぁッ!!」

激昂したアルバートが俺の襟首を摑む。排除しようと構えたアルマを手で制し、俺は口が裂けそうなほど深い笑みを浮かべた。

「なんだ!?　なにがおかしいッ!?」

「あまりカッカしない方がいいぜ。血の巡りが良くなるからな」

「ああっ!?　何言ってんだ!?」

「おまえが勝手に飲んださっきのワイン、あれさ毒入りなんだよね」

「……な、なに？」

アルバートは手を放し、後ろに数歩下がった。

「……は、ははは、何を言うかと思えば、毒だと？　嘘を吐くな！　俺が飲んだのは、おまえの酒だぞ！　自分の酒に毒を入れるはずがない！」

「たしかに、俺の酒だが、だからといって必ず口をつける必要はないだろ？　おまえが飲んでくれるように取っておいたんだよ」

「この店に、俺がくるなんてわからなかったはずだ！」

「わかるさ。首を取りにこいって言ったのは俺だぜ？　探索者を捜すなら、まずは探索者専用の酒場だ。そうだろ？」

「だ、だが、俺が飲む確証は無かっただろ！」

「もちろん、絶対ってわけじゃない。だが、毒入りの酒を用意するのに、確証なんて必要無いんだよ。俺からすれば、ノーリスクで毎日準備できるんだからな。おまえが来て飲めばアタリ。飲まなければそれだけ。そして、見事にアタリが出たってわけだ。ご理解いただけましたか、お坊ちゃま？」

「ごふっ、うげえぇえぇぇッ!!」

アルバートは喉に指を突っ込み、必死に胃の中の物を吐き出そうとする。

「無駄無駄。とっくに胃から血管に入っている。おまえ、このまま死ぬよ」

「ひっ、ひいいいぃぃぃっ!! い、医者だっ!! 医者のところへ行くぞ!! おまえら、俺を医者のところに連れて行けぇぇっ!!」

か弱い乙女のような悲鳴を上げたアルバートは、子分を連れて一目散に店から出て行った。訂正、全ての子分ではない。ライオスは店に残った。

「大した話術だな。俺まで信じそうになったよ。流石(さすが)は【話術士】だ」

「話術？ 俺は本当のことを伝えただけだよ」

「とぼけるのはよせ」

ライオスは椅子に座り、アルバートが口をつけたワインボトルを、何の躊躇(ちゅうちょ)もなく一気に飲み干した。

「うむ、美味(うま)い。素朴で優しい味わいだ」

「驚いた。毒を入れたって言ったはずだぜ？ 自殺願望でもあるのか？」

ライオスは俺の言葉に動じず、太い笑みを見せる。

「コウガの言っていた通りだな。肝の据わった良い眼(め)をしている。漢(おとこ)の眼だ」

「はぁ？」

「おまえ、探索者(シーカー)のトップを目指しているそうだな。そんな奴(やつ)が、公衆の面前で誰かを毒殺なんてするわけがねぇ。やるなら暗殺だ」

　確信に満ちたライオスの言葉。そこには多分に直感が混じっているだろうが、その通り俺は毒なんて入れていない。

「正解だ。だが、何故(なぜ)それをアルバートに教えなかった？」

「組(ファミリー)を潰したくない」

「なるほど。大切な理由だな。それで、あんたは俺に何を望む？」

「命は見逃してやる。外に控えている奴らも解散させる。だから、帝都から出て行け。おまえがいなくなれば、組長(ボス)も一線を越えずに済む」

「嫌だと言ったら？」

「殺す。この場で」

　一瞬、ライオスの身体(からだ)が、巨人の如(ごと)く膨れ上がったかのように錯覚した。それほどに強烈な殺気。これは店にいる全員で襲い掛かっても敵(かな)いそうにないな。

「わかった。帝都を出るよ。それでいいんだろ？」

「ああ、良い子だ。おまえほどの男なら、どこにいても大成するさ」

ライオスは立ち上がり、他の探索者（シーカー）たちに声を張り上げる。

「おまえら、迷惑を掛けて悪かったな！　詫（わ）びと言っちゃなんだが、今日の酒代は全部俺が立て替える！　後は好き放題飲み食いしてくれ！」

爽やかに事態を収拾し、颯爽（さっそう）と立ち去るライオス。あれがガンビーノ組（ファミリー）の若頭か。先代が傑物だったのは本当のようだな。でなければ、あんな男が今のガンビーノ組（ファミリー）に残るわけがない。もっとも、その胸中を思えば、同情心しか湧かないが。

「俺たちも店を出よう」

「わかった」

俺とアルマが席を立つと、周囲から冷たい視線が向けられる。当然だ。こんなトラブルを持ち込んだ奴なんて、他の探索者（シーカー）からすれば疫病神でしかない。ロイドとタニアを奴隷に堕（お）とした件も重なり、俺に突き刺さる視線には明確な敵意も混じっていた。

まあ、悪役（ヒール）になるのは元から覚悟の上だ。有象無象から嫌厭（けんえん）されようとも、何の問題も無い。優等生だからって誰かが助けてくれるわけでもあるまいし。

店の外に出ようとすると、ドアの近くにローガンが立っていた。

「本当に帝都を出るつもりか？」

「そういう約束だからな。俺の探索者（シーカー）業もここまでだよ。残念無念」

俺が肩を竦（すく）めると、ローガンは鼻で笑い、片頬を吊（つ）り上げる。

「吐（ぬ）かせ。おまえがそんな殊勝な男かよ」

で叩(たた)いてから外に出た。

　俺は何も答えなかった。ただ、同じように片頬で笑みをつくり、ローガンの肩を軽く拳で叩(たた)いてから外に出た。

　猪鬼(オーク)の棍棒亭の外にガンビーノ組(ファミリー)の組員はいない。ライオスが約束通り解散させたのだろう。周囲に人がいなくなると、アルマは興奮で頬を上気させた。

「すごい！　何から何まで、ノエルの言ってた通りになった！」

「まだ感心するのは早い。種は蒔(ま)いた。ここからが本番だ」

「わかってる。帝都に戻ってくるのは一週間後だっけ？」

「ああ、その予定だ。一週間後、帝都で落ち合おう。その間、アルマはどうする？　他の街に潜伏するのか？」

「山に籠って、戦いの勘を取り戻す。あの東洋人は、次こそ絶対に殺す」

「了解した」

　俺は頷(うなず)いたが、二人の再戦が叶(かな)うことはない。二人の実力は拮抗(きっこう)している。また戦えば、今度こそ相討ちになるだろう。それを認めるわけにはいかなかった。

「じゃあ、一週間後に」

「うん、一週間後」

　俺とアルマは拳を突き合わせ、その場を後にした。

　一人になった俺は、夜道を歩きながら内に秘めた闘志を呟(つぶや)く。

「ガンビーノ組（ファミリー）、丸呑（まるの）みにしてやるよ」

ノエル一味が帝都に戻ってきたのは、猪鬼の棍棒亭の一件から一週間後のことだ。その報せを受けたアルバートは、すぐに戦闘員を招集。二人をガンビーノ組が管理する住宅地へ追い込むよう指示する。

人がたくさん住む住宅地ではあるが、住民の全ては一時的に家を離れている。そうするよう、ガンビーノ組の組員たちが通達して回ったからだ。これで何が起こっても簡単には外に漏れない。

分厚い雲が月を覆い隠す夜、住宅地に追い込まれたノエル一味は、ガンビーノ組の屈強な組員たちに囲まれることになった。もはや、蟻一匹逃げる隙間も無い。

同じく招集されていたコウガは、その光景を眺めながら複雑な心境でいた。全ては今晩終わる。だが、結果がどうなるかは、火を見るよりも明らかだ。状況はあまりにも一方的。これから起こることは、完全にアンフェアな戦いである。

絶対の勝利を確信しているアルバートは、凄惨な殺戮ショーを開けることに舌なめずりをした。勝ち誇り、高らかな笑い声を上げる。

「ヒャハハハハハッ、馬鹿な奴だッ！　そのまま帝都を離れていればいいものを、わざわざ帰ってきやがって！　まさか、今さら謝って許してもらおうって魂胆じゃねぇだろうな？　駄目だ！　おまえたちは、ここで死ぬんだよッ！　ヒャハハハハハハァッ！」

楽しくて仕方がないという様子のアルバートに、ノエルは肩を竦める。

「品の無い笑いだ。おまえ、本当に育ちが悪いんだな。どれだけ親の遺産で身なりを整えても、中身がそれじゃ底辺丸出しだぜ？」

「てめぇの減らず口も、この状況じゃ心地好い歌にしか聞こえねぇなぁ。——おまえら、まずは二人の手足を折って動けなくしろ。すぐに殺すんじゃないぞ。夜は長い。じっくり楽しませてもらう」

アルバートは指を鳴らして、自分の軍団に開戦の合図を伝えた。ガンビーノ組の戦闘員たちが、一斉に襲い掛かる——そのはずだった——。

「……あ？　おまえら、聞こえなかったのか？　さっさと行けッ!!」

地団駄を踏み、改めて命令を出すアルバート。だが、組員たちは誰も動かない。コウガもまた動けない。

「ど、どうした!?　何故、誰も言うことを聞かねぇんだッ!?　ライオス！　これはどういうことだッ!?　説明しろッ!!」

アルバートは顔を真っ青にして取り乱し、若頭のライオスに詰め寄る。忠実な子分であるはずのライオスは、だが何も答えず溜め息を吐くだけだった。

「なっ、ど、どういうことだ……。一体、何が起こっている？」

呆然とするアルバート。静まり返った夜の街に、残酷な笑い声が響く。

「ハハハハハッ！　良い道化っぷりだな、アルバート・ガンビーノ！」

「な、なに!?……いや、まさか!?　てめぇが、これを仕組んだのか!?」

ノエルは答えず、ただ三日月のような笑みを浮かべている。

そう、これは完全にアンフェアな戦いだ。この一方的な状況を仕組んだのは、【話術士】ノエル・シュトーレンである。圧倒的に有利な状況にいたのは、強力な軍勢を持つアルバートではなく、たった一人の仲間しかいないノエルの方だった。

一体、何が作用して、こうなったのか？

コウガは、今日あったことを順に思い出していく。


ノエルが帝都から姿を消して一週間。大きくプライドを傷つけられたアルバートは、その行方を摑(つか)むために躍起となっている。組員の大半が動員されているが、見つかることはないだろう。若頭のライオスが、捜索班に見つけても報告しないよう陰で命じたからだ。

猪鬼(オーク)の棍棒亭で何があったかは、外に控えていたコウガは詳しく知らない。ただ、ライオスはノエルを捕らえることに反対のようだ。組員からの人望は、組長(ボス)のアルバートよりも、若頭のライオスの方が上。表向きはともかく、実際に優先される命令もライオスの方だ。つまり、ノエルは帝都を離れている限り、安全ということである。

捜索班に加えられなかったコウガは、日々アルバートから与えられる仕事をこなしていた。今日もまた、一つの仕事を終えた帰りである。

「コウガ、おまえ本当に強いよな」

同行していた組員が、感心したように言った。

「かなり強い奴だったのに、一瞬で仕留めるんだから驚いたぜ」

今日の相手は、ガンビーノ組が管理している建物に、勝手に立て籠もっている男だった。いわゆる占有屋である。元地下闘技場選手という経歴を持つ男は、【剣士】系Bランク職能の【剣闘士】で、なかなかの猛者ではあったが、コウガの敵ではなかった。

「腹減ったな。若頭が飯を奢ってくれるそうだから行こうぜ」

ガンビーノ組は、組長のアルバートこそ狂人だが、意外にも組員には若頭のライオスを筆頭に気の良い奴が多い。正確には、アルバートが組長になる前に入った者たちに限る。ここ最近に入った組員たちは問題児ばかりで、そいつらの起こした事件がガンビーノ組の風評を貶めることになっていた。

「おう、二人ともお疲れさん」

指定された店に入ると、ライオスが軽く手を上げた。複数のテーブルで、既に組員たちが飲み食いしている。コウガたちも席に着き、食事を始めた。

「コウガ、今の仕事には慣れてきたか？」

ライオスに尋ねられ、コウガは曖昧に頷く。

「……は、はぁ、まあ、ぼちぼちと」

「そうか。それは良かった。おまえは身分こそ奴隷だが、腕が立つ。このまま功績を積んでくれたら、俺の方から組長に掛け合って隷属の誓約書を回収してやるよ。そうすりゃ、おまえは自由だ」

「ほ、ほんまですか!?」

願っても無い話だ。これまで自由になることは何度も夢見てきたが、ずっと諦めてきた。それが叶うかもしれない。コウガは小躍りしたい気分になる。

「ああ、俺は嘘は吐かん。必ず、自由にすると約束しよう。それで、自由になった後だが、正式に盃を交わさないか？」

「それは……組の一員になれ、ちゅうことですか？」

「もちろん、強制じゃない。他にやりたいことがあるなら、その道を目指すべきだ。だが、もし組員になってくれるなら、俺が一生面倒を看よう」

コウガは悩んだ。決して悪い話ではない。どのみち自由になったところで、コウガにできることは刀を振るうことだけだ。将来のことを考えるなら、食いっぱぐれない保証が欲しい。アルバートのことは嫌いだが、ライオスのことは尊敬している。この男の下で働いてみたい、という思いがあった。

そう考えた時、ふと頭の中にノエルの顔が思い浮かんだ。あの男は、今どうしているだろうか？　本当にこのまま帝都には帰ってこないのだろうか？　一度考え始めると、そのことばかり気になってしまう。

「ノエルのことが気になるのか？」

ライオスに胸中を見透かされたコウガは、思わず背筋を伸ばした。

「い、いえ、そういうわけじゃ……」

「ふっ、隠さなくてもいい。おまえの言っていた通りだったよ。まだ若いのに、良い眼(め)をした男だった。おまえ、本当はあの男の下に付きたいんだろ？」

「ワシは……」

コウガが返答に困った時だった。突然、テーブルが激しく揺れる。

「若頭(アニキ)ッ！　俺はもう我慢できませんよ！　一体、いつまであの狂った男に従わないといけないんですか!?」

酔っぱらった組員だった。だが、様子が普通ではない。涙を流し、悔しそうに顔を歪(ゆが)めている。その手には、何故(なぜ)か竹とんぼが握られていた。

「これ、今日処理したガキが、ずっと大事そうに持っていたおもちゃです。まだ子どもなのに、あんなに酷(ひど)い姿にされて……。あんなの、血の通った人間ができることじゃねぇ……。なのに、俺はそいつの子分で……もうどうしていいか……」

組員は思いっ切り洟(はな)をすすり、涙ながらにライオスに訴える。

「なんとかしてくださいよ!?」

「落ち着け。後で話は聞く。他の客の迷惑になるから、ひとまず――」

「落ち着いてなんていられませんよッ!?　俺がガンビーノ組(ファミリー)に入ったのは、先代のような男の下で働きたかったからだ！　あんな狂人の下に付くとわかっていたら、この世界には入らなかったッ!!」

「落ち着けって言っているのが、わからねぇのかッ!!」

ライオスの店を震わせる一喝に、誰もが閉口する。

「……たしかに、最近の組長（ボス）には目に余るところがある。だが、だからといって、子である俺たちが親に立てついちゃいけねぇ。暴力団（ヤクザ）に入った以上、その掟（おきて）は絶対だ。手前勝手に変えていいものじゃねぇ」

「で、でも……」

「わかっている。組長（ボス）には俺から改めて諫言（かんげん）をする。今日のところは、それで収めちゃくれねぇか？　頼む、この通りだ」

ライオスは座ったままだが、深々と子分たちに頭を下げた。

「わ、わかりました！　だから、頭を上げてください！」

格上の若頭に頭を下げられてしまっては、もう子分が四の五の言うことはできない。この場はこれで収まった。だが、それは表面上のものでしかない。新参のコウガにも、他の組員たちが白け切っているのがわかった。不意に、そんな状況を嘲るような声が上がる。

「おやおや、揉め事（もめごと）か？　仲間割れは良くないぞ」

その声の持ち主を認めた途端、全員に緊張が走った。

「ノエル・シュトーレン!?　何故、おまえが!?」

一週間前に帝都を出たはずのノエルが、悠然とコウガたちの前に立っていた。それどころか、恐れることなくライオスの向かいの席に座る。その視線は一瞬、組員の持っている竹とんぼに向かったが、すぐに正面のライオスへと切り替えられた。テーブルを挟んで交わされる、ノエルとライオスの視線。ライオスは動揺しながらも、若頭の威厳を保ちながら口を開く。

「おまえ、なんでここにいる？　帝都を出たんじゃなかったのか？」

「約束通り出たさ。一週間だけな。バカンスでリフレッシュしてきたよ」

「バカンスだぁ？……自分が何をやっているのか、わかってんだろうな？」

気色ばむライオスに、だがノエルは余裕の笑みを浮かべた。

「あんたの方こそ落ち着けよ。何もここで事を構えようってわけじゃないんだ。俺はただ、バカンスの土産を渡しに来ただけださ」

ノエルが懐から取り出したのは一枚の古びた羊皮紙。それを丁寧に広げ、ライオスに見えるようにテーブルに置く。

「この羊皮紙が土産？　一体、どういう………なぁっ!?」

その紙面を読んだライオスは、驚愕（きょうがく）で眼を見開いた。

「なんだ？　何が書かれているんだ？」

ライオスの反応に好奇心を刺激された組員たちが、我先にとテーブルに集まる。コウガも例外ではない。そんな組員たちに、ライオスは慌て出す。

「ば、馬鹿野郎！　勝手に見るんじゃねぇっ！　あっちへ行くんだ！」

だが、全てはもう手遅れだった。

「う、嘘だろ……」

「マジかよ……」

「……俺たちは、ずっと騙されていたのか？」

「ふざけんなよ、なんだよこれ……」

組員たちは異口同音に驚愕と失望、そして怒りを口にする。正式な組員でないコウガにも、彼らの気もちは痛いほどに理解できた。この紙は――ここに書かれている情報は、爆弾だ。それも、とびっきり強力な。

「お気に召して頂けたようだな」

「てめぇ、こんなことして、覚悟はできてんだろうなぁ？」

「ズレているぞ、若頭。俺に凄む前に、やることがあるだろ」

ノエルが顎で示した先には、物申したげな組員たちの顔が並んでいた。

「若頭は、このことを知っていたんですか？」

言ったのは、涙を流して歪んだ現状を訴えた組員だった。

「……いや、俺も今知ったばかりだ」

「そうですか、俺は若頭の言葉を信じます。でも、この事実は放っておけませんよ。これは、あまりにも酷い」

「待て！　簡単に場に呑まれるな！　よく考えろ！」

「考えるまでもないでしょうっ!?　組長は先代の私生児だったんじゃないんですか!?　なのに、なんでこの出生届には、他の父親の名前が書かれているんです!?」

ノエルが持ち込んだ爆弾の正体は、アルバートの出生届だった。行政が戸籍管理のために、全ての国民に義務付けている出生届。厳重に管理されているはずの、その原本を、いかなる手段を用いたのか手に入れてきたのである。

本来、私生児だった場合、父親の欄は空欄で提出するのがルールだ。だが、アルバートの出生届には、確かに父親の名前が書かれている。しかも、先代ではなく、全く別の男の名前が。つまり、アルバートは、正式に婚姻関係にあった夫婦から産まれた子ども、ということになる。

偽造された文書には見えない。いや、仮に偽造されたものだとしても、これは事実だろう。組員たちも、それをわかっている。コウガは先代のことを話でしか聞いていないが、やはりアルバートとは似ても似つかない傑物だからだ。

誰もが心に抱いていた疑惑。それを爆発させた紙は、爆弾というよりも起爆剤と言うべきなのかもしれない。

「先代は、義賊と言われるほど義理と人情に生きた男だった」

ノエルは淡々と話し始める。

「だが、女癖が悪かった。各地で愛人をつくり、その全員と男女の関係を持った。アルバートの母親も、その一人だ。後に別の男と結婚しアルバートを産んだが、旦那はまだ幼いアルバートに暴力を振るった。一計を案じた母親は、かつての恋人である先代を頼った」

「まさか……」

「その、まさかだよ。母親は先代に、こう言ったんだ。この子は、あなたの子どもです、と。だから助けて欲しい、と頼み込んだ」

「せ、先代は、それを信じたのか？」

「いや、信じなかっただろうな。何故なら、先代は種無しだからだ」

ノエルが新たに明かした真実に、周囲の空気が凍り付く。

「先代には子どもができないんだよ。だが、義理と人情に生きる先代は、母親の頼みを聞くことにした。ひょっとしたら、単に後継者が欲しかっただけなのかもしれない。とにかく、幼いアルバートは先代の信頼できる知人に託された。そして母親は、旦那の無理心中によって亡くなった」

「な、なんで、そんなに詳しいんだ？　おまえは先代を知らないだろ？」

組員の一人が当然の疑問をぶつける。

「帝都には優秀な情報屋がいてね。そいつに頼んだのさ。俺も情報の真偽を確かめるために、現地を訪れて当時を知る者たちに話を聞いて回った。出生届を手に入れたのも、その時だ」

「じゃあ、組長(ボス)と先代に血縁関係が無いのは、確定じゃないか……」

「だから、どうした？」

　黙って話を聞いてたライオスが、有無を言わせない口調で言った。

「血縁関係が無くとも、互いが認めれば親子だ。先代は、今際にアルバートさんを後継者と認めた。なら、それ以上必要なものなんてねぇ」

「たしかに、その通りだ。だが、人にとって血縁という絆が重要な価値を持つのも事実。アルバートが組長として認められてきたのは、組員たちが先代の血の繋がった息子だと信じてきたからだ。それが偽りだったと知った今、組員たちの心は大きく揺れている。

「そうは言うが、このまま今までのように忠誠を誓うのは難しいだろ？」

「おまえが決めることじゃない。話はそれだけか？」

　ライオスは立ち上がり拳を鳴らした。ノエルを殺すつもりだ。コウガは一瞬、腰の刀に手を掛けそうになった。

「その通り。俺が決めることじゃない。あんたら組員が決めることだ。そして俺には、その手助けができる」

「……手助けだと？」

　上手い。こんな順番で情報を出されては、ノエルを殺す気のライオスも話を聞かざるを得ない。ノエルにとって敵地であるはずの場が、言葉巧みに掌握されつつある。

「俺の提案はこうだ――」

　その話を聞いたライオスは、殺意を引っ込め面白そうに笑う。

「たしかに、良い案だ。だが、俺が乗ると思うのか？」

「乗るさ。何故なら――」

ノエルは立ち上り、ライオスに囁きかける。瞬間、ライオスの顔が大きく歪んだ。それは、ライオスが堕ちた瞬間だった――。

もはや、ガンビーノ組の組員は、アルバートの命令を聞くことはない。ライオスに心酔する者たちは義によって、アルバート派の子分たちはライオスへの恐怖によって、命令を無視する手筈になっている。

ずっと押し黙っていたライオスが、ゆっくりと口を開いた。

「組長に二つ聞きたいことがあります」

「……な、なんだ？」

「まず、あなたは先代の実子ではありませんね？」

「は、はぁ!?　何を言って――」

「もう一つ。先代が病死するよう毒を盛ったのは、あなたですね？　血縁関係に無いあなたが、他の候補が出る前に、確実に後継者になるためです」

「ば、ばばば、馬鹿な!?　一体、おまえは何を言っているんだ!?」

アルバートは狼狽し、何一つまともに答えなかった。だが、その反応を見る限り、やはり全て本当のことだったらしい。

「そうですか……。やはり、そうだったのか……」

ライオスは深々と溜め息を吐き、険しい表情となる。

「アルバート、俺たちはもう、あんたには従えない」

「なに!? どういうことだ!?」

「あんたには義理も人情も無い。そんな奴を担ぎ続けることは無理だ」

「ふざけるなッ!! 俺を跡目に指名したのは先代だぞ!!」

「殺した張本人がそれを言うのか? つくづく救えない男だな……。だが、あんたの言うことも一理ある。だから、漢を見せるチャンスをやろう」

ライオスはノエル一味を指差した。

「あいつらと一対一で決闘しろ。それに勝てば、あんたを正式なガンビーノ組の組長と認める」

「け、決闘、だと!?」

「あんた自身が戦う必要は無い。代理決闘者を立てることを許す。この中から好きに選べ。そいつは、あんたの代わりに死力を尽くして戦う」

これが、ノエルの提案した手助けだった。決闘相手となることで、アルバートに漢を見せる機会を与えてやる、と言ったのだ。

ノエルにとっては、邪魔な軍勢を排除し、アルバートだけを狙う計画に過ぎない。だが、ガンビーノ組の組員たちにとっては、アルバートの器を測る良い機会となる。先代の死の真相によって、アルバートに失望したライオスには断る理由が無かった。

「そんなもん、誰がやるかッ!!　俺はアルバート・ガンビーノだッ!!　てめぇらの言うことなんざ聞く必要ねぇッ!!」

往生際の悪いアルバートは必死に吠えるが、その眼には諦めの色も滲んでいた。どれだけ喚いてもどうにもならない。そんなことは子どもにもわかることだ。

「いい加減、腹を括りなさいな。同じ直参として、超恥ずかしいんだけど」

胡散臭い喋り方の、呆れたような声。その声がした方を見ると、派手な紫の服を着た男が、数人の屈強な男を従えて立っていた。

「ば、馬鹿な……。フィノッキオ・バルジーニ、だと……?」

†

「あら、呼び捨て？　フィノッキオお姉ちゃんって、呼んでくれないの？　同じ直参でも、盃の格はアタシの方が上なんだけどなぁ～?」

「な、なんで、あんたがここに……」

「なんでって、決闘の立会人を務めるために決まってるじゃない」

「立会人だと!?」

自分が賢いと勘違いしている馬鹿を嵌めることほど、気もちの良いことはない。ただでさえ子分たちの裏切りに泡を食っていたアルバートは、フィノッキオの登場によって、もはや過呼吸で死んでもおかしくないほど動転していた。

フィノッキオを呼んだのは俺だ。決闘の立会人を務めてくれるよう頼んだ。同じルキアーノ組(ファミリー)の直参であるフィノッキオにとって、ガンビーノ組(ファミリー)は仲間であると同時に商売敵。何のリスクも背負わず潰せると聞けば、立会人ぐらい引き受けてくれるだろうとわかっていた。

なにより、ガンビーノ組(ファミリー)は、例の覚醒剤のせいで本家の厄介者となっている。先代の功績のおかげで見逃されてきたが、内心ではすぐに制裁したかったはず。フィノッキオが立会人を務めれば、実質的に自分の功績となるため、ますます断る理由は無い。

案の定、フィノッキオは二つ返事で引き受けてくれた。その際に俺から出した条件は、五千万フィルの報酬だ。アルバートが組長(ボス)の座を追われれば、ガンビーノ組(ファミリー)の跡目は自動的に若頭のライオスとなる。だが実際には、この決闘を仕切ることになるフィノッキオが、自身の管理下に置くことになるだろう。

ガンビーノ組(ファミリー)の年商は約三十億フィル。それを管理できるとなれば、五千万フィルなんて端金(はしたがね)もいいところだ。大金を吹っ掛けることもできたが、フィノッキオの不興を買うことは得策ではない。仮に認めてもらえたとしても、それは正当な取引ではなく借りとなってしまう。暴力団(ヤクザ)に借りをつくるのは危険だ。だから五千万フィル。これが限界。

「そ、そうか……わかったぞ!!　おまえが黒幕だったのか、気狂い道化師(マッドピエロ)ッ!!　俺を陥れるために、おまえが裏で操っていたんだなッ!?」

勘違いしたアルバートは、したり顔でフィノッキオを指差す。身に覚えの無い話に、フィノッキオは気の抜けた溜め息を吐いた。

「違うわよ、お馬鹿さん。アタシは何にもしてないわ。アンタを嵌めたのは、そこにいるノエルちゃん。アンタは、あの子の手の平の上で踊っただけ」

「嘘だ、信じないぞッ!!　あんなガキが俺を嵌めたなんてありえねぇッ!!」

「知らないわよ、そんなこと。アンタが馬鹿だっただけでしょ」

フィノッキオは冷たく突き放し、やれやれと首を振る。

「てかさぁ～、アタシってこのあと娼館の方にも顔を出さないといけないから、スケジュールがタイトなのよね。だから、さっさと代理決闘者を選んでよ。まあ、別にアンタが戦ってもいいけど。そしたら、すぐに終わるだろうし」

「俺は決闘なんて認めてねぇぞッ!!　勝手に話を進めるんじゃゃ――――」

「この期に及んで、ごちゃごちゃ吐かしてんじゃねぇぞゴミ虫がッ!!　てめぇも直参なら、いい加減に覚悟決めんかいボケェッ!!　これ以上、このオレの前で無様晒すようなら、相応の覚悟はできてんだろうなぁッ!?　あァっ!?」

豹変したフィノッキオの大喝。アルバートは恐怖で震え上がった。

「……く、くそっ！」

そして、ついに観念し、項垂れるように頷く。

「……わかった、決闘をする。その代わり、約束しろ。俺が選んだ奴が勝てば、あんたが俺をガンビーノ組の組長だと認めると」

「構わないわよ。それどころか、探索者専用酒場に大勢の子分を引き連れて乗り込んだことも許してもらえるよう、会長に頼んであげる」

「……なに？」

「あれ、まずかったわよ。軽々しく全ての探索者に喧嘩を売ろうとしたどころか、アンタはノエルちゃんに騙されて泣きながら逃げ帰ったそうね？　会長、すっごく怒ってたんだから」

「ぐぅっ……」

悔しそうに奥歯を噛み締めるアルバート。必死に癇癪を抑え込み、代理決闘者を選ぶため、組員たちを見渡す。長く悩んだ末、一人の男を指差した。

「コウガ！　おまえだ、おまえが俺の代わりに戦え！」

予想通りの選択だ。本当ならライオスを選びたかったに違いない。だが、今のアルバートがライオスを信用するのは不可能だ。もし、ライオスがわざと負けてしまえば、その時点で終わり。となると、信用できるのは、隷属の誓約書によって縛っているコウガだけだ。

アルバートの呼びかけに応じたコウガが、俺たちの前へと出てくる。

「ノエルの言ってた通り、東洋人が出てきた。これで、あいつを殺せる」

アルマは禍々しい殺気を放ち始める。だが、再戦させるつもりはない。俺は前に出ようとするアルマの首根っこを掴み、後ろに引き戻した。

「ぐえっ!?　な、なにするの、ノエル!?」

「悪いな。あいつとは俺がやる」

「はぁっ!?　何言ってるの!?　ノエルが勝てるわけがない！　それは身を以って知っているはず！」

　その通り。普通にやれば俺は絶対に勝てない。だが、頂点を目指す俺の道に、敗北の汚点は残さない。あってはならない。

「終わったら今度こそ飯を奢ってやるから、大人しく待ってろ」

「その前に、ノエルが死ぬから!?」

「そう思うか？」

「誰が考えてもそう！」

「なら、おまえもまだまだ半人前だな」

「はぁ？　あ、ちょっと！」

　納得してないアルマを押し退け、俺は戦闘用覚醒剤を飲みながらコウガの前へと進む。アルマには悪いが、こうなってしまえば決闘者の変更はできない。

　コウガとは、俺が決着をつける。

「三度目の正直、ってやつだな」

　雨が降り始めた。濡れた前髪から雫が伝い落ちる。互いに対峙し、俺が笑うと、コウガも嬉しそうに頬を緩めた。闘志を新たにするコウガ。その威圧感は以前よりもずっと重く、また刃のように鋭く研ぎ澄まされている。

「へぇ、やる気満々じゃないか。アルバートごときの代理決闘者にされて、面倒にならないのか？　勝っても、おまえには何の得も無いぜ」

「あんな小物はどうでもええ。ワシは、おどれと戦えることが嬉しいんじゃ」

「一度勝った相手に大した期待だな」

「一度負けた相手が、こうやって再戦を望んどる。そん意味ぐらい、頭の悪いワシにもようわかっとるわ。あるんじゃろ、策が？　それが楽しみなんじゃ」

「はっ、うちの馬鹿よりも賢いじゃないか。なら、わかっているな？　手加減はしない。おまえも、全力で殺しにこい」

「応。もう迷わん。これが、三度目の正直じゃ」

コウガは鞘に納まったままの刀に手を掛け、深く腰を落とした。それはアルマとの戦いで見せた構え。帝都を離れている間、鑑定士協会の支部で【刀剣士】のことを調べたところ、やはりスキルを発動するために必要な構えだった。

刀剣スキル《居合一閃》。抜刀した際の攻撃速度と威力が5倍になるスキルだ。迂闊に間合いに入ってしまえば、成す術も無く両断されることだろう。

だが、恐れるには値しない。種は既に蒔いてあるのだから――。

「これが最後だ。戦う前に、一つ良いことを教えてやろう」

「なんじゃ？　言うてみ」

「しつこい油汚れは、オレンジの皮でこするとよく落ちる」

「は、はぁ？　一体、何の話――っ!?」

コウガが首を傾（かし）げた瞬間、俺は走り出していた。互いの距離は既に肉薄している。不意を突いたことで、コウガは反応するのが遅れた。それだけではない。俺が一気に間合いを詰めたことで、コウガは俺に策があるのだと警戒し、身体（からだ）を強張（こわば）らせてしまった。

ガンビーノ組（ファミリー）を手の平の上で転がすような男が、全くの無策で一度負けた相手に挑むはずがない、という先入観。それが、俺の蒔いた種だ。無意識の思考がコウガを縛る。

刀剣スキル《居合一閃（いあいいっせん）》を発動するために必要な条件は、納刀状態から一息に抜き放つこと。一方的に間合いを詰められたコウガは、そのタイミングを完全に逃していた。今から抜刀しようとしても、スキルが発動する前に俺は懐へ入ることができる。

だが、コウガの思考は柔軟だった。抜き放つよりも先に懐に入られると悟った瞬間、即座に持ち手を逆手へと変える。そして、半分ほど抜刀し構えた。完全に抜刀するのではなく、その状態で俺を押し切るつもりだ。

やるな。刀の柄頭（つかがしら）を手で押さえることで完全に抜刀を防ぐつもりだったが、計画を変えるしかない。俺は低い姿勢でコウガに突進しながら、右腕で首と頭をガードした。

「右腕はくれてやる！」

腰を回転させながら押し当てられる刃が、俺の右腕を骨の中ほどまで断つ。薬のおかげで痛みは無い。筋肉を収縮させ刀を搦め捕る。

「なっ、おどれ!?」

驚愕に眼を開くコウガ。その顎を、俺の左手による掌打が打ち抜く。

「がっ!?」

脳を揺らすことに成功した。気絶こそしていないが、コウガは掌打の勢いに耐え切れず仰け反る。俺は追撃をするため、脚に力を込めた。

祖父——不滅の悪鬼から教わった対人戦闘技術には、敵の胸を拳で強打することにより心臓震盪を引き起こす術がある。だが、格上が相手であった場合、殴った際の威力が足りず不発する可能性が高い。だから不滅の悪鬼は、一つの技を考案した。

俺は跳躍し一回転する。回転によって生まれた遠心力を乗せ、鎧に守られたコウガの心臓目掛けて蹴撃を解き放つ。不滅の悪鬼が考案した、スキルに頼らない対人戦闘技術の最強奥義。その名は——

「轟雷」

回転蹴りが直撃した瞬間、その名の通り落雷のような凄まじい音がした。腕の筋力に倍する脚を使った打撃は、過つことなく一時的な心停止を引き起こす。

「……かっ……はっ………」

頽れ倒れ伏すコウガ。まともに戦えば、絶対に勝てない相手だった。だが、状況さえ整えれば、勝てない相手などいない。これが俺の極めるべき道だ。

「カァァァッ……」

コウガに向かって構えたまま、深く呼吸をする。――残心。敵を倒しても、すぐに臨戦状態は解かない。やがて、フィノッキオが高らかに叫んだ。

「勝負有りッ!! 勝者、ノエル・シュトーレンッ!!」

その勝利宣言に、割れんばかりの歓声が巻き起こった。


「ノエルは本当に馬鹿」

決闘が終わり、俺は身体を休めるために無人の民家に入った。雨足は強まり、窓を激しく叩いている。コウガに切断されそうになった右腕は、回復薬のおかげで治りつつある。安静にしていれば、明日には元通り動かせるようになるだろう。

「ノエルは本当に馬鹿」

戦闘系覚醒剤の反動も、思ったよりは少なかった。ただ、これは体内に耐性が作られ始めた結果でもあるので、次に使っても望む効果は得られないかもしれない。

「ノエルは本当に馬鹿」

「……うるさいなぁ。三回も言うな」

無視していたアルマは、怒った顔で俺を見ている。

「ボクに任していたら、そんな大怪我をすることもなかった。本当に馬鹿」

「……はぁ、勝ったんだからいいだろ?」

「そういう問題じゃない。ボクはノエルの仲間で、戦うことが役目。ノエルの役目は司令塔でしょ？　仲間の役割を奪わないで」

　珍しく真面目な顔で見据えられてしまい、流石に罪悪感が湧いてくる。

「……悪かったよ。もう二度としない」

「本当？　約束できる？」

「約束するよ。祖父に誓う」

「なら、信じる」

　アルマは表情を和らげ、穏やかに笑った。

「これからは、ちゃんとお姉ちゃんを頼りなさい」

「だから、おまえは俺のお姉ちゃんじゃ……まあ、いいや……」

　それにしても疲れた。凄く眠い。少し仮眠を取るかな。

「そういえば、アルバートが逃げたんだって」

「ええっ!?」

　一気に眠気が吹き飛んだ。

「逃げたって、どういうことだよ!?」

「ノエルが勝って皆が盛り上がっていた時、どさくさに紛れて逃げたみたい」

「おいおい、まずいだろ、それ」

「大丈夫。ガンビーノ組が総出で捜しているから。すぐに見つかる」

アルマの話を聞き、俺は胸を撫で下ろした。

「そうか、ならいいんだ。……チェルシーも浮かばれるだろう」

「チェルシーって？」

「なんでもない。忘れてくれ」

不意に家のドアがノックされる。

「誰だ？」

「ライオスだ。入っていいか？」

俺はアルマと顔を見合わせてから返事をした。

「構わない。入ってくれ」

家の中に入ってきたライオスは、あの太い笑みを見せる。

「見事な戦いだった。おまえこそ本物の漢だ」

「それはどうも」

「おまえには迷惑を掛けたな。すまなかった」

「気にすることはない。アルバートはもう終わりだ。それで気は晴れた」

「そうか……。何か困ったことがあったら、いつでも言ってくれ。ガンビーノ組は、おまえのために戦ってやる」

「暴力団の助けなんていらん」

利用するならともかく、借りを作るのは駄目だ。関わり方を間違えてしまっては、俺が暴力団(ヤクザ)に利用される立場に成り下がってしまう。

「ははは、それは正しいな」

ライオスは踵(きびす)を返した。顔が見えない背中越しに言葉を続ける。

「おまえの漢が、俺の憧れた人を思い出させてくれた。ありがとう、ノエル・シュトーレン。この恩は一生忘れない」

ライオスが去ると、今度はフィノッキオがやってきた。

「ノエルちゃん、お疲れ～。ちょ～っと話があるんだけど、いい？」

ゆっくり休みたいのに忙(せわ)しないったらない。だが、追い返すわけにもいかないだろう。フィノッキオを立会人として呼び出したのは俺なのだから。

「何の話だ？　できれば手短に頼む」

「わかってるってば。アタシもこのあと予定があるしね。ただ、二人だけで話したいから、彼女には席を外してもらえるかしら？」

「……わかった」

俺が目配せすると、アルマは家から出ていく。

「それで、話ってなんだ？」

「まどろっこしいのは嫌いだから、単刀直入に言うわ。ノエルちゃん、うちの組(ファミリー)に入りなさい。悪いようにはしないわ。なんだったら、ガンビーノ組(ファミリー)を任せてもいい。アナタなら、組員たちも納得するでしょう」

「俺が暴力団の組長に？」

急過ぎる現実味の無い話に、俺は噴き出してしまった。

「ははは、本気かよ？　俺はまだ十六のガキだぜ？」

「年齢は関係ないわ。大切なのは漢の器。それは探索者も同じでしょ？」

「まあな。だが、その話は前に断ったはずだぞ？」

「そうね。だから、改めてお願いしているの」

「……何度勧誘されても、俺の答えは変わらないよ」

「どうしても？」

「どうしても、だ」

俺が断言すると、フィノッキオは肩を落とした。

「そっか。意志は固いのね」

「悪いな」

「いいのよ。その答えは予想できたから」

フィノッキオは姿勢を正し、俺に向かって微笑む。

「ねえ、ノエルちゃんは、アタシの職能を知っていたっけ？」

「……いや、戦闘系職能だということしか知らないな」

「じゃあ、せっかくだから教えてあげる。アタシの職能は、【斥候】系Aランクの、【断罪者】。直接的な戦闘能力は他の前衛に劣るけど、色々な特殊スキルを持っているの」

「……へぇ」

「これが見世物としても優れていてね、余興で披露することもあるのよ。ちょっと準備するから見ててね。ちゃららら～」

鼻歌を歌いながら、胸のポケットからハンカチを取り出すフィノッキオ。それを仰々しい身振りで、何もない手の平の上に乗せる。

「ちゃらら～ら、ちゃら～ら～らら～、はい！　ここからは、瞬き厳禁よ！　ワン、トゥ、スリー！　ジャッ、ジャ～ン！」

ハンカチをどかした手の平の上には、得体の知れない赤い物が乗っていた。一見すると果物のようでもあるが、それにしてはグロテスクで気味の悪い形だ。しかも、どくんどくんと脈動している……。

「これ、何だと思う？　これね、ノエルちゃんの心臓」

†

俺は咄嗟（とっさ）に自分の胸に手を当てた。

「……鼓動が、無い」

あるはずの心臓の脈動。それが全く感じられない。全身から一気に汗が噴き出す。いや、冷静になれ。本当に心臓が無くなっていたら、とっくに死んでいる。なら、これは幻覚の類か？【話術士】には精神異常への耐性があるが、格上であるフィノッキオなら幻覚を見せることも可能だ。

だが、直感が告げていた。これは幻覚の類ではない、と。

「取り乱さず冷静に状況を確認できるなんて、流石ね」

「……おまえ、俺に何をした？」

「これ、《神罰覿面》ってスキルでね、アタシのお願いを対象が連続で二回断るっていう発動条件を満たすと、その心臓を強制的に抉り出すことができるの」

「対人特化の即死スキルか……。だが、俺はまだ生きている」

「空間を超えて、アナタと繫がっているからね。アタシがアナタから五メートル以上離れるか、あるいは握り潰すかすれば、即死だけれども。つまり、文字通り命を握っているってわけ」

フィノッキオは微笑を浮かべながら、俺の心臓を愛おしそうに撫でる。痛みこそないが、全身に吐き気を催す悪寒が走った。

「ノエルちゃん、アナタって少しばかり……ううん、洒落にならないレベルで、優秀過ぎるのよね。とても十六のガキには思えないわ。これはオカマの勘だけど、アナタはいつかルキアーノ組に災いをもたらす。そう、確実にね」

「だから、災いの芽は早いうちに摘もうってことか」

「その通り。でも、アタシも鬼じゃないわ。最後のチャンスをあげる。ノエルちゃん、ルキアーノ組の盃を受けなさい。そうしたら命は取らないであげる」

「なるほど。それは、お優しいことで……」

俺は思考を巡らせ、この状況を打開する策を考える。身体は先の戦闘でまともに動かない。仮に動けたところで、Aランク相手には逃げることさえ叶わない。《思考共有》でアルマを呼ぶか？　いや、アルマでもフィノッキオには勝てない。アルマに頼んで、ライオスを呼んでくるのはどうだ？　同じAランクなら、フィノッキオを無力化することは可能だろう。

問題なのは、下手に事を荒立てれば、フィノッキオは確実に俺の心臓を握り潰す、ということだ。このオカマが、他者の乱入を許すほど間抜けなわけがない。なら、どうする？　フィノッキオの脅しに屈するのか？

「……ふっ、ありえないな」

俺はよろめく身体を押して立ち上がり、フィノッキオに歩み寄った。

「心臓を取り戻すつもり？　言っておくけど、アタシとアナタの戦力差じゃ、そんなこと逆立ちしても無理よ。億に一つ取り返せたとしても、それで終わり。アタシがスキルを解除しない限り、心臓はアナタに戻らないわ」

「フィノッキオ・バルジーニ、おまえは正しい」

「は？　何言ってんの？」

首を傾げるフィノッキオに、俺は更に歩み寄る。

「俺は、いずれ探索者(シーカー)の頂点に立つ男だ。そうなった後では、いくらルキアーノ組(ファミリー)だろうと手は出せない。だから、殺すなら今だ」

「ちょ、ちょっと！　急に近づかないでよ！　アタシが心臓落としても、アンタ即死なのよ！　わかってんの!?」

「俺を殺すんだろ？　やれよ。やってみろ」

　もう一歩前へ。

「だが、忘れるなよ。俺を殺した瞬間、おまえはルキアーノ組(ファミリー)の直参、バルジーニ組(ファミリー)の組長(ボス)としての矜持(きょうじ)を失うことになる」

「な、なんですって？」

「将来的に厄介な奴(やつ)は弱いうちに殺す。それは弱肉強食の世界じゃ正しいことだ。だが、漢のすることじゃねぇよな？　言い換えれば、ビビってるってことなんだからよ。そこに、漢の器(ハート)はあるのか？　答えてみろ、フィノッキオ」

「ア、アンタ……よくもこの状況で……」

　怒りと困惑で顔を痙攣(けいれん)させるフィノッキオ。互いの身長差は頭一つ分あり、背の低い俺はフィノッキオを見上げる形だ。だが俺は一歩も退(ひ)かず、フィノッキオを睨(にら)み付ける。

「俺の王は俺だけだ。俺は、誰にも縛られない」

「くっ、ア、アンタ……」

　その瞬間、フィノッキオは一歩下がった。下がってしまったことに、信じられないとい

う形相をする。

「こ、このアタシが……胆で負けた……ですって？」

呆然としていたフィノッキオは、やがて声を上げて笑い始めた。

「アハハハハハハッ！　もう、ノエルちゃんったら、怖い顔！　冗談よ、冗談！　アタシがノエルちゃんを殺すわけないでしょ？　はい、余興はお終い！」

心臓を持っていた手をひっくり返すと、俺の身体に脈動が走った。確かな生きている証。

どくんどくん、という鼓動が胸の奥で休まず打っている。

「ごめんね、驚かせちゃって。じゃあ、もう行くわ。バイバ～イ！」

ドアへと向かうフィノッキオは、去り際にドスの利いた声で呟いた。

「吐いた唾呑み込むんじゃねぇぞ、糞ガキ。このオレを胆で負かした男が、頂点を取らずに終わるなんて絶対に許さねぇからな」

「当たり前だ。おまえは黙って見てろ」

雨が降りしきる中、フィノッキオは花びらのようなフリルがあしらわれた紫の傘を差し、しかめっ面で黙々と歩いている。後ろに従う屈強な子分の一人が、溜め息混じりに口を開いた。

「組長、本当に良かったんですか？」

「はぁ？　なにが？」

「ノエルのことですよ。あのまま野放しにして、後で問題になりませんか？」

「知らないわよ、そんなこと！　なるようにしかならないでしょ！」

拗ねた口調で答えたフィノッキオは、不意に足を止めて肩を落とす。

「……やっぱ、まずかったわよね？」

「まずかったですよ。絶対に後で困ったことになりますって」

「そうなのよねぇ……。アタシの勘って本当に当たるから……」

「今から殺しに戻りますか？」

「そ、そんな、恥ずかしい真似、できるわけないでしょうが！」

理性とは裏腹に、どうしてもノエルを始末する気になれないフィノッキオ。だが、そんな組長の姿に、子分は失望するよりも微笑ましいものを感じていた。

「組長、そんなにノエル・シュトーレンは良い漢でしたか？」

出し抜けに質問されたフィノッキオは、苦虫を噛んだような顔となる。

「ま、まあ、歳の割には腹が据わっていて、良い漢だったわ……。本当は弱っちぃ癖に、一生懸命頑張っていてさ、見ていて応援しちゃいたくなるところもあるわよ……。で、でもね！　あんなチンチンついているんだかついてないんだかわからないような顔の男、全然好みじゃないんだからねっ!!　アタシが好きなのは、ダンディなオジサマなんだからッ!!」

「組長……」

「このアタシが、あんなガキに惚れるわけないでしょうがッ!!　ア、アンタ、一ヶ月減給よ!!　減給ッ!!」

「はああぁぁぁあああっ!?　アンタ、何言ってんの!?　ぶっ殺すわよ!!　このアタシが、あんなガキに惚れるわけないでしょうがッ!!　ア、アンタ、一ヶ月減給よ!!　減給ッ!!」

そんな騒々しい会話をしていた時、別の子分が現れた。

「組長、アルバートを捕まえてきました」

道端に放り出されたのは、全身泥だらけとなったアルバートだ。あの暴君振りから一転して、まるで子犬のように震えている。

「あらあら、アルバートちゃん。すっかり汚くなっちゃったわね」

「ひ、ひぃっ、フィ、フィノッキオ！」

「お姉ちゃん、でしょ？ あ、でも、もうウチの関係者じゃないから良いのか」

「た、たたた、助けてくれ!! 嫌だ、俺は死にたくない!!」

無様に命乞いをするアルバートに、フィノッキオは氷のような眼をした。

「片や心臓を握られても誇りを失わない漢の中の漢、片や守る誇りすら持たないゴミ、ても同じ男とは思えないわね。……そんなに死にたくないの？」

「死にたくない!! 助けてくれるなら、なんでもする!!」

「じゃあ、助けてあげる」

「ほ、本当か!?」

「ええ、構わないわよ」

フィノッキオの顔に、凶兆を含んだ笑みが現れる。

「ウチの養豚場で飼ってあげるわ」

「……よ、養豚場、だと？」

「ええ、養豚場。手足を斬り落とすから、豚さんと同じように歩きなさい。ウチの種豚ちゃんの相手もしてもらうわ」

「な、なななっ……」

あまりにも残酷な扱いに、アルバートは言葉を失った。

「ああでも、豚ちゃんって雑食だから、アルバートちゃん食べられちゃうかもね。その時は、ごめんね。せいぜい、種豚ちゃんのご機嫌を取りなさいな」

「ふ、ふふふ、ふざけるなッ!!　お、おい、やめろ!!　俺に触るな!!　放せ!!　放せえぇッ!!　やめろおおおぉぉッ!!」

フィノッキオの子分に問答無用で担ぎ上げられたアルバート。その肩の上で必死にもがき、助けを求めて叫ぶが、彼を助ける者は誰もいない。

「種豚ちゃん、新しい恋人を喜んでくれるかしら？」

頬に片手を当てながら首を傾げるフィノッキオ。その口元の歪(ゆが)みは、まさしく気狂い道化師(マッドピエロ)の笑みだった。

決闘の後日、俺の口座にフィノッキオから五千万フィルが振り込まれていた。あんなことがあった後だ。報酬を渡すのに何か条件でも付けてくるかと思っていたが、何も無かった。そういうところは、律義なオカマである。

五千万フィルの内、三千万フィルは《死霊祓い(エクソシスム)》の技術習得書(スキルブック)を購入するために使った。約束通り金を用意した俺に、件(くだん)の店主はいたく驚いていたが、同時に嬉(うれ)しそうでもあった。

それと、フィノッキオにオマケとして頼んでいた品も届いた。銀色の指輪と血文字が書かれた皮紙。コウガを縛っている隷属の誓約書だ。

「さて、これでおまえの所有者は俺になったわけだ」

俺は足を組んで椅子に座り、皮紙をひらつかせた。星の雫(しずく)館に借りている一室。今ここには、俺以外に二人の人間がいる。不機嫌そうな顔のアルマと、無表情で立っているコウガだ。

「だが、はっきり言おう。俺は奴隷なんざいらん」

「じゃったら、なんでそれを手に入れたんじゃ？　それがあれば、ワシん力はおどれのもんじゃ。煮るなり焼くなり自由ど」

「多少腕が立つからといって、自惚(うぬぼ)れるなよ。探索者(シーカー)の世界じゃ、おまえの力なんて下も下だ。上にいる奴らは、奴隷風情が太刀打ちできるレベルじゃない」

「……おどれの望みはなんじゃ？」

俺の望み、か。そんなもの、今際の祖父に誓った日から決まっている。

「俺の望みは、ただ一つ。全ての探索者の頂点に立つことだ。そのために必要なのは、軟弱な痩せた飼い犬じゃない。猛る狼だけだ」

俺は手にしていた皮紙と指輪を、コウガに向けて差し出す。

「これはおまえの好きにしろ。おまえはもう自由だ」

「自由……」

「その上で聞く。おまえは痩せた野良犬か？　それとも猛る狼か？」

コウガは手に取った隷属の誓約書を見つめる。

「ワシは……ずっと誰かに利用されるだけの人生じゃった……。じゃけぇ、こうして自由になっても、何の実感も得られん。おどれが言うように、今のワシは痩せた野良犬でしかない。……じゃが、一つだけわかっとることがある」

顔を上げたコウガの黒い瞳には、強い意志の光が宿っていた。

「ノエル、ワシはあんたが夢を摑むのを側で見たい。あんたが猛る狼を求めるんなら、それが進むべき道じゃ。じゃから、頼む。ワシをあんたの仲間にしてくれ」

「了承した、【刀剣士】コウガ・ツキシマ」

窓から射す陽光が、俺たち三人を照らす。やっと得た、二人目の仲間。振り出しに戻っていたのが、ようやく前に進むことができる。辿り着くべき目標と比較すれば、あまりにも小さな一歩だが、確かな前進だ。

それに、俺は確信している。この仲間たちとなら、必ず最強のクランを創設することができる、と。

「よし、外に出るぞ。動きを合わせる訓練を始める」

エピローグ

ヒューゴ・コッペリウスは、貧しい靴屋の三男坊として生まれた。家庭環境は劣悪で、父親や兄たちから振るわれる暴力に耐え、具の無いスープだけで飢えを凌ぐ日々だった。

そんなヒューゴは、十歳の時に国が開く無料の鑑定会を受けたことによって、【傀儡師】の職能が発現することになる。【鑑定士】は驚いた顔をしながら、熱っぽい口調で【傀儡師】について説明してくれた。

その説明によると、【傀儡師】は複合職能という希少職能らしい。本来は交わることのない、戦闘系職能と生産系職能、その両方の特性を有する極めて特殊な職能なのだとか。職能が発現したばかりのヒューゴが試しにスキルを発動してみると、一瞬にして人形の兵隊が現れた。【鑑定士】は更に驚き、ヒューゴを天才だと誉めそやした。最初からこうも自在かつ完璧にスキルを扱える者は、滅多に存在しないそうだ。

この瞬間、ヒューゴは自分が世界と噛み合うのを感じた。鑑定が終わった帰り道、ヒューゴは自宅には戻らず、そのまま出奔。生まれた街を出て、放浪の旅に出ることにした。

まだ十歳の子どもが独りで旅をするなんて、正気の沙汰ではない。実際、夜盗や獣、また変異種に襲われたことは何度もあったし、食あたりや病気で苦しむこともあった。だが、その全てを、【傀儡師】の職能で乗り越えていった。

いくつもの夜を生き延びたヒューゴは、自身の戦闘能力の高さを活かすべきだと考えるようになり、正式に探索者となった。そして、登録初日から数々の功績を上げていくことになる。

だが、ヒューゴが特定の集団に所属することはなかった。仲間をつくらず臨時の助っ人として活動していた。つまり探索者専門の傭兵だ。

優秀な探索者として名を馳せていたヒューゴには、多くのパーティやクランから連日のごとくスカウトマンが訪れた。帝都最強クラン、七星の一等星である覇龍隊から勧誘されたこともあったが、それすらも丁重に断った。

幼い頃から誰にも頼らず生きる道を選んだせいで、群れることが嫌いだったのもある。だがそれ以上に、探索者を長く続けるつもりがなかったのが一番の理由だ。ヒューゴには、別の夢があった。

ヒューゴが二十歳になった時、これまでの活動のおかげで、その手元には莫大な金があった。この金を使って、ヒューゴは帝都の一角に、人形製作のための工房を購入した。スキルで生み出す戦闘用の兵士人形ではなく、手ずから鑑賞用のための芸術性を持った人形を作りながら暮らすことこそが、ヒューゴの長年の夢だったのだ。

そもそも、ヒューゴは争いごとを好まないタイプの男だ。幼い頃に理不尽な暴力を受け続けてきたせいもあり、争いそのものを憎んでいると言ってもいい。だから、探索者を続けてきたのも金だけが目的であり、本当は嫌々だった。

夢が叶ったヒューゴは、精力的に人形作りに励んでいく。そして、その完成品は飛ぶように売れた。作れば作るだけ、欲しいと望む者たちが現れた。人形の製作依頼は、帝都に住む老若男女だけに留まらず、遠い異国に住む者からも届いた。

　こうもヒューゴの人形が愛されたのは、その精巧さが他と比べてズバ抜けていたこともあるが、なによりも不思議な魅力が秘められていたからだ。手に取った者は口を揃えて言う。この人形を見ていると、心が温かくなり家族を大切にしたくなる、と。

　それは、全くヒューゴが意図していない感想だった。ただ自分の望むままに作っていたのだが、無意識にそういった思いが込められていたらしい。家族の愛を知らないせいなのか、気がつかないうちに自分が得られなかった理想が宿っていたのだろう。

　ヒューゴにとっては皮肉な話で、複雑な思いとなったが、自分の作品が評価される分には文句は無い。世に評価される芸術家というのは極めて稀だ。大半は誰にも知られることなく消える。若くして成功したヒューゴは、間違いなく芸術の神の寵愛を受けていた。

　だが、運命の神は、ヒューゴを愛さなかったようだ――。

　その日、ヒューゴは完成した人形を依頼主の下に届けに行った。帝都に限定するが、配達業者を頼らず、自分の手で依頼主に我が子同然の人形を渡すのが、二十二歳となったヒューゴの楽しみだった。

　だが、依頼主である富豪の邸宅に入ったヒューゴは――そこで意識を失った。気がつくとヒューゴは邸宅内の床に倒れており、その周囲はおびただしい血で濡れていた。そして、

目の前にあったのは、依頼主一家と使用人たちの死体だった。

死体は酷く損傷していた。皮が剝ぎ取られ、まるで剝製のようにマネキン人形に貼り付けられていた。中身はヒューゴの周囲に散らばっている。あまりの異常事態にヒューゴが呆然としていると、すぐに憲兵団が現れた。どうやら、邸宅の前を通りかかった者が、悲鳴を聞いて通報したらしい。

この凄惨な事件の犯人として、ヒューゴは逮捕されることになる。もちろん、取り調べでも裁判でも、必死に無罪を訴えた。だが、訴えが聞き入れられることはなく、数回の裁判を経てヒューゴは死刑を宣告された。事件現場には、ヒューゴ以外の犯人を示す証拠が無かったのだ。裁判官はヒューゴが人形を作り過ぎたせいで精神を病み、その結果として凶行に至ったのだと判断した。

死刑囚となったヒューゴのことは、すぐに帝都中に知れ渡った。各新聞社は天才人形作家の異常犯罪を面白おかしく書き立て、ヒューゴをこう呼ぶようになる。

近年最悪の猟奇殺人鬼、血まみれの剝製師（レザーマスク）、と。


牢獄は暗く湿っている。石の壁と床は固く冷たい。ベッドなんて上等なものは無く、無造作に藁が置かれているだけだ。それと、排便するための桶。

そんな牢獄の片隅に、ヒューゴ・コッペリウスは座っていた。かつて美男子として持て囃された面影は、もうどこにも見当たらない。髪も髭も伸び放題で、身体はすっかり痩せ衰えている。ぼろ布のような服を着たその姿は、もはや浮浪者というよりも屍鬼(ゾンビ)に近い。

あれから二年の月日が流れた。実際、今のヒューゴは、屍鬼(ゾンビ)のようなものだ。生きる気力はとうに失っており、顔に蠅(はえ)が止まっても微動だにしない。

鑑定士協会が、学術研究のためにヒューゴの職能(ジョブ)を調査しているため、刑の執行はまだ行われていない。だが、二年もかかった調査は、ようやく終わりを迎えようとしている。そうなれば、ヒューゴの刑は速やかに執行されるだろう。

「百十三番！　起きろ！　面会人だ！」

不意に怒声がし、看守が牢の扉を開けた。

「さっさと立て！」

看守に無理やり起こされ、ヒューゴは立ち上がる。その首に嵌(は)められている首輪を、看守は用心深くチェックした。首輪は悪魔(ビースト)の素材で作られており、スキルを使おうとすると、その消費される魔力を暴走させる効果を持っている。つまり、スキルの発動を無効化するアイテムだ。

「よし、首輪に問題はないな。行くぞ！」

手を縄で縛られ、ヒューゴは看守に引っ張られる。辿り着いた面会室は、頑丈な鉄格子で分かれている。向こう席には、既に面会人が座っていた。

「今から五分間の面会を許す！　問題行動は起こさないように！」

看守は部屋の隅に立ち、顎でヒューゴが前に行くよう促す。ヒューゴは溜(た)め息(いき)を吐(つ)き、面会人の前の椅子に座った。

「……また、君か。ノエル・シュトーレン」

ノエルは格子の向こうで不敵に微笑む。

「ヒューゴ、また痩せたんじゃないのか？　ここの飯が豚の残飯みたいに酷いのは知っているが、それでもちゃんと食え。おまえに死んでもらっては困るんだよ」

「ここから私を出して、君の仲間にするため、か？」

「その通り！」

明るく答えられ、ヒューゴはまた溜め息を吐いた。こうやってノエルが面会に来るのは三回目のことだ。それ以前は手紙だった。目的は一貫して、ここから出してやるから仲間になれ、である。

「何度も言うが、それは不可能だ。私の刑は既に確定している。あの権威主義の司法省が、判決を翻すことなんてありえない」

「そんなもの、いくらでもやりようがある」

自信満々に断言するノエル。ヒューゴは無理だと言いながらも、それを笑うことはできなかった。そもそも、こうやって死刑囚の自分と気軽に面会できている時点で、何らかの搦手を使っていることは確実だ。だからといって、その言葉を鵜呑みにすることもできないのだが。

「信じてない、って顔だな」

「あたりまえだろ。君が特別なのはわかっている。だが、それを踏まえても、私をここから出すのは無理だ」

「俺をあまり甘く見ない方がいい。既におまえを釈放させる準備は整いつつある。その力の一端を見せてやろう」

ノエルは不意に指を鳴らした。すると、向こう側の扉が勢いよく開き、別の看守が走ってくる。囚人に不当な暴力を振るうことで有名な男だ。ヒューゴも何度も酷い目に遭わされた。

「お、お呼びでしょうか、ノエル様！」

「茶」

「わ、わかりましたっ！　すぐにお持ち致します！」

看守はまた走り、皿に載(の)ったティーカップを持ってきた。

「お待たせして申し訳ありません！　紅茶でございます！」

「ん、ご苦労。用は済んだ。出て行け」

「はっ！　かしこまりました！　また御用があればなんなりと！」

慇懃(いんぎん)に礼をして去っていく看守。呆気(あっけ)に取られたヒューゴの前で、ノエルは優雅に紅茶をすする。

「良い茶葉だ。高い税金を搾り取っているだけはある」

「……信じられないな。あの看守を脅しているのか？」

「あの、じゃない」

　ノエルがヒューゴ側にいる看守に視線を向けると、看守は顔を真っ青にして奥歯をガタガタと鳴らした。

「この監獄全ての看守は、俺の言うことを聞く。上から下まで全員な」

「……何をしたんだ？」

「企業秘密」

　よくはわからないが、とんでもなく大掛かりなことをしているのはわかる。ひょっとすると、本当にここから出してくれるのかもしれない。だが、ヒューゴは特に喜ぶ気にはなれなかった。そんな気力さえ、もう無いのだ。

「どうした？　嬉しくないのか？」

「……仮に、ここから出られたら、それはとても嬉しいことだ。でも、残念ながら君の仲間にはなれない」

「何故？」

「まず、そもそも私は探索者業が嫌いだ。そしてなにより、ブランクがありすぎる。仲間になったとしても、力になれそうにない」

「好きになるように努力しろ。ブランクを埋められるように訓練しろ」

「……君は、無茶苦茶を言うなぁ。だが、ここから出られたら、君に返せないほどの借りができることも事実だ。だからその時は、何か別の方法で返させてほしい」

「ふん、別の方法なんてあるものか」

ノエルは腕を組んで不快そうに鼻を鳴らした。

「まあ、いい。その話はまた今度だ。今日は少し頼みがあるんだ」

「頼み？　この状態の私にか？」

「近々、クランを創設することになる。ただ、今のパーティ名は少し縁起が悪くてね。その機会に名称を変更するつもりなんだ。そこで質問なんだが、何か良いアイディアはないか？」

「なんで、私に聞くんだ？　自分で考えればいいじゃないか」

「おまえは芸術家だろ？　何か良いアイディアを持ってそうだからな」

「君、そんなこと言って、私を名付け親にすることで、そのクランに情をもたせるつもりじゃないだろうな？」

「そうだよ。悪いか？」

厚顔無恥にもあっさりと白状したノエルに、ヒューゴは眉を顰める。

「クラン名なんて、私は考えないぞ」

「なんだよ、ケチな奴だな」

「……君は蛇のような人間だな。狡猾で容赦が無く、人を誑かして丸呑みにしようとする。まったく、恐ろしい少年だよ」

「俺が蛇だぁ？」

ノエルは怒りで片眉を上げたが、すぐに何やら考え込み始めた。

「……いや、蛇か。悪くないな。……うん、悪くない」

「何をぶつぶつ言っているんだ？」

「良いアイディアをもらった。ありがとう、ヒューゴ」

何故か笑顔で感謝するノエル。首を傾(かし)げていると、彼は立ち上がった。

「そろそろ帰るよ。ちなみに、今ここで仲間になると言えば、食事の改善をするよう指示(オーダー)してやるが、どうだ？」

「余計なお世話だ」

「ふん、また来るよ。それまで元気でな」

面会人のノエルが去り、ヒューゴはまた牢へと戻される。

暗い牢獄の中、ふと笑いが込み上げてきた。

「ふふふ、本当に、無茶苦茶な少年だったな」

笑うと乾いた唇が裂け、血が滲(にじ)む。こうやって笑ったのは、いつ以来だろうか？　人並みの感情が、麻痺(まひ)していた心をほぐしていく。

「私が、また探索者(シーカー)に、か……」

番外編：最強にして最凶の探索者(シーカー)

かつて、最強にして最凶と恐れられた探索者(シーカー)がいた。

ブランドン・シュトーレン。若くして【戦士】の頂──【破壊神(デストロイヤー)】にまで上り詰めた、非凡なる才能の持ち主だ。その剛腕によって振るわれる戦斧(せんぷ)は、まさしく破壊の極致。たった一撃で山を崩し、大海をも切り裂いた。また、蛇のように狡猾で執念深く、たとえ敵が自分より遥(はる)かに強い相手でも、あらゆる手段を駆使して最後には必ず勝利する。

それ故に付けられた異名が、不滅の悪鬼(オーバーデス)だ。

当時の七星(レガリア)の一等星──血刃連盟に所属し、切り込み隊長を務めていたブランドンは、どんな困難な戦いであっても、必ずクランを勝利に導いた。常勝不敗の英雄が歩む道には、悪魔(ビースト)の屍山血河(しざんけつが)が築かれる。その圧倒的な英雄譚(たん)を、人々は畏敬の念を以(も)って讃美(さんび)した。

だが、当のブランドンは、どれほど勝利を積み上げても、常に満たされない思いを抱えていた。悪魔(ビースト)と戦っていない時は、酒と女とギャンブルに溺れ、気に食わない相手がいれば、暴力団(ヤクザ)どころか王侯貴族が相手でも徹底的に痛めつける。ブランドンの心に問題があるのは、誰の目から見ても明白だった。

ブランドンの性格がこうも歪(ゆが)んだ理由は、その生まれにある。そもそも、ブランドンはとある貴族の落胤(らくいん)だ。幼少期に母親から引き離されてからは、厳格な父の下で、正式な後継者である兄に全てを捧げさせるために育てられた。

父からは教育という名目の暴力を振るわれ、兄や養母からも虐められる日々。だが、ブランドンは耐えた。ブランドンが家のために生き続ける限り、父は母の生活を支援すると約束したからだ。母は事故で足を悪くし、ろくな仕事に就くことができない。

幸いだったのは、ブランドンが強くなるべくして生まれたこと。十二の頃には並の大人よりも大きく育ち、戦闘訓練で元探索者の教官を軽く一蹴するほどの才能を発揮した。家族は成長したブランドンを恐れ、誰も手を出すことができなくなった。

そんなある時、幼少期に母と暮らしていた家の隣人から手紙が届いた。手紙に書かれていたのは、母の訃報だ。劣悪な工場で働いたせいで肺を悪くしたことが原因らしい。

ブランドンは足元が崩れ去るような感覚を抱いた。深い絶望の底に叩き落とされた心境となり、やがて身を焦がすような凄まじい怒りと憎しみが込み上げてきた。

父は嘘を吐いたのだ。最初から母の面倒を看る気など無かった。そのことを問い詰めると、父は面食らった様子となったが、すぐに邪悪な笑みを浮かべて事実だと認めた。

「愚か者め。あんな役に立たない女が死んだところで、一体誰が困ると言うんだ？」

父はブランドンを嘲るように高笑いした。だから、ブランドンは気がつくと、父を殴り殺していた。血まみれの右手。頭を失った首から血を流し続ける父の身体。痙攣した父の身体が血の海で藻掻いている姿は、まな板の上の魚のようで酷く滑稽だった。

すぐに騒ぎを聞きつけた兄と養母、そして警備の者たちがやってきた。父の死体を見た皆がブランドンを責め立て、剣や銃を向ける。だが、ブランドンは笑った。

「そんなもんで、この俺を殺せるかよ」

全ては一瞬で終わった。ブランドンの拳が全員を柘榴（ザクロ）のように粉砕したのだ。父だけでなく、兄も養母も死んだ。ブランドンが殺した。ブランドンは屋敷に火を点（つ）け、その場を後にした。そうして、父の姓を捨て、母の姓であるシュトーレンを名乗るようになった。

あれから二十年余り。ブランドンは最強の探索者（シーカー）として成功を積み重ねていく一方で、ますます刹那的な享楽に溺れていくようになっていた。日毎（ごと）に荒れていくブランドンを仲間たちは心配したが、誰が何を言っても耳を貸そうとしなかった。

ブランドンは自由だった。最強の力も得た。単騎で魔王（ロード）と戦うことも可能なブランドンには、王侯貴族でさえ手を出すことができない。だが、それほどの力を得ても、その心はどこまでも空虚だった。

だからこそ、彼女の存在は余計に眩（まぶ）しく感じたのかもしれない。漫然とした日々を過ごしていたブランドンは、一人の女と出会った。とても美しい女で、数多（あまた）の美女を抱いてきたブランドンですら、思わず息を呑（の）んで見惚（みと）れてしまったほどだ。

歳（とし）は二十代半ば。柔らかな陽光を思わせる白金色の長髪に、鮮やかなエメラルド色の瞳。雪のように白い肌と鼻筋の通った細面。顔立ちが美しく身長が低いため、繊細な雰囲気こそあったが、決して弱々しい印象は無かった。周りの者たちからクラリスと呼ばれていた彼女は、帝都の下町に住む仕立屋だ。亡き両親から受け継いだ店で働いている。

ブランドンはクラリスを自分の女にしようと考えた。だが経験上、この手の女を口説き落とすことは容易ではない。現に、美しいクラリスには言い寄る男が多く、下町の若者たちどころか豪商や貴族の子息たちも見かけたが、誰も振り向かせることができない様子だった。だからブランドンは、念入りにクラリスのことを調べ上げ、彼女が好感を抱くだろう男性像を研究し、それからアプローチを始めた。だが——

「ブランドン・シュトーレン、あなたのことはよく知っています。好意を抱いてくれるのは嬉しいですが、ごめんなさい、暴力的な人は好きになれません」

ブランドンは自らの知名度が災いし、初対面から拒絶されてしまった。それでも諦めきれず、足繁く店に通ってアプローチを続けたが、結局クラリスが靡くことはなかった。流石のブランドンもプライドがズタズタになり、クラリスを口説き落とすことは諦めるしかなかった。仲間たちからは初めての失恋だと馬鹿にされたが、これ以上付きまとっても虚しくなるだけだ。女好きのブランドンも、そのあたりは弁えていた。

だが、世の中には、自らの愚かさに気が付けない者もいる。

それは本当に偶然だった。ギャンブルですっからかんになった帰りの夜道、クラリスの家の近くを通り掛かると、絹を裂くような悲鳴が聞こえた。悲鳴が聞こえた場所に走ったブランドンが目にしたのは、複数の男たちに拉致されかけているクラリスの姿だった。

首謀者はクラリスに言い寄っていた男の一人。貴族の子息である男は、どうしてもクラリスのことを諦めることができなかったのだ。だから、金に物を言わせて荒くれ者たちを雇い、クラリスを手籠めにする算段らしい。

　即座に状況を理解したブランドンは、自分でも理解できないほど強烈な怒りを感じた。怒りに身を任せ、一瞬で荒くれ者たちを殴り飛ばすと、怯える貴族の胸座を掴み上げる。不意に、その顔が父と重なって見えた。父もまた、ブランドンの母を襲って手籠めにした過去がある。そして、飽きたら捨てた。

「死ね」

　ブランドンは貴族の頭を潰すため、右拳を振り上げた。だが、拳を叩きつけようとした瞬間、クラリスがブランドンの右腕に抱きついた。

「もうやめてください！」

「放せ！　こんなクズはここで殺すべきだ！」

　ブランドンはクラリスを引き剝がそうとするが、簡単には離れてくれそうにない。仕方なく、貴族を摑んでいた手に力を込めて締め落とすと、その手を放した。

「気絶させただけだ。後は憲兵に任せる。……これでいいんだろ？」

　ブランドンが告げると、クラリスはやっと右腕から離れてくれた。

「助けてくれて、本当にありがとうございます。この御恩は、一生忘れません」

「たまたま通りかかっただけだ。そんな風に畏まる必要は無い。……それより、どうして俺を止めた？　あのまま俺が通りかからなければ、どんな目に遭っていたかぐらいわかるだろ？　この男のことが、憎くはないのか？」

気絶している貴族を指差して尋ねると、クラリスは静かに首を振った。

「憎いです。でも、だからって、あなたに罪を委ねるのは違います」

「ああ？　じゃあ、こいつじゃなくて、俺のことを思って止めたのか？」

頷くクラリスに、ブランドンは呆れ果てるしかなかった。ブランドンに怖いものなんて無い。貴族殺しの罪を問われたところで、いくらでも黙らせる手段を持っていた。だが、ブランドンは笑い飛ばすこともできず、ただクラリスから顔を背ける。そんなブランドンの頬に、クラリスの手が優しく添えられた。

「どうして、泣いているんですか？」

ブランドンは慌てて自分の頬を触れた。たしかに、濡れている。それはブランドンが流した涙だった。ブランドンが困惑すると、クラリスもまた悲しそうに涙を流した。

「あなたは私ではなく、別の誰かを助けたかったんですね……」

ブランドンは思わず、自分の胸を掻き毟るように掴んだ。クラリスの言った通りだ。ブランドンが本当に助けたかったのは、ブランドンの母だった。そして、それはもう、決して叶うことはない……。

この一件以降、ブランドンはクラリスと友人として交流を重ねていくことになる。自分の弱さを見せた相手ではあるが、だからこそ気兼ねなく付き合うことができたのだ。

クラリスは下町育ちなのに驚くほど博学で、またユーモアのセンスもあった。異性とプラトニックな関係を築くのは初めての経験だったが、不思議と穏やかで満ち足りた日々を与えてくれた。

そうして一年の月日が経ったある日、突然クラリスが店を畳むと告げた。

「ここのところ、身体の調子が良くなくて……。もう以前のようには働けないし、このまま両親が残してくれた店を腐らせるぐらいなら、誰かに譲った方がいいかなって」

クラリスは身体が——心臓が弱かった。薬や手術で治るものではなく、長く生きられないことは彼女もよく理解している。

「店を畳んで、それからどうするつもりだ？」

ブランドンが尋ねると、クラリスは困ったように笑った。

「わからない。……どうしようかな？」

クラリスが半ば自棄になっているのは、ブランドンにもわかった。本当なら、手を差し伸べたい。いや、俺と一緒になってくれ、と言いたい。ブランドンは友人として以上に、クラリスのことを心の底から好きになっていた。

だが、言ったところで、クラリスは首を縦に振らないだろう。クラリスが言い寄る男たちを拒んできたのは、自分の寿命が長くないと知っていたからだ。ブランドンがプロポーズをしたところで、拒絶されるのは目に見えていた。

なら、このまま友人として最後まで支える方が、お互いにとって一番穏やかで幸せな日々となるはずだ。ブランドンは、そう自分を納得させた。

だが、運命は激動の時を迎える。それも、最悪の形で。

深度十三、冥獄十王の現界である。

冥獄十王とは、魔王の中でも、更に強大な力を持つ十体の悪魔のこと。天を覆うほど巨大な龍種の悪魔は、自らを冥獄十王の一柱、銀鱗のコキュートスであると名乗った。

コキュートスを核とする深淵は、瞬く間に現世を侵食していき、その過程で三つの国が滅んだ。それも、たった一ヶ月の間に。

この最大級の厄災に対して、帝国は全戦力で挑んだ。軍はもちろんのこと、七星を始めとする名立たるクランたちも投入された戦いは、かつてないほどの激戦を極めた。

中でも重要な役割を果たしたのが、ブランドンの所属する血刃連盟だ。だが、帝国最強のクランと英雄の力を以ってしても、コキュートスを討ち取ることは容易ではなかった。

戦いは一週間も続き、多くの仲間たちが命を失った。恐怖を知らなかったブランドンですら、コキュートスの凄まじい力には何度心が折れそうになったことだろう。

それでも、ブランドンは諦めなかった。最強の矜持、共に戦っている仲間たちや散っていった仲間たちの想い、そしてなにより――クラリスに伝えたいことがあった。

長く続いた地獄のような戦いは、刹那の攻防の果てに幕を閉じる。

ブランドンの戦斧が、ついにコキュートスの脳天を叩き割ったのだ。天を覆っていた巨体が地に墜ち、誰もが勝利の快哉を叫ぶ。

だが、最も勝利に貢献した英雄は、仲間たちの手を撥ね除け、制止する声も無視し、全速力で帝都に戻った。そして、帝都に到着すると、避難所にいたクラリスを捜し当てた。

「クラリス！　勝ったぞ！　俺たちは勝ったんだ！」

ブランドンは困惑するクラリスを抱き締め、叫んだ。

「怖かった！　もう二度と君に会えないかもしれないことが、心の底から怖かった！」

ブランドンはクラリスから離れ、その顔をじっと見つめる。彼女と生きて再会できたことが、たまらなく嬉しい。クラリスは穏やかに微笑み、ブランドンの頬を優しく触れた。

「また泣いている。あなたは本当に泣き虫さんね」

そう言ったクラリスの眼も、涙で濡れていた。深い安堵とブランドンを慈しむ感情が、その瞳から伝わってくる。ブランドンは彼女に何を伝えるべきか、もうわかっていた。

「クラリス、俺は君のために生きたい」

だから、とブランドンは意を決して続ける。

「君も、俺のために生きてくれないか？」

†

「良い天気じゃのう……」

豊かな緑が溢れる森の中、その老人は切り株に座って目を細めていた。眠そうな顔には深い皺がいくつも刻まれており、高齢であることがわかる。

老人の名はブランドン・シュトーレン。かつての大英雄だ。あれから三十五年もの月日が経ち、今やブランドンも六十七歳。日々壮健ではあるが、全盛期の力はとっくに失っている。傍らに立て掛けてある相棒——戦斧には、一匹の蝶が止まっていた。

「ふむ、まだかのう」

　ブランドンは白くなった顎鬚を擦りながら呟いた。木々の上では小鳥たちが囀り、リスが毛づくろいをしている。燦々と降り注ぐ陽光が暖かく、ブランドンの眠気もそろそろ限界だ。堪らず大きな欠伸をした時、一斉に周囲の動物たちが逃げ出した。

「お、こっちにくるのか」

　ブランドンが森の奥に目を向けると、一人の盗賊らしき武装した男が、死に物狂いの姿で走ってきた。目は血走り、顔中が涙と鼻水で汚れている。まるで、恐ろしい化け物にでも追われているかのような有様だ。

「ジジイィィッ！　そこを退けぇぇッ!!」

　狂乱している男は剣を振り回し、ブランドンに迫ってくる。どうやら、ブランドンを避けて通り過ぎるという発想も湧かないほど、追い詰められているらしい。

「やれやれ、仕方ないのう」

　ブランドンは戦斧に手を掛ける。だが、その瞬間、盗賊は勢いよく顔面から転倒した。小刻みに痙攣し続ける盗賊の後頭部には、投擲用のナイフが突き刺さっている。

「はい、お終い、と」

　楽しそうな子どもの声と共に、森の奥から一人の少年が現れた。クラリスによく似た顔を持つ少年の名はノエル。今年で十四になる、ブランドンの孫息子だ。

「流石に三度目ともなると、ちょろいね。盗賊狩りにも慣れたよ」

ノエルは笑顔で歩み寄ってくると、盗賊の後頭部からナイフを抜いた。そして、盗賊から耳を削ぎ落とし、腰の革袋の中に入れる。既に革袋は一杯で、ざっと二十人分の耳が入っていることが見て取れた。削ぎ取った耳は、盗賊を討伐した証である。

ノエルに盗賊退治を命じたのは、他ならぬブランドンだ。探索者の訓練の一環である。

一度目はかなり苦戦していたが、二度目からは難無くこなし、三度目ともなると余裕の様子だ。その成長ぶりを誉めてやりたいところだが、ブランドンは心を鬼にして怒鳴った。

「馬鹿もん！　逃げられそうになっておいて、何がちょろいじゃ！」

ブランドンが立ち上がって叱責すると、ノエルは鼻で笑った。

「違うね。逃げられそうになったんじゃなくて、わざと逃がしたんだ。死ぬ気で逃げる相手を殺す方法も学んでおく必要があるだろ？」

「むぅ……屁理屈を言いおって」

嘘臭いが、ノエルが仕留めたのも事実だ。これ以上は、水掛け論にしかならない。

「わかったわい。そういうことにしておいてやる」

ブランドンはやれやれと肩を竦めた――その刹那、ノエルに向かってノーモーションの拳撃を放った。だが、ノエルは不意を突かれたにも拘らず、容易く拳撃を掻い潜り、そのままブランドンの懐に入ると、首元にナイフを突き付ける。

「……ふふふ、見事じゃ」

　ブランドンは嬉しくなって笑い、ノエルの頭を乱暴に撫でた。

「流石は儂の孫じゃ！　その歳で、よくここまで強くなったわい！」

「ああもう、髪が乱れるから止めろ！」

　ノエルは憤慨してブランドンから飛び退く。

「俺も来年で成人だぞ！　いつまでも子どもみたいに扱うなよな！」

「ふん、そんなもん、制度上の話じゃろうが。だいたい、ついこないだまで、オバケが怖いからトイレに付いてきてほしいって頼んでいたのは、どこのどいつじゃ」

「なっ!?　い、いつの話をしてんだ、このボケジジイ！」

「ボケジジイ!?　だ、誰がボケジジイじゃ！　この馬鹿弟子が！」

　売り言葉に買い言葉、ブランドンとノエルは取っ組み合いの喧嘩を始める。ノエルも強くなったが、やはり実力はブランドンが圧倒的に上。散々弄ばれた挙句、息を切らして地面に転がる結果となった。

「ハァハァ……つえぇ……」

「あたりまえじゃ、馬鹿者。いくらおまえさんが強くなったところで、ランクの差、そしてなにより、職能の差の前では無意味じゃよ」

　ノエルの職能は、直接的な戦闘能力を持たない【話術士】。だからこそ、ブランドンは【話術士】でも戦えるように、ノエルを肉体的にも精神的にも、徹底的に鍛え上げた。あらゆる知識も教え尽くした。その結果、ノエルはまだ探索者見習いではあるが、実力的には既に中堅レベルだ。大半の悪魔とも戦えるだろう。もちろん、一人の力では絶対に勝てないが。

「ノエル、本当に紹介状を書く必要は無いんじゃな?」

ブランドンが切り株に座り直して尋ねると、ノエルは身体を起こした。

「ああ、自分で何とかするよ。俺は誰かの下に付くつもりはない」

ブランドンは探索者になるノエルのために、帝都にいる知人に紹介状を書く予定だった。だが、当のノエルは、これを断ったのだ。他人のクランに入るのは嫌らしい。

「一から成り上がるつもりか。まあ、それもよかろう。おまえは、この儂――不滅の悪鬼の弟子じゃ。どんな道を歩もうと、必ず最高の探索者になれるよ」

たしかに、ノエルは職能の才能に恵まれなかった。だが、探索者に最も必要な才能を持っている。それは、どんな困難にも屈しない情熱だ。

「ノエル――」

ブランドンはノエルに言おうとした言葉を、途中で呑み込む。

似ているな、と改めて思った。ブランドンに、娘夫婦に、だが誰よりもノエルはクラリスに似ている。特に怒った顔がそっくりで、時に夫婦喧嘩のトラウマが蘇るほどだ。職能もクラリスと同じ【話術士】。クラリスは腕の良い仕立屋だったが、職能は【話術士】だった。

本当なら、困った時は祖父(じい)ちゃんを頼ればいい、と言いたかった。愛した妻は出産で命を落とし、大切に育てた娘は婿養子と共に事故で死んだ。ブランドンに残された家族はノエルだけだ。ずっと側(そば)にいて、どんな災いからも守ってやりたい。

だが、いかに不滅の悪鬼(オーバーデス)といえど、老いには勝てない。いずれノエルを残して去ることになる。だから、ブランドンが掛けるべき言葉は——願いは、一つしかなかった。

「誰にも舐(な)められない、強い男になるんじゃぞ」

……ノエル・シュトーレン。認め

準備は整った。射殺せ、アルマ

皆様は、"ヒューゴ・コッペリウス"という男のことを、覚えていらっしゃいますか?

戦闘行動、終了

ああ、行こ

俺の王は俺だけだ。俺

俺たちは半年後、"七星"になる

俺こそが最強の探索者だと、

コウガ

アタシが来た理由は、

喜びなさい、ブランドン。あの子は、間違いなくあなたの孫だ。た

楽しそうなことをしているじゃな

というわけだ。おわかり

ビビって降りるなら、

『最凶の支援職【話術士】である俺は世界最強クランを従える』

シリーズ

最凶の支援職【話術士】である俺は世界最強クランを従える 1

発　行　2020年6月25日　初版第一刷発行
　　　　2024年9月1日　　第二刷発行

著　者　じゃき

発行者　永田勝治

発行所　株式会社オーバーラップ
〒141-0031　東京都品川区西五反田8-1-5

校正・DTP　株式会社鷗来堂

印刷・製本　大日本印刷株式会社

Printed in Japan ISBN 978-4-86554-676-7 C0193

作品のご感想、ファンレターをお待ちしています

あて先：〒141-0031　東京都品川区西五反田8-1-5 五反田光和ビル4階　ライトノベル編集部
「じゃき」先生係／「fame」先生係

PC、スマホからWEBアンケートに答えてゲット!

★この書籍で使用しているイラストの『無料壁紙』
★さらに図書カード(1000円分)を毎月10名に抽選でプレゼント!

▶https://over-lap.co.jp/865546767
二次元バーコードまたはURLより本書へのアンケートにご協力ください。
オーバーラップ文庫公式HPのトップページからもアクセスいただけます。
※スマートフォンとPCからのアクセスにのみ対応しております。
※サイトへのアクセスや登録時に発生する通信費等はご負担ください。
※中学生以下の方は保護者の方の了承を得てから回答してください。

オーバーラップ文庫公式HP▶https://over-lap.co.jp/lnv/